编委会

顾问：

李润田　王才安　孙培新　王文金　张秉义　关爱和　娄源功

编委会主任：

卢克平　宋纯鹏　张锁江

编委会副主任：

谭　贞　张宝明　季　波　许绍康　孙君健　孙功奇　杨朝阳
王学路　冯淑霞　傅声雷　张立新

编委会委员：(按姓氏拼音排序)

蔡　军　程遂营　丁翼虎　冯淑霞　傅声雷　洪　浩　桓占伟
姬志闯　季　波　孔令刚　李永鑫　卢克平　苗长虹　祁琛云
任东景　宋丙涛　宋纯鹏　孙功奇　孙君健　谭　贞　王鹏飞
王思琦　王性玉　王学路　武新军　席卫权　许绍康　杨朝军
杨朝阳　杨光辉　杨国安　于华龙　展　龙　张宝明　张大超
张立新　张锁江

丛书主编：

孙君健

执行主编：

展　龙　杨国安　桓占伟

副主编：

丁翼虎　孔令刚

"夷门传薪学人传"丛书

丛书主编 孙君健
执行主编 展龙 杨国安 桓占伟

夷门传薪学人传

高文

伍茂国 著

河南大学出版社
HENAN UNIVERSITY PRESS
·郑州·

图书在版编目(CIP)数据

高文／伍茂国著. -- 郑州：河南大学出版社，2022.8

("夷门传薪学人传"丛书／孙君健主编)

ISBN 978-7-5649-5257-0

Ⅰ.①高… Ⅱ.①伍… Ⅲ.①高文-传记 Ⅳ.①K825.46

中国版本图书馆 CIP 数据核字(2022)第 146763 号

夷门传薪学人传 高文
YIMEN CHUANXIN XUEREN ZHUAN　GAO WEN

责任编辑	王丽芳
责任校对	马元珍
封面设计	翟淼淼
出版发行	河南大学出版社
	地址：郑州市郑东新区商务外环中华大厦 2401 号
	邮编：450046　电话：0371-86059701(营销部)
	网址：hupress.henu.edu.cn
排　　版	河南大学出版社设计排版部
印　　刷	河南瑞之光印刷股份有限公司
版　　次	2022 年 8 月第 1 版　印　次　2022 年 8 月第 1 次印刷
开　　本	889 mm×1194 mm 1/32　印　张　8.125
字　　数	183 千字　　　　　　　定　价　32.00 元

版权所有·侵权必究

本书如有印装质量问题，请与河南大学出版社营销部联系调换。

述往事思来者根在夷门
（总序）

夷门，是一个比开封还古老的名字。

夷门是战国魏都城的东门，因城门修在夷山之上，故名。

夷门最早的故事与魏公子无忌有关。无忌为战国时期魏国第五任君主魏昭王的小儿子。魏昭王去世后，无忌同父异母的哥哥圉继承王位，是为安釐王。安釐王封无忌于信陵（今宁陵），是为信陵君。信陵君的第一个故事是养士辅政。其时，魏国在与秦国的对抗中，处在不利地位。信陵君仿效齐之孟尝君、赵之平原君、楚之春申君的辅政方法，养士三千，诸侯因此不敢加兵于魏十余年。七十岁的夷门看守人侯嬴与屠夫朱亥，均为信陵君礼贤下士所交好友。信陵君的第二个故事是窃符救赵。公元前257年，秦围赵都城邯郸，赵王的弟弟平原君求救于魏。魏王派晋鄙率兵十万，到达邺地。但迫于秦威，止步不前。信陵君听取侯嬴之计，窃取虎符，与朱亥前往邺地。在晋鄙对虎符有疑时，朱亥椎杀晋鄙。信陵君率兵救了赵国。侯嬴在信陵君到达邺地时，自刎于夷门。

窃符救赵的故事发生一百余年后，司马迁寻访战国争雄的史迹，来到夷门。对千金一诺、侠义热血故事颇有兴趣的司马迁，在《史记·魏公子列传》中做了上述精彩描述，扣人心弦犹如小说家言。信陵君事迹很多,司马迁只记礼士与救赵;信陵君在魏养士三千,详写的只有侯嬴与朱亥。传记的结尾,意犹未尽,作者再次称赞信陵君不耻下交的礼士精神:"吾过大梁之墟,求问其所谓夷门。夷门者,城之东门也。天下诸公子亦有喜士者矣,然信陵君之接岩穴隐者,不耻下交,有以也。名冠诸侯,不虚耳。"仁而谦恭,礼贤下士,成就大业。这是夷门叙事的第一重启示。

公元前99年,司马迁为李陵事获罪,受腐刑,因著书事业而隐忍苟活。受刑的第二年,朋友任安写信询问情况,司马迁写下了传诵千古的《报任安书》,完整描画了一个知识人最高最完美的理想:"近自托于无能之辞,网罗天下放失旧闻,考之行事,稽其成败兴坏之理,……凡百三十篇。亦欲以究天人之际,通古今之变,成一家之言。"据此话推定,《史记》已大致完成。今传《史记》有《太史公自序》,其有感于自己身世,而追述中国历史中圣贤发愤著述的传统:"昔西伯拘羑里,演《周易》;孔子厄陈、蔡,作《春秋》;屈原放逐,著《离骚》;左丘失明,厥有《国语》;孙子膑脚,而论兵法;不韦迁蜀,世传《吕览》;韩非囚秦,《说难》《孤愤》;《诗》三百篇,大抵圣贤发愤之所为作也。此人皆意有所郁结,不得通其道也,故述往事,思来者。"这种圣贤发愤著述的传统,是司马迁完成《史记》的支撑力量,也化为以立言为志的中国士人生生不息的精神资源。"究天人之际,通古今之变,成一家之言"与"述往事,思来者",共同成为读书人立言著述的最高理想。身为记述唐尧以来中国历史的史官司马迁,历史上却没有留下他本人卒年的记载。近代王国维考证,司马迁大约卒于汉武帝末年。勤奋于"述往事,思来者"之业,究天地之际,通古今之变,成一家之言,燃烧自我之身,不计身后之名。这是夷门叙事的第二重启示。

公元960年,北宋政权以开封为都城建立,从而创造了继唐代后又一个统一王朝的辉煌时代。此时距司马迁《史记》成书,已过去千年。夷门不在,夷山依旧。夷山之上,北宋皇祐元年(1049年)建起了开宝寺塔。塔体外立面均为褐色琉璃砖,浑似铁铸,民间俗称"铁塔"。1912年,铁塔南麓,建立了一所大学——河南留学欧美预备学校(今河南大学前身)。河南大学的学生均以"铁塔牌"自称。铁塔成为这所大学毕业生最早的logo(标签)。当年椎杀晋鄙的朱亥,因窃符救赵之功,被授相印,其封地原名聚仙镇,在北宋末,改称朱仙镇。岳飞抗金,取得朱仙镇大捷,也终没有挽救北宋王朝的命运。北宋的成功,在文治而不在武功。20世纪40年代,陈寅恪为邓广铭《宋史职官志考正》作序,有"华夏民族之文化,历数千载之演进,造极于赵宋之世"的称赞。一个以唐史研究见长的史学家,推重赵宋文化,绝非偶然。赵宋时期城与市合一,不需要再像《木兰辞》所言那样"东市买骏马,西市买鞍鞯"。城与市合一的开封,勾栏瓦肆林立,充满着人间烟火气。唐宋以来实行的科举制度,使寒族子弟也可以像世家子弟一样,通过个人的努力,通达社会与文化上层。读书人生气聚集之时,赵宋时期出现了士大夫阶层。士大夫具有超越特定族群、特定利益阶层的历史眼光和宽阔胸怀。祖籍大梁的北宋大儒张载不失时机提出的"为天地立心,为生民立命,为往圣继绝学,为万世开太平"的"横渠四句",成为新兴士大夫群体理想抱负的经典表达。士大夫群体的思想文化创造力活力四射,宋代理学家、史学家、文学家、音乐家、书法家、艺术家层出不穷,群星灿烂,造诣均达极高水平。宋代理学家将儒释道合一,重建儒学体系。新的儒学体系高扬道德的旗帜,以修齐治平调节士人人生期待,以伦理纲常整饬社会秩序。陈寅恪称赞欧阳修晚年所撰《五代史》的功劳在"贬斥势利,尊崇气节,遂一匡五代之浇漓,返之淳正。故天水一朝之文化,竟为我民族遗留之瑰宝。孰谓空文于治道学术无裨益耶?"五四运动过后二十余年,在抗战的炮火中,陈寅恪坚信造极于赵宋之世的华夏文化,本根未死,终必复振。理想、信念、毅力、气节,是读书人的禀赋;立心、立命、继绝学、开太平,为读书人的价值与责任。以治道学术服务国家人民,乃读书的正途与根本。这是夷门叙事的第三重启示。

北宋时期的国子监所在地位于现在的龙亭一带。明代这里辟为周王府。清初,河南贡院一度迁至辉县百泉,清顺治十六年(1659年)河南贡院在周王府旧址修建。因地势低洼积水,雍正九年(1731年)河南贡院迁至夷山南隅。1841年黄河发水,拆南贡院房舍防洪,第二年重修,新建号舍万余间。1900年的庚子事变,北京用于国家会试的贡院被毁,河南贡院因房舍完好、交通便利,而在1903、1904年成为科举会试所在地。1905年废除科举,河南贡院就成为上千年科举制度的终结地。1912年,河南有识之士在河南贡院的校舍上创办河南留学欧美预备学校,1923年改建为中州大学,1930年易名省立河南大学。因此,从这套丛书的一个人物林伯襄1912年担任河南留学欧美预备学校的校长开始,河南大学叙事便与夷门叙事有了交集,夷门叙事所体现出的精神基因便在河南大学传承延展。与时俱进,百折不挠,在国家、民族站起来、富起来、强起来的百年沧桑中,河南大学以振兴教育、培养人才服务于民族自立、国家复兴和区域发展,成为中原大地高等教育的一棵参天大树。参天地之化,养浩然正气,育万千桃李,以教育报国。此为夷门叙事的第四重启示。

在河南大学迎来110周年校庆之际,学校编写出版"夷门传薪学人传"丛书,嘱我为序。在准备出版的二十多种学人传中,有在河南大学发展的重要节点上做出了重大贡献的主政者,绝大多数是在学校发展的不同时期在学术进步、人才培养方面成绩突出的教授。名人有言:"大学者,非谓有大楼之谓也,有大师之谓也。"这些学者教授就是河南大学的大师。河南大学建立110年来,对国家、对民族的贡献,大部分是通过一代又一代心系桑梓、植根教育的千千万万教育工作者实现的,上述学者教授是千千万万教育工作者的代表。在河南大学这所百年名校中,"究天人之际,通古今之变,成一家之言"的学术创新是他们完成的;"为天地立心,为生民立命,为往圣继绝学,为万世开太平"的学术理想是他们实践的;"参天地之化,养浩然正气,育万千桃李,以教育报国"的百年辉煌是他们参与创造的。这是河南大学110年校庆要编辑出版"夷门传薪学人传"丛书的唯一理由。

有形夷门在司马迁生活的时期已经颓毁,而无形的夷门,留在司马迁的《史记》中,留在宋儒的横渠四句中,留在科举旧地与新式教育的交接中,留在河南大学生生不息的生命意志中。

在河南大学建校110年之际,河南大学的注册地移至郑州,但河南大学的办学精神,已经融入河南大学的基因与血脉之中。河南大学从留学欧美预备学校的成立,到今天的"双一流"建设,何尝不是河南有识之士与黄河儿女的"发愤"之作!国家兴亡,匹夫有责,读书人更有责。司马迁"发愤","述往事,思来者"而著"史家之绝唱,无韵之离骚";河南大学"发愤","述往事,思来者"而有发展进步的大手笔、大思路。让我们为之共同奋斗。

放眼寰宇的河南大学,根在夷门。

关爱和

2022 年 7 月

(作者为河南大学教授、博士生导师,中国近代文学学会会长。曾任河南大学校长、党委书记。)

目　录

家在燕子矶边:童年时代 …………………………………… 1

南雍风中一少年:在东大附中的日子 ………………………… 12

斜阳何处着春愁:求学金陵大学 ……………………………… 32

最忆华西坝:抗战岁月 ………………………………………… 99

彷徨歧路:从西北大学到静心女子中学 ……………………… 161

夷门老作抛家客:在河南大学的五十年 ……………………… 174

诗苑留胜事,碑学重石斋:高文的学术成就 ………………… 217

后记 …………………………………………………………… 249

家在燕子矶边：童年时代

1951年9月,43岁的高文在经历了抗日战争、解放战争期间辗转南北的就职迁徙之后,执教于河南大学,从此定居古城开封。"文革"期间,为帮助被打成右派、深陷困顿的老朋友兼同事李白凤,高文有意花费"巨资"请其刻一枚闲章"家在燕子矶边",此后每有用印,他总会拿出此方闲章,郑重其事地钤上,仿佛这是自己唯一的身份。或许,此后雪藏一般的50个春秋,梦牵魂绕的还是南京燕子矶边那久违的故乡。

1908年11月24日,高文出生于南京燕子矶附近长江中心的七里洲上;原名文和,字石斋;"文"本属辈分,上学之后,同学为呼叫简便,省"和"直呼其名为高文,高先生不复措意,终以辈分行世。高文祖上出自渤海高氏。渤海高氏以渤海蓨县为郡望,发源于东汉孝明帝时期,始祖为渤海太守高洪,是历史上著名的豪门世族。渤海高氏后来发展出多支,其中声望隆盛的有晋陵高氏、渔阳高氏、辽东高氏和河南高氏。渔阳、辽东、河南高氏在北方繁衍生息,晋陵高氏则在南方枝繁叶茂。晋陵高氏出自东吴丹阳(治今江苏南京)太守、广陵(治今江苏扬州)人高瑞,因此又称作广陵高氏。高瑞的四世孙高悝迁居秣陵(今江苏南京南),从此高姓成了南京地区历史悠久的大姓。南京高姓有几支,今天的汤山、六合区、浦口区高家冲、高淳区、江宁区禄口高伏高家村、栖霞区高家村,均有高姓聚居。按照南京市行政区划变迁沿革,高文出生地七里洲上的高姓居民,几经搬迁,落户现在栖霞区高家村。从族谱字辈排行看,禄口高家村与栖霞高家村一脉相承。

高文祖上耕读传家,但由于善于经营,到清末已置有不少田地,20世纪20年代末期以后在南京下关龙江桥开有商铺,家境渐见殷实。高文父亲高梓推,曾到南京城里颇有名气的私塾学习过,是当地少有的几个读书人之一。有人据此推断,高梓推以塾师为业,但高文的儿子高启明则申明,其父亲是当时七里洲上一所小学的校长。两种说法均有道理,却不甚确切。实际情况是,高梓推学成归家之后,先是在七里洲上高家村举办私塾,教授童蒙。清末,中国教育伴随社会巨变,也经历了前所未有且历时漫长的各种变革。1898年戊戌变法后,清政府于同年5月20日下谕,命各省府州县设学堂,将各地旧书院、义学、社学一律改为中西兼顾的学堂。省会的大书院改为高等学堂,郡城的书院改为中等学堂,州县的书院改为小学堂。中、小学堂应读的书籍由官设书局编印发行。这是清政府决心推行现代学校的开始,也是小学教育计划见于公文的开端。同年6月6日御史张承缵奏请于五城设立中小学堂,使当地民众子弟和外省寓京官吏子弟皆可入学。这可作为地方小学教育普及运动的发端。此后,1900年天津的蒙养东塾、北京的八旗奉直小学堂开办起来。1902年,清政府颁布我国近代第一部学校系统章程《钦定学堂章程》,即《壬寅学制》。《壬寅学制》实施之后,三级初等教育正式铺开,原来的私塾成为第一级四年制蒙学堂。蒙学堂的创设,目的在改良私塾。改制分为两种,一种为公立的,一种为私立的。凡有常年经费的义塾,一律改为公立蒙学堂;凡有条件的私塾可改办自立蒙学堂。这一改革举措,在1903年有过修订,即《癸卯学制》。1905年8月,清政府在各方压力之下,决然宣布废除延续近千年的科举考试。各地小学堂的开办空前加速,江苏地区尤为突出,成为当时中国教育改革最为成功的地区。但整个20世纪初期直到40年代结束,中小学教育并不如各种宏大历史叙事所展示的那样,全部是新式学校的天下,恰恰相反,旧式私塾所占比重远远超出了我们的想象。据国民政府教育部1935年统计,当时江苏省共有24 259所私塾,塾师24 299人,学生436 647人。在农村,私塾的数量大大超过了学校。即使到了1949年,江苏全境解放,城乡各地仍存在大量私塾[①]。在文盲普遍的中国,塾师一向受人敬重,他们不仅教孩子识文断字,也教他们为人处世之道,就是附近乡民,有什么疑难不解之事,也会上门请教,请其决断,这几乎成了一个不言而喻的传统。特别需要提到的是,高梓推不仅知识渊博,而且为人正直,热心公益,在当地口碑极佳。但高梓推却比一般塾师有着更为开阔的视界,他顺应潮流,把私塾改为蒙学堂,自己由塾师变为小学校长,并

[①] 江苏省地方志编纂委员会:《江苏省志·教育志》,江苏古籍出版社,2000,第83页。

且在1931年洪灾之后①,伴随七里洲上的居民纷纷迁移到江边的燕子矶生活,他也把学校迁移到陆地上,并且开始在地方政府机构谋取职位。虽然通过科举出仕的路已经断绝,但那种读书做官的传统观念并未从高梓推的心中消失,他不断寻找机会,而且也善于寻找机会。1929年南京开始实施的地方自治规划给了高梓推以机会,1934年,他被任命为南京市燕子矶区区公所助理员②。区公所刚开始十分简单,组织上仅设区长一人,助理员一人,书记两人,由市政府任命,并雇用夫役两人办理区务,办公经费相当有限,1933年10月,南京市各区公所每月仅有100元自治补助费。工作也简单,第一是户口调查,第二是协助市政府绘制南京市区划图,市里要求自治事务所会同各区区长,亲临现场查看,规定各区坊界,如原定区划实行时发生困难的,各区区长须现场申请核改。但高梓推并未因此放弃这一新兴但充满晋升机会的平台。事实上,后来的区公所不仅组织机构变得复杂,人员配备大量增加,而且慢慢变成了一级地方政府,手中权力也越来越大。1937年后,高梓推被任命为燕子矶区区长,为沦陷区的地方管理与难民救济做了大量有益工作,这一点从1938年9月高梓推报送给南京市政府的难民呈文可以比较详

---

① 1931年中国发生全国范围的大洪灾,当时的几条主要河流如长江、珠江、黄河、淮河等都发生特大洪水。南京地区损失惨重,当时有报道称:"统计(南京)灾户为10031家,口数38787人。灾民啼饥号哭,极备凄伤。综计京市田地,多被淹没,农作物之损失,约及十分之九。"参阅李文海、程歗、刘仰东、夏明方:《中国近代十大灾荒》,上海人民出版社,1994,第215页。

② 《南京市政府公报》,1934年第147期。

细地看出来①。

高梓推一共育有四个孩子,高文居长,另有儿子高星垣、高文炳和女儿高敏。高星垣一生在南京行医,高文炳生前就职南京某中学,高敏则随丈夫长期生活于东北。

七里洲原本是与南京八卦洲相接的一个江中小洲,位于八卦洲的西南面,面积小于八卦洲,1958年长江发生特大洪水,地面塌陷,七里洲大部分被淹没,按照当地村民的说法,尚存的部分就是现今七里村所在位置,后被统称八卦洲。晚年时高文曾有诗《送岩侄还金陵故居七里洲已没江中,又作乡思》述及此事:

莫道南归路不赊,羁人一步是天涯。

江头夜半一矶月,洲上春深七里花。

绿树绕村飞白鸟,寒潮背郭卷平沙。

闻君今日乡中去,为我殷勤谢酒家。

如今一片茫茫水,何处儿时梦里家?②

八卦洲的形成历史,最早可追溯到南宋时期。根据考证,南宋著名的抗金战役——黄天荡大战之古战场就在青州(八卦洲的雏形),如今的八卦洲就是由南宋时期的青州演变而来的。八卦洲上现存的乡民反霸碑(禁牧碑)、清兵屯田碑(示禁碑)中记

---

① 参阅南京市档案馆档案,档案号:1002-2/1499;也可参阅郭必强、夏蓓等编《南京大屠杀史料集66·日伪时期市民呈文》,江苏人民出版社,2010,第526-529页。

② 此诗由高文幼子高启明提供,据说原诗多有修改和增删,如"江头夜半一矶月"句,原为"江边夜静一轮月",但高启明整理之后,整首诗意思朗然。

载,八卦洲原名青沙,继称金珠沙,再改名新洲,亦名巨洲。明代八卦洲因其形似草鞋,故称草鞋洲,亦称七里洲。后来八卦洲南岸被江水冲塌,水道南移,泥沙北淤,渐成八卦图形,遂以"八卦"名洲。清代因洲上盛产芦苇,俗称芦洲。碑文中就有七里洲和芦洲的沿革地名。据考证,八卦洲的得名至今已有300多年历史。在当地,关于八卦洲名称的由来有两种说法。一说如前所言,因其形似"八卦"而得名;另一说法则是"明太祖之马皇后失八卦玉于江中,遂形成八卦洲"(八卦洲上流传的民间传说)。虽然第一种说法明显地更为切实,但当地老一辈村民大多相信第二种说法。多年之后,当高文忆及家乡时,仍然承认自己在感情上还是如同村民那样相信传说,因为它更近人情。他永远忘不了月明星稀的夏夜,一边听地里的蝈蝈鸣唱,一边听母亲讲述马娘娘故事的情景。

相传朱元璋称帝后,太子朱标经常生病。有一天晚上,朱元璋和马娘娘做了一个相同的梦,梦中遇见一位神仙,告诫他们说:"若要太子病体好,太子庙中把香烧!"他们忙向神仙打听太子庙在何处。神仙告诉他们在燕子矶对江的太子山。天一亮,马娘娘就和宫女们化装成民女,赶到燕子矶准备过江进香。此处江宽水急,稍有疏忽就会葬身鱼腹。进香过江,虽受惊吓,但平安无事;返回时,舟至江心,大风骤起,巨浪压顶,时而把小舟掀得直立起来,时而将小舟淹没在惊涛骇浪之中。马娘娘和宫女们一个个吓得冷汗直冒,即使是富有经验的老船工也是六神无主。宫女们扶着马娘娘,跌跌撞撞地上了岸,样子十分狼狈。马娘娘对老船工说:"老人家,你在这里摆渡真险啊!我这里有十两金子,你拿去买些田或做其他生意吧。"老船工回答:"这里是长江南北重要渡口,过往的人很多,我不摆渡,别人又不敢摆,过往行人如何过得了江呢?千不怪,万不怪,就怪江面太宽了。"马娘娘问道:"如果江面窄一些,风浪会小些吗?""当然会小多了。听刘军师说,有个人能使江面变窄,但我们无法请她帮忙。"马娘娘连忙说:"老人家,请你告诉我,谁能使江面变窄,我去找他!"老船工就说:"只要请马娘娘施舍一个八卦玉佩,投入江中,江中便会长出一个沙洲来,我们过江就可避免风浪之险了。"马娘娘对穷人富有同情之心,当即痛快地答应了下来。马娘娘一行来到了头台洞的观音阁换装,想起刚才惊险的一幕,又想到平常老百姓由此受到的苦难,遂决定割爱献宝。为避免投宝不成洲,枉失一件宝物,便将宫女们的金链银链一一收集起来,连接成一条长链,一头结在八卦玉佩上,一头结在观音阁悬崖的系舟孔上。她用尽全力将玉佩往江心扔去。玉佩并未扔到江心,而是落入了靠南岸一侧的江中,果真宝落洲成。自此以后,长江在此分流而下,绕洲而过,惊涛骇浪之险从此消失。据说现在八卦洲上纵横交错的河道和道路,就是玉佩上的八卦图演变而来的。马娘娘在观音阁前梳妆的平台,当时人称马娘娘梳妆台,至今还存在八卦洲上。

传说归传说。实际上,直到清朝康熙二十三年(1684年),八卦洲西南角的七里洲始有零星移民居住。康熙五十一年(1712年),洲上开始有乡众开荒耕作。据八卦洲现存《乡民反霸碑》记载,康熙五十八年(1719年)此地属上元县(今南京)管辖,说明当时八卦洲及其居民已被纳入官府的户籍管理。清末,八卦洲为旗人放垦之地,有旗民3000多人。后来,安徽无为、江苏邳县等地大量贫民陆续迁徙至八卦洲,芦苇遍地的八卦洲也就成了他们开垦耕作、安身立命的场所。清廷灭亡之后,民国十六年(1927年),八卦洲归属南京市区范围。1934年10月,八卦洲划归第九区,辖七里(包括八卦洲、尼滩洲)等乡镇。

　　高文的童年是在七里洲上度过的。那时候,洲上到处是农田瓜地,生活恬静。有诗为证:"锸江当时此矶雄,振翼翩跹俨若飞。此际涨沙成沃土,春来惟见麦菲菲。"[①]这是清朝康熙皇帝南巡时所写,诗中称赞原是荒滩一片的八卦洲几十年间变成了乡民们安居耕作的家园。1751年乾隆皇帝游江南,第一次登临燕子矶,也像他的祖父那样写下了令人欣慰的诗句:"当年闻说绕江澜,撼地洪涛足下看。却喜涨沙成绿野,烟村耕凿久相安[②]"。诗的前两句是说早年听闻燕子矶被江水围绕,水急浪大;如今登上矶顶一看,惊涛骇浪就在脚下。后两句中的"绿野"即八卦洲,"烟村耕凿"说明当时八卦洲上已有相当规模的乡民居住。村庄中升起袅袅炊烟,人们在田地里辛勤劳作,一派和平安宁的景象。1784年,75岁的乾隆第六次南巡,复登燕子矶并赋诗:"有石临江翩若飞,久闻燕子用名矶。六朝往事谁兴废,几卷遗编自是非。形胜江山如锦绣,春光风物已芳菲。而今沙涨兴耕作,俯瞰青青麦陇肥。[③]"据说,燕子矶从此声名大振。南京当代诗人孙希良曾咏道:"青青小岛水当中,景色深幽迥不

[①] 转引自夏树芳《地质旅行》,湖南教育出版社,1999,第28页。
[②] 同①。
[③] 转引自邓小文主编《滨江风光》,南京出版社,1998,第93页。

同。芍药连畦惊阆苑,荼蘼满架叹龙宫。往来邻里人情厚,谈吐席间儒士风。八卦洲头长伫立,此身恍入武陵东。"①世外桃源之景象犹存。八卦洲上土地肥沃,水道纵横;邻里和谐,人民乐于垦殖。

那时候洲上最快乐的当然是孩子们,他们下水捉鱼,上树摘果,各种能带来乐趣的游戏从不缺少。高文虽然从小内向,不喜言语,但孩子间的游戏却喜欢参与。这培养了他和乐合群、细心察物的习惯。晚年回忆起这些童年光景,高文还能记起生活中的诸多故事和细节。但高文对童年的记忆,除了游戏,更多的是跟随父亲学习的场景。因为是长子,高梓推对他的期望非常高,要求也极为严格。三岁时就开始教他读《三字经》《百家姓》《弟子规》等蒙学读物,四岁进自家私塾跟班学习。父亲虽然开明和蔼,但高文自小聪慧伶俐,懂事乖巧,从不愿违逆大人意志,父亲布置的读书任务,他会想尽办法去完成。后来高文自己成为老师,喜谈掌故,既娱人又励志,司马光读书的故事是其中的保留节目。故事是这样的:司马光小时候聪明好学,常常担心自己的知识不如别人的多,所以不管学什么,都要比别人多花一倍的功夫。其他小孩子读了一会儿书勉强能够背诵,就出去玩了,只有司马光一个人还坐在书房里,认认真真地读书。长大以后,司马光曾经用木头做了一个枕头,取名叫"警枕",因为枕头是圆的,所以人一翻身枕头就会落到地下,"砰"的一声,自然会把人警

---

① 孙希良:《七律·八卦洲》,http://www.52shici.cn/gongxiangc3e1432a-da95-42e5-82a0-44ec2951882a.html,访问日期:2014年3月23日。

醒。因此，司马光每次在半夜里听到响声，便马上起床，点烛读书。由于勤奋好学，司马光终于成了著名学者。每每讲完这个故事，高文总会习惯性地咳两声，然后带着他惯有的幽默表情加上一句：我小时候也是这样读书的。由于启蒙早，跟着父亲饱读诗书，高文显得比一般孩子都要稳重和成熟。父亲看在眼里，喜在心上，他觉得这孩子将来会是家族的希望。但当时七里洲所在的燕子矶区，教育、医疗都比较落后，即便到了1914年南京解放前夕，整个区境内也只有私立燕子矶中学一所；除了少数私人诊所，没有其他医疗机构。① 倒退到民国初期，七里洲上更加不堪，高梓推举办的高家村小学算是洲上唯一的学校。此外，由于是长江泥沙冲积而成的江心沙洲，每有洪水，洲上田地淹没，房屋坍塌，造成严重损失，孩子们上学极其不便。

所以，尽管那时候燕子矶附近村民对新式学堂不信任感普遍存在，往往不屑地称之为"洋学堂"②，但父亲高梓推有机会参加了金陵大学特别班的学习。1914年，金陵大学筹集巨资，招考塾师，设立特别班，使得塾师们学习现代教育方法和基本知识，借以改良私塾。训练虽只有三个月，但在正式学习之外，还"选择最普通、最重要、最关人生之论题分期宣讲"。内容包括

---

① 南京市地方志编纂委员会办公室编纂《南京简志》，江苏古籍出版社，1986，第21页。
② 20世纪30年代，金陵大学农学院乔启明等对临近高文老家的江宁县淳化镇进行调查，结果显示，乡民仍然认为新式学校是外来事物，是洋学校，孩子们读的东西是洋书，并不能满足实际需要，所以许多人宁愿把孩子送到私塾就读。参阅徐秀丽主编《中国农村治理的历史与现状：以定县、邹平和江宁为例》，社会科学文献出版社，2004，第352页。

"社会学要旨""社会主义与社会学之区别""乌托邦之学说(或曰理想的社会)""天文改论""物理改论""地形之构造""气象学总纲""实用化学""体育之要""运动之门类""卫生要义""宗教学概论",主讲者均是当时金陵大学的教授。[①] 学习之后的高梓推犹如醍醐灌顶,视野大开,摆脱了原来故步自封的认识,他初步看清了中国教育发展的趋势,为了给长子创造一条更为幸福的人生道路,在高文高小(1912年9月成立不久的国民政府教育部公布《小学校令》,改小学堂为小学校,分初等小学校,修业4年;高等小学校,修业3年。儿童6—14岁为学龄期。)毕业之后即安排他投考南京国立东南大学附属中学,摆脱了周围孩子拘囿于私塾的命运。

[①] 南京大学高教研究所校史编写组编《金陵大学史料集》,南京大学出版社,1989,第221页。

南雍风中一少年：在东大附中的日子

　　国立东南大学附中的前身是三江师范附中，成立于1902年，后改名两江师范附中(1905—1914)、国立南京高等师范附中(1917—1923)，1923年改名国立东南大学附中(1923—1927)，其后因战争有过迁徙，因合并复有易名，最终成为今天的南京师范大学附属中学。高文原来所在的燕子矶中学英语教学较为落后，所以1922年7月参加国立东南大学附中(时称"东大附中")初三插班入学考试。当时东大附中的高中招生，按照规定招收文科和理科两个班，共80人，但因为转学、辍学或成绩低劣而被劝退者众多，导致生源流失，因此，每年会面向全国兼招少量初三及高一插班生，以保证名额总数不变。民国时期，中小学校入学率普遍低，中途退学者也大有人在，那些办学质量差的学校常常难以为继，加上入学考试的共同特色是各校自行命题、阅卷、录取，试题的难易程度不同、评分标准宽严不一等弊端大量存在，导致高小毕业生的升学率不到10%。但质量高、口碑好的中学却是另一番景象，东大附中即是如此，由于名声在外，考生趋之若鹜。据统计，每年来自全国各地的考生往往在1 500人以上，竞争之激烈可想而知。时任主任(即校长)廖世承回忆，"自民国以来，中学的校数，加增很少，但是小学毕业的学生，却日渐多了，因此中学招考时，投考的人数，往往超过招收的学额五六倍以上"①,"迩时东大附中几执全国中等学校的牛耳,投考人数,为全国称首"②。著名历史学家郭廷以的自传也提到了投考东大附中的难度:"参加插班考试的有七八百人,录取的名额是七名。"③高文因为是正常的高小毕业生,所以插班只需考试国文和算术两门课程,但在面试时增加了其他素质测试项目。由于基础扎实,准备充分,他终于在众多应试者中脱颖而出。

东大附中坐落于南京北极阁山南面,原是明朝国子监所在地,自古即教育圣地。附中与母体东南大学共一个校园办学,位于大学的西侧。学校硬件设施极为完善。学校有两幢大楼,六个人一间自修室,每人一桌一凳一书架;宿舍两人一间,极为宽敞。教学条件更是远远超出国内一般中学,学校拥有四十多台英文打字机,四十多架三千倍的显微镜,其他理科实验室的仪器和设备品种繁多,非一般学校可比。除了与东南大学共享图书资料之外,附中也根据教学需要,藏有不少书籍。

那时候东大附中不仅名师荟萃,学生也是英才辈出。高文1926年毕业,在校期间正是主任(即校长)廖世承锐意改革,探索中国特色教育道路的发力阶段。他首先在东大附中实行"三三"学制和学分制,并且在初中一、二年级进行道尔顿制实验。

早在1919年,廖世承就任南高师附中主任之后,就痛陈当

---

① 廖世承:《中学教育》,商务印书馆,1924,第18页。
② 廖世承:《东大附中几执全国中等学校的牛耳》,载程德培、郜元宝、杨扬编《1926—1945良友人物》,上海社会科学院出版社,2003,第188页。
③ 郭廷以:《郭廷以先生访问纪录》,张朋园等访问,台北"中央研究院"近代史研究所,1987,第98页。

时流行的学年制于学生发展和教育效率方面的弊端:"通常每班学生的人数,总在三十或四十以上。这许多学生,放在一班,学习同样的科目、同样的教材。这种机械的学级编制,试问能不能减少教授的困难,提高教育的效率,适应学生的个性,发展天才的儿童?""1.施行学年制的学校,升班以时间为单位,不以学科成绩为单位,不合于教育原理。2.施行学年制的学校,学生有一二门功课不及格,各门功课都须重习,时间太不经济。3.学年制对于天资优秀的学生,不能与(予)以相当的发展,使他们学业上,品性上,都受到不良好的影响。4.学年制对于天资鲁钝的学生,使他们心灰意懒,缺乏奋斗的能力。5.班中程度不齐,增加教授上的困难。"[1]在各方不懈努力下,1922年秋季南高师附中开始实行"六三三"新学制。等到1923年秋季,南高师附中易名东大附中,高文进入高中的时候,新学制完全确立。[2] 新学制规定初级、高级中学各三学年,均实施分科制,设立职业科和普通科。职业科包括商业和师范两科;普通科包括文科、理科等,普通科还有升学班与非升学班的区分。学生根据自己的喜好挑选科目,并在科目内选修相应课程,学生升级,以学科为单位。"民初学制,中学四年,不分高初,大学前二年为预科。廖氏乃以大学预科二年划入中学,改订课程,实行三三制。三年后,成效大著,教部亦深为许可采为中学学制,颁行全国,是今日所行高

---

[1] 廖世承:《中等学校的学级编制》,《中等教育》1923年第2卷第3期。
[2] 闵开仁:《在探索 de 道路上——南京师大附中改革记要》,《学校管理》1995年第1期。

初中制度,实由附中实验成功,而教部采为定制者也。"①可见这项改革在中国现代教育史上的重大意义。其实三三制的实施对当时的学生而言,关键是能够根据自己的特长和兴趣选择学业,这给出身私塾的高文带来的是看得见的实实在在的好处。

20世纪20年代的中国教育正处于新旧交替时期,科举废除,新学甫启,许多私塾学生旧的晋升之路已失,新的发展方向未明。我们今天津津乐道臧克家、钱钟书、吴晗、季羡林等如何在数学成绩极差的情况下被破格录取的故事,其实多有误解。比如,钱钟书数学只有15分,但国文和英语成绩相当优秀,平均下来远远超出清华大学当年平均40分的录取分数线。吴晗是大二转入清华大学的,按要求根本不用考数学。季羡林1930年入清华时,数学只得4分,但平均分仍然符合清华大学录取要求。也许只有臧克家真正属于破格录取的范围。据说1930年臧克家报考国立青岛大学(今山东大学),国文这一科是两个作文题,一是"你为什么投考青岛大学",二是"生活杂感",两题任选。臧克家一时兴起,两题都做了。他的"生活杂感"只有三句话:"人生永远追逐着幻光,但谁把幻光看作幻光,谁便沉入了无边的苦海!"这诗情洋溢的三句话"杂感",短小精悍却极富哲思,打动了时任文学院院长兼中文系主任的闻一多(题目是他拟的),以至于给了他98分的高分,并在数学零分的情况下设法破格录取了他。这种破格的情况其实罕见。臧克家的破格有几

---

① 陈杰夫:《东大附中十年》,载南京师大附中编《南京师大附中》,人民教育出版社,1996,第109页。

个原因。其一,当年闻一多报考清华时,其他科目平平,也是因作文优异被赏识而获破格录取,闻先生对臧克家恐怕有"惺惺相惜"的心理吧;其二,臧克家当时已是颇有名气的青年诗人,写出的诗歌正合新诗人闻一多的口味;其三,当时各校招录学生都是自己命题,自己设置录取标准,即便到1935年,在国民政府教育部要求统一标准的情况下,各校自主权力仍然很大;其四,由于当时大量考生接受的仍是传统私塾教育模式,数学成绩普遍不高,因此,破格是在情理可以接受的范围。总之,一些并不完全符合实际的故事之所以流传开来,一方面反映了人民对这些杰出人物的仰慕,另一方面也反映了当时急需符合学生实际情况的招生政策和办学方式。东大附中根据时代特点所做出的教育改革以及制度设计,既保证了生源质量,也对接了当时高校招生实际,学生和校方各取所需。后来高文回忆说,倘若不是东大附中实行这种学制和选科制度,他都担心自己会像当年的鲁迅先生那样,迫不得已去上矿路学堂之类的实业学校。毕竟,高文早年在父亲主持的小学和附近的燕子矶中学学习,一则学校偏远,师资薄弱;二则燕子矶中学虽已改学堂,实未脱私塾窠臼,四书五经仍然是教学重点,现代科学知识的学习简直付之阙如。东大附中给了他扬长避短的机会。这样,高文从自己的兴趣和优势出发,参考父亲的建议,选择了普通科里的文科。到1926年高中毕业,几乎是顺理成章地报考私立金陵大学。然而,高文得益于东大附中的远不止人生的这一点点小确幸,附中其他方面的优势或者说办学风格同样久远地影响了他此后的生活。从选科制出发,学校开设的课程十分契合少年高文的需要,如《东南大学附属高级中学必修国文课程纲要》明确国文教学的目的在于:"1.继续发展语体文的技术。2.继续练习用文言作文。3.使学生明了现代文学的思潮。4.培养研究古代学术思想的能力。5.使学生明了中国民族结合的渊源与往哲优美之人生观。6.增加了解古书的能力。7.培养赏鉴中国文学名著的能力。"并且规定每一学年所要达成的具体目标。所开课程有古文、应用文、作文、笔记、演说、辩论、国学概论、文学概论等,规定阅读的书目中中国传统经史子集占了绝大部分,但也包括鲁迅《域外小说集》、梁启超《梁任公近著第一辑》(上下册)以及商务印书馆刊行的各类文学译著。① 总体上看,这份纲要目的明确,古今中西兼备,尤重中国传统文化的陶冶。特别让高文感到开心的是,那些规定阅读的古典书籍,他大都熟稔于心,因此学习起来特别顺畅,整整三年他的国文成绩一直在全年级遥遥领先,颇受同学和老师关注。

校长注重选拔和聘请优秀教师。他围绕学校改革,引进了一大批当时中国中等教育最优秀的教师和著名学者,比如教育家舒新城(1923—1924年短暂担任国立东南大学附中研究股主任,负责道尔顿制实验)、教育家、小说家叶圣陶,教育家穆济波等,著名的数学教育家倪道鸿、汪桂荣等,历史教师张伯严、苏岳芬在教育界均有声望。此外,严济慈(就读东南大学时在附中兼课)、孙俍工(1923—1924年短暂任教于东大附中)、罗家伦、张其昀、胡焕庸、雷宗海、邹秉文等都曾执教于此。附中学生也有

---

① 廖世承等编《施行新学制后之东大附中》,中华书局,1924,第81-89页。

机会听其他教授、名流的演讲。"学校管理严格,早上有早操、早自修,下午有课外活动,晚上有晚自修。学生很规矩,很用功,学风好,这不是老师逼的,是功课逼着我们不能不安分守己,每门功课都很紧,老师都很认真教。"①同时,学校给予教师的待遇也相当好。虽然时局动荡,各种冲突不断,但学校当局还是尽可能保障学校各项事业的发展,保障学校生活的正常运行,高文的数学老师汪桂荣在离开东大附中多年后曾写道:"在附中任课时,使鄙人最不能难忘者,即在个人进修机会之多,研究机会之广,到大学旁听极为自由,图书馆阅览亦极便利,无论课程编制教材选择,教学方法均能逐渐改进。"②

高文走得最近的是国文老师陈燮勋与英文老师李儒勉。

陈燮勋,字季襄,广东人,任教于东大附中,1929年张坊就任金陵大学附中校长之后,被引进到金大附中做训育主任。③陈燮勋是高文的国文教师,那时候,他不但教国文,而且在报纸杂志上发表了大量探讨国文教学的文章。当时的东大附中对于国文教学基本上由两派组成,一派以穆济波为代表,一派则以陈燮勋为代表。穆济波是四川人,在语文教育上有过诸多首创性贡献。白话文正式进入了高中语文教科书是以他编辑的《高级国语读本》出版为标志;从"国语"与"国文"演变而来的"语文"作为一门课程的名称,最早使用的也是他;他还是新学制课程标准

---

① 廖世承等编《施行新学制后之东大附中》,中华书局,1924,第81—89页。
② 汪桂荣:《对于中学教育之观感》,《江苏教育》1935年第8期。
③ 九乡河水:《流年光影之金陵中学》,《南京晨报》,2019年7月11日第A12版。

纲要高级国文部分的起草者。穆济波约在1922年后的几年时间任教于东南大学,同时在东大附中兼课。他的国文教学以"国事"为中心。在1925年编辑出版的《高级国语读本》第一册中,他阐述以"国事"为中心的国语教学目的是使"学者在读书生活中了解现代国家大势,以长养其爱国忧时坚贞自励之良习"。这本教材内容分为"青年生活的训练""标明民治建设之必然的途径"等10组,包括从当时各类较为进步的杂志辑选时文30篇,如王衍康《青年的生活》、左舜生《中国青年与"现代研究"》、戴季陶《从经济上观察中国的乱原》等。从选文看,穆济波认同北伐前国共两党的主张,试图在中学国文教学中宣传这些进步理论。还有一个特别的地方,穆济波选文紧紧贴近学生生活,教材文章的作者均是学生比较熟悉的人物,特别值得一提的是,东大附中学生自己组织的合作社刊出的一份《合作社宣言》也被收进了教科书。穆济波是少年中国学会南京地区会员,与著名的革命者恽代英、萧楚女交往密切,曾十几次邀请他们到东大附中讲演。穆济波的国文教学受到了不少老师和学生的支持,尤其是那些追求革命进步的学生的热烈欢迎,比如比高文高两届的巴金(时用名李尧棠)以及高一届的胡风(时用学名张光人),比高文低两届的顾衡(著名教育家顾倬的儿子)和后来成为杰出建筑学家的汪楚宝(张之洞重要幕僚汪凤瀛的四公子)等人的欢迎。但穆济波的国文观某种程度上偏离了国文学习语言文字、训练学生阅读和口头表达能力的首要目的,因而也受到不少质疑,其中最为激烈的质疑来自陈斅勋。陈斅勋曾不点名批评穆济波:"现在教国文的人,往往离开本题,去和学生讨论社会问题。对于学生读书的方法,作文的技术,反忽略不讲。所以讲读书呢,则学生不晓查字典。讲作文呢,则课卷错字满篇。试问这个国文基础问题,还没有弄好,还能谈到旁的社会问题吗?"他奉劝学生,"多做一点识字功夫,多研索几篇平易的文章,留心多作几篇自己能力和经验都够得上的文字,这才是自己切身受用的所在哩!"①他主张以《随园诗话》为中学生必读之书。这样的主张从学理上看,其实漏洞明显,比如当时就有人撰文批评,"则中国文学上诗话词话以及评文之书,可读者不下千卷,岂止《随园诗话》而已!中学生有此暇豫以尽读之乎?抑岂独《随园诗话》足为历代诗话之代表欤?以文言文学之欣赏,在中学国文教学上,仅占一小部分之位置。而文学欣赏尚有古代文学,现代文学,东西洋的翻译文学,则应精选何为中学生所能读,所必读者,以指示之?在古代文学之中,散文、词赋、诗歌、剧曲,不知凡几,又应精选何者为中学生所能读,所必读者,以指示之?在诗学之中,尚有诗法、诗史、诗选、诗评,在中学生的学力时间,能否尽读,如其不能尽读,则诗话是否为中学生必读之书?《随园诗话》是否为中学生必读之书?"②加上陈燮勋虽主张旧学,但自己的国学功底其实并不深厚,所以新派的同学不喜欢,从私塾出来的一些旧派学生,由于读过许多国学经典,对他也有些怠慢,比如,晚年的郭廷以就认为他比不上先前的国文老师许诚先生,见

---

① 转引自李斌《东南大学附中的国文教学》,《看历史》2013年第4期。
② 阮真:《中学生国文课外阅读书籍选目及研究计划》,《教育月刊》1930年第3期,也见《中华教育界》1930年第2期。

识也稍显不足。① 但是陈燮勋对学生很爱护,教书也认真,相对而言,穆济波由于社会活动比较多,虽然也关心学生,但在中学生的印象中就要疏远得多,更为重要的是,陈燮勋代表的国文观更加符合东大附中国文教学纲领要求,即强调国文基本教学目的,从而受到那些内向、不太关心时事,只想升学就业的学生的欢迎。高文当时的目的十分单纯,就是想在高中毕业之后考取一所理想的大学,然后找一份满意的工作,所以跟陈燮勋走得非常近。那时候东大附中的学生国文学习任务相对而言还是比较轻松的,两周作文一次,一个月交一次阅读笔记,平时就靠自觉阅读和练习写作了。但老师的任务却并不轻松。陈燮勋曾经抱怨道,"以东大附中而论,国文教员每人担任改文至少两班,每两星期作文一次,平均每星期有学生正式作文 40 篇以上。每月每班尚有读书笔记……终日疲于改文看笔记,有时还要看临时实验卷……还要预备上课。所以弄到废寝忘餐,面无人色。各种娱乐和社会活动,几为之剥夺净尽。人常怪国文教员闭门谢客,不与人周旋,其实事实上迫到他不得不如此。左右邻人看见这样,也常惊问,为什么事体做不了。唉!他不晓得这许多作文、笔记、实验卷等,光看也不易看了,何况还要改正呢!还要批评呢!"② 尽管如此,高文每周都会拿着自己练习写作的文言文向陈先生请教。陈先生往往不惮烦劳,从标题立意到遣词造句,细

---

① 郭廷以:《郭廷以先生访问纪录》,张朋园等访问,台北"中央研究院"近代史研究所,1987,第 101 页。书中把陈燮勋记成陈夔勋,应属误记。
② 陈燮勋:《改进国文教学的先决问题》,《中等教育》1924 年第 5 期。

细评阅和讲解。高文也会找陈燮勋发表在报刊上的文章阅读，比如《中学国文自修的商榷》《中学生学习国文问题》，高文晚年还记得这些文章谈及的基本观点，他认为陈先生的这些文章对他的帮助很大，一方面使他知道该读什么样的书，另外也使自己认清了兴趣所在，未来的人生道路所在。

高文走得比较近的另外一位老师是李儒勉。李儒勉（1900—1956），江西鄱阳人，是我国著名的翻译家、英语教育家。1945年重庆谈判时，以教育界知名人士的身份受到毛泽东和周恩来的接见。李儒勉1920年入金陵大学攻读心理学，1924年毕业后曾在东大附中教英语，带高文所在的班级，高文此后考取金陵大学与李儒勉的指导和引荐有着极大的关系。那时候李儒勉的年龄比学生们大不了几岁，特别喜欢与学生亲近、走动。高文回忆，李儒勉不是南京人，但国语特别标准，英语口语比国语更地道，声音极富磁性，加上穿着雅致，魅力十足。李儒勉是学心理学的，对学生有耐心，常常以大哥哥的身份勉励学生要有高远的志向，教育学生明白生活的价值和道德的意义。这些话后来写入了公开发表的《现在青年的道德的使命》一文，并被世人当作人生金句引用。在高文的记忆中，李老师那时虽然只有20多岁，讲课却能驾轻就熟。20世纪中期以前的中国，一般中学的英语教育是比较落后的。30年代中央大学教育学院曾做过一次改进英语教育的调查，近一万名大一和高中各年级学生参与测试，结果显示：中国大学一年级英语程度仅仅相当于美国初中二年级水平。鉴于这种情况,有人甚至提出废除英语学科的建议。① 李儒勉深度参与了这一场关于英语教学及学科存废的讨论。他在《中华教育界》等杂志撰文,分析当时英语教育落后的原因,探寻提高英语教学的方法与途径。② 他建议在大学开设英语师资班,有关部门应组织教师到发达的英美国家游学。③ 为了践行自己的观点,1936年,李儒勉即自费到英国学习,学成之后又主动回来,服务国家,可见其言行一致。李儒勉不仅善于思考,也在具体教学中贯彻自己思考得来的方法。他刚入职东大附中就着手编辑英语教材。那时候东大附中鼓励老师编辑教材,但编教材并非易事。一是资料收集困难,虽然东南大学和东大附中藏书在当时的中国首屈一指,金陵大学的外文资料也可供借阅,但根据学生实际选取资料,往往不易取得;二是确定选文标准,把资料编排成集也是煞费苦心的事情。由于高文成熟稳重,办事干练,李儒勉在特别忙碌的时候,会委托他去借阅资料。资料其实是李儒勉请朋友早就准备好的,年轻的高文只是帮他取回,但即便这样,他也得到了很多去金陵大学与东南大学学习的机会。那时候东大附中在训育工作中实行教师分组指导制度,即将学生进行分组,把每个学期切分为三个阶段,每个教

---

① 参阅《艾险舟测验万人结果 大学一年级英语程度仅及美国初中二年级》,《申报》1934年10月31日第14版,以及佚名:《编后杂谈》,《教与学》1939年第8期。

② 喻永庆:《师友、同学、同道、同乡、同事——陈启天时期〈中华教育界〉撰稿人的构成及其聚合途径》,载《2012年中国教育学会教育史分会第十三届学术年会论文集》。

③ 李儒勉:《改进英语教学的先决问题》,《江苏教育》1934年第11期。

师在每一个阶段分别指导十二三个学生,目的在于随时观察、了解和认识学生,以便有针对性地指导学生。平常教员可以与指导的学生进行谈天、散步,学期末,把指导学生的工作信息,比如谈话情况、指导心得等报告给主任。李儒勉曾做过高文的指导老师。这种方法效果良好,学生们时常主动找老师谈心,师生关系亲昵融洽,学习成绩也得到普遍提高。当然,对于高文而言,跟随李儒勉的直接收获就是英语成绩提高很快,尽管与国文相比略有欠缺,但仍然属于优秀学生之列,这为他以后考入重视英语的教会大学——金陵大学夯实了基础。

东大附中学生人才辈出。高文的同学以及前后两届中涌现出不少杰出的人才,有的是当时即有理想有作为,有的是一生追求不懈,终成某一领域大家。

东大附中曾是革命的摇篮,不乏杀身成仁的革命烈士。如与高文同级的吴光田烈士。1925年6月,在五卅运动如火如荼之际,吴光田和几位同学从南京赶到江阴,为响应五卅运动而罢工的下关英商和记洋行的工人们募集捐款。1926年附中毕业之后,吴光田考入东南大学政治经济系后,秘密参加了共产主义青年团,成为共青团南京地委城北支部的一员,积极投身于工人运动和迎接北伐军的活动。1927年春被直鲁联军反动军阀残忍杀害。[①] 1925年入读东大附中的贺瑞麟烈士,入学不久便加入了中国共产主义青年团和中国共产党。"五卅惨案"发生后,

---

[①] 肖姗、胡卓然:《雨花英烈中东大两校友史料被发现》,《南京日报》2016年6月6日第A02版。

贺瑞麟率领东大附中学生参加声援和记蛋厂工人大罢工的示威游行,1928年3月接任共青团南京市委书记,1928年10月牺牲于南京雨花台,年仅19岁。贺瑞麟以顽强的毅力坚持写日记,将狱中的黑暗生活和被捕人员的表现详细记录了下来。他在《死前日记》中记述了从1928年9月28日至10月5日临刑前夕自己从"个人英雄主义者"转变为"无产阶级革命者"的思想历程。在给父母的信中,他敞开心扉,写下了"为大家,弃小家"的心声。① 这种为理想而奋斗的大无畏精神,是东大附中学生的真实写照。还有此前已经提及的顾衡烈士,出身无锡大家,1923年考入东大附中初三年级作插班生,1927年东大附中毕业后考入清华大学,曾任中国共产党南京市委负责人,1933年12月牺牲于南京雨花台。顾衡烈士在东大附中就读时即受穆济波等进步教师的影响,积极投身革命活动,比如参加1925年2月12日孙中山先生的追悼大会、五卅运动等,帮助穆济波组织恽代英和萧楚女等到东大附中的宣传演讲活动。② 此外,中共早期著名领导人顾作霖,1922年入东南大学附中就读,1925年毕业考入暨南大学。在东大附中期间,顾作霖便加入了共产党,后来成为中央苏区共青团工作的奠基者。

这些革命烈士,由于多是江苏人,高文虽交往不深,但都耳闻或接触过。高文年轻时对政治没有太多兴趣,但对于国家民族前途的关心,尤其是晚年加入九三学社,为地方经济、社会建

---

① 宇桦宣、李想:《"为大家,弃小家"——贺瑞麟》,《南京日报》2005年4月19日第A02版。
② 吴志斌:《顾衡烈士的初心之路》,《世纪风采》2019年第8期。

设积极建言献策,并非与这些革命同学的影响毫无关系。

高文东大附中同学中后来在各个领域成为杰出之士的更是不胜枚举。如刘晓(1925年8月插班进入东南大学附中就读,1926年毕业,考入上海国立政治大学,后任中华人民共和国外交部副部长)、王之卓(1922—1926就读东大附中,航空摄影测量与遥感专家,中国科学院院士)、周同庆(1924年入东大附中就读,1927年毕业,入清华大学,著名物理学家,中国科学院院士)。

最是闻名遐迩的当然要数巴金和胡风。

1924年1月份,巴金和他的二哥李尧林,从成都到上海去求学,偶尔听人提起东大附中补习班招生,两人就一起考了进去,学习半年后进入附中高三年级学习,1925年暑假毕业,在这里共读了一年半的书。巴金在东大附中的时间虽短,但记忆很深,晚年与母校的联系尤为密切。1991年,南京师范大学附中建校90周年,征得巴金同意后,校友会为他建立了一尊雕塑铜像,巴金亲笔题写"掏出心来"四个字,足见感情之深厚。

胡风1923年春天从湖北武昌的启黄中学转到南京求学,与巴金一样,先是念补习班,暑期考进东大附中高一年级。由于出身贫寒,启蒙较迟,进入东大附中已经21岁,再加上由父母包办,19岁即已完婚,所以人比较成熟外向。胡风接触革命进步思想较早,1922年12月入东大附中前夕已在北京的《晨报副镌》上发表了自己的处女作《改进湖北教育的讨论》,署名张光人,这也成为他在东大附中的学名。胡风不仅主编《东南大学附中周刊》,而且当时附中许多广为传播的时论多出自他手,如

《是非与利害——论现代青年的根本态度》，替杨效春写的《现在的青年何以不喜欢团结——答刘巍君》①。1927年在二七大罢工影响下，他写出了自己的第一篇小说《两个分工会的代表》，发表在上海《民国日报》副刊《觉悟》上。1925年孙中山逝世，在东大附中举行的追悼大会上，穆济波朗诵的诗歌《死去的太阳》也出自他的手笔。②他还组织参与各种辩论赛、演讲会、学生自治活动等，冠冕加身，声名远播，被誉为"雄辩员""总编辑""委员长"③，一时无出其右者。

然而当时的东大附中虽以新精神著称，老派的力量也是不可小觑的，比如围绕《学衡》杂志的东大教授们对附中学生的影响。在新派阅读《新青年》等进步杂志的时候，《学衡》也成为众多学生喜欢的读物，而且学生之间的交往也有圈子。当时东大附中南京本地学生数量远不及外来学生，像巴金、胡风都是外来学生，而且是插班生，除非基于共同的政治兴趣才会有密切的关系，比如顾衡与胡风就有过很多交往。一般同学相互之间却是比较隔膜的，就像当年的李尧棠不知张光人，那时的高文虽耳闻巴金、胡风的某些事迹，但并不了解详情，也无心参与其中。新中国成立之后隐约知道了当年的同学校友身份，接踵而至的反右、"文革"运动，又迅即将这些美丽的痕迹隐藏或抹去了。

高文记忆最深刻的同学是谢立惠。谢立惠是安徽无为人，

---

① 吴宝林：《作为"雄辩员""总编辑"与"委员长"的胡风——以新见〈东南大学附中周刊〉为中心》，《文学评论》2019年第3期。
② 晓风：《胡风年谱简编》，《新文学史料》1986年第4期。
③ 同①。

后来成为我国著名的电子学家、教育家,被誉为"雷达"泰斗。谢立惠于1921年考入南京高师附中初中部,高中与高文同级,后来因为疾病休学一年,又与顾衡同班。谢立惠是学理科的,在东大附中人称"书呆子",学习一直名列前茅。高文到了"文革"之后偶尔聊起中学往事时,还会提到谢立惠的故事。高一时候有一次考试,生物老师王家楫看了谢立惠的考卷,气得七窍生烟,非要教训他。王老师把谢立惠叫到办公室,严厉批评他考试抄袭。原来谢立惠的试卷与书上的答案完全一样,连标点符号都相同。谢立惠辩解说,他就是照着书上默写的,然后当着王老师的面一字不漏地背了一遍。王老师这才知道自己冤枉了谢立惠。实际上,谢立惠读私塾时,都是先把书背下来,再细细地理解,所以练就了背书本领,过目不忘。他不仅语文、生物这些背诵的课程倒背如流,成绩拔尖,连数学也背,成绩也是遥遥领先。[①] 当时学生基本都是读过私塾的,背诵能力都不差,但像谢立惠这样过目不忘的还是少数。高文后来曾对自己的孩子说:"我们都很佩服他。"

  东大附中取得的育人成绩,与母体东南大学关系密切。1923年国立东南大学合并南京高等师范后共有5科27系,为当时长江以南唯一的国立大学,与北大南北对峙,为当时中国高等教育的两大支柱。美国著名教育家、世界教育会亚洲部主任保罗·孟禄博士(Paul Monroe)在考察当日中国主要大学后,曾盛

---

① 谢先生的故事很有名,当时的同学大多还记得。参阅邹雷:《飘风铁骨:顾衡烈士传》第五章"勇当主角争取毕业证",江苏凤凰文艺出版社,2016,第35-42页。

赞东南大学为"中国政府设立的第一个有希望的现代高等学府"。虽然当时的南京在太平天国惨烈的攻防之战中破坏严重，而且一直未能恢复，"建设极差，市容不整，到处是菜园竹园，到处是瓦砾"①，但校园里面却自成一体，绿树成荫，鲜花满园，建筑错落有致，宜居宜学。除了能够与东南大学共享许多资源外，东南大学缔造者，时任校长郭秉文十分重视附中的建设。在《施行新学制后之东大附中》的序言中，他阐述道，"夫各国大学，多有附属中学之设，其旨约有三端：一、所以为升入大学之预备，以得训练上一贯之利；二、所以备大学学生视察实习之所，以得就近驾便之益；三、所以借大学之设备与环境，发展中等教育之事业，以为专办中学者之借镜。"②从1921年到1925年，东大在四年间为附中投资30余万元。为中学投入如此之多的资金，这在当时实属罕见。

郭秉文胸怀大志，力图把东南大学建设为世界一流大学，他认为校园环境营造和文化建设应当居于首位。在他执掌东南大学期间，借鉴西方现代先进教育理念，提出"三育并举"人才培养理念，即训育（德育）、智育、体育平衡发展。训育注重启发和实践，智育注重思想和应用，体育注重健康和普及。通过"三育并举"，培养"平正通达的建国人才"。这些理念经过东大附中校长廖世承的努力，一并贯彻到附中学生的培育中。那时候，东

---

① 郭廷以：《郭廷以先生访问纪录》，张朋园等访问，台北"中央研究院"近代史研究所，1987，第96页。
② 郭秉文：《〈施行新学制后之东大附中〉序》，载廖世承等编《施行新学制后之东大附中》，中华书局，1924，序言一。

大附中像全国其他中学一样,新旧两种文化的冲击碰撞司空见惯,廖世承描述过这一现象,"近来我国思想界,无论其进步与否,可谓畅所欲言。青年士子,对于新主义的传入,更欢迎不遗余力。凡言论稍涉稳健的,都成了时代的'落伍者'"[1]。廖世承鼓励学生们组织自治会,发展各种社团,参加体育运动,不做时代的"落伍者"。同时期的清华学校强迫学生参加体育活动,下午4点至5点,学生必须不能在教室,而且体育标准成为出洋留学的资格[2],向来被当作佳话流传,其实东大附中的情况也大致如此。特别值得注意的是,校长廖世承重视学以致用,他强调"用文字发表思想,又是一种极重要的工具。一个人的专门学识,无论登峰造极到什么地步,要是发表思想的工具不完备,就处处受到牵制;在社会上,就有多大的影响。所以文字不得不做,工具不得不练习。最好的练习,是在自然的环境里边,自己有一种强盛的动机"[3]。在这种思想的指导下,东大附中的学生积极参与办刊的各个环节之中,包括文章的选择、文字的编辑、刊物的发行等等。所以不只是新派的学生积极参与活动,抛头露面;那些老派的学生,在学校的严格要求下,为了学习不落人后,也以各种方式投身其中。比如当时的《东南大学附中周刊》,是由学生轮流编辑,不仅登载教学情况,还主要刊登师生作品,如"对于时局的分析""创作或翻译的各种小说,诗歌,戏剧"。此外,还发表校外名人来校的讲演记录稿。东大附中校

---

[1] 廖世承:《今后中学教育的问题》,《教育杂志》1925年第17卷第6号。
[2] 钟叔河、朱纯编《过去的学校》,湖南教育出版社,1982,第820页。
[3] 廖世承:《中学教育》,商务印书馆,1924,第364页。

友,当时已在金陵大学读书的卢冀野就有不少诗词和随笔发表在上面。因此,在沟通学校小环境与时代关系上,该刊可以说是一个综合刊物。当时代风潮兴起时,这一点就表现得更显著。①

整体上,东大附中力图在新与旧、国家主义和个性主义两端谋取一种平衡,"不论升学或就业,中学教育的宗旨在发展个人潜在的能力,使她成为一个最快乐和最有用的人"②。廖世承校长所主张的教育宗旨,在东大附中以各种方式全面贯彻。

高文很少谈及私人生活,斯人已去,他在东大附中的具体活动和表现不能妄加揣测,但从他的人生选择和个性特点可以想见,他在这样一所著名的中学读书,除了获得相当丰富的知识外,在个人品性、人生经验与生活态度的锤炼方面,也留下了磨灭不了的印记。

---

① 吴宝林:《作为"雄辩员""总编辑"与"委员长"的胡风——以新见〈东南大学附中周刊〉为中心》,《文学评论》,2019年第3期。
② 汤才伯:《廖世承教育论著选》,人民教育出版社,1992,第506页。

斜阳何处着春愁：求学金陵大学

高文于1926年秋季考入金陵大学，1931年春季毕业。教会大学的毕业生在当时的社会上颇受欢迎，毕业去向大都集中在政府机构、大学及中学，也有少数经商的。高文毕业之后先是入汇文中学任国文教员，旋即转入南京育群女子中学工作，做国文教员兼国文主任，也曾短暂兼职金陵中学。[①] 这一时期主要是在育群女子中学，这是一所教会中学，发展平稳，办学经费充足，待遇也较为丰厚。当时一般中学教师的月收入平均大约60元，比如当时吴梅托胡小石把四儿吴怀孟介绍入金陵大学附中教书，商议专任不在外兼课，"每周二十时，月俸七十元"[②]。育群学校与金陵大学附中均是教会中学，薪水相对而言稍高一点。吴梅日记载，1933年南京物价："租屋三间，月费大洋三十元……每石米……十五元，肉每斤……千文左右；鱼虾……百二三十文……唱经楼大街……所谓鸡丝老面……每碗……二百六十文。"[③]按照这样的物价水平，新入职的高文维持比较体面的生活已不大成问题，对于一个并不特别富裕的家庭，毕业就能有这样一份工作，算是相当稳定而滋润的了。入职第二年，即1932

---

① 《本期撰述人略历》，《金陵大学学报》1935年第2期。
② 吴梅：《吴梅全集·日记卷（上）》，河北教育出版社，2002，第376页。
③ 同②，第19页。

年,高文奉父母之命与李修珍女士结婚。两人育有三子,长子抗战期间夭折,留下的两个孩子分别为高治强和高治武。高治强生活于南京,高治武(已去世)生活于洛阳。

高文少时即熟读国学经典,大学又多受文学濡染,大学二年级始有诗词见诸《金陵周刊》等校内外杂志。中学教员那种程式化的工作并不符合他的趣味,也与他外表冷静、内心热烈的性格不合,再加上妻子李修珍读书不多,夫妻之间共同语言少,高文经常回到金陵大学,与老师、同学沟通交流。大约在1933年底,他联合部分同学倡议学校招收已毕业学生开设国学研究班。当时社会上建设中国文化本位的呼声很高,华东基督教会希望金陵大学能致力于中国文史方面高级人才的培养,同时也弥补金大文科教员的不足。建议提出以后,反响很大,当时的《基督教学校新闻》杂志还就这一建议的缘起、筹建情况、操作方式等进行了较为详细的报道。初拟招收四个方面的学生:中国文学、文字学、史学、哲学。研究方法,除每周按时上课外,注重自力研习。学生各认专题,导师予以指导。[1] 建议拖了好几个月,最终得到了校方的回应,以"国学研究特别班"的名称,招收国内各大学文史哲专业毕业、有志于从事国学研究者入学,学制两年,聘请胡小石、胡翔冬、黄季刚(即黄侃)、吴梅等为指导教师。[2] 1934年5月26日第一批招收研究生16人,其中男生10人,女

---

[1] 《文学院中国文学系将增开高等国学课程》,《中华基督教教育季刊》1934年第3期。
[2] 张文宏主编《金陵大学史》,南京大学出版社,2002,第115页。

生6人;第二年招收第二批,"开东南各大学之新纪元"①。高文第一批入读,与沈祖棻(子蕊)、吴征铸(白匋)、佘贤勋(碧霞)、游寿(介眉、戒微)等同学。1936年国文研究班毕业。鉴于高文已在南京本地的《金陵周刊》《金陵月刊》《金声》《金陵光》等杂志上发表了不少诗词作品,同时也在《金陵大学文学院季刊》《金中校刊》《金陵学报》发表了《论柳宗元文》《文字证原举例》等比较扎实的学术文章,很得胡翔冬、胡小石等先生的器重,因此顺利留校任教。1937年高文随金大内迁成都华西坝办学,先后任讲师、副教授,1942年任教授。在成都期间,高文兼任中文系和国文专修科主任,总理系务。自1926年入学至1946年金陵大学回迁南京复校之后离职,除了大学毕业后短暂就职育群中学,17年间,或作学生,或作老师,高文与金陵大学结下了不解之缘。这是幸福的17年,这是苦难的17年。

1932年,高文终身挚友、一代才女沈祖棻写下了《浣溪沙》:

芳草年年记胜游,江山依旧豁吟眸。鼓鼙声里思悠悠。

三月莺花谁作赋?一天风絮独登楼。有斜阳处有春愁。②

这是一首美丽愁人的词,尤其是最后一句"有斜阳处有春愁",表达得委婉含蓄,动人心弦。难怪沈祖棻的老师、时任中央大学文学院院长的汪东(旭初)禁不住拍案叫绝,评价道:"后半

---

① 张文宏主编《金陵大学史》,南京大学出版社,2002,第575页。
② 沈祖棻:《涉江诗词集》,程千帆笺注,凤凰出版社,2019,第31页。

佳绝,遂近少游。"其实何止是"近少游",从对时代的直觉概括而言,实在已在少游之上。家事、国事、天下事齐聚心头,一抹"斜阳",把难掩向晚凄凉的时代苦况尽呈笔端,恰如程千帆笺注所交代的:"此篇一九三二年春作,末句喻日寇进迫,国难日深。"① 那时与沈祖棻已有交谊的高文写下了《浣溪沙·壬申春步子蕊韵四首》,其中一首:

> 草长江南结伴游,云山似锦供凝眸。翻空白鸟去悠悠。
> 尝爱曹瞒歌对酒,不同王粲赋登楼。斜阳何处着春愁。②

从艺术上说,高文的词自然比沈祖棻的略略逊色,但从个性差异、性别展示上看,则是沈作无法替代的。内中所寓含的年轻人的友谊、欢乐、"男儿言恨不言愁"的刚劲,以及朋友之间幽默的调侃,与沈祖棻的词构成了时代风云与人生遭际的有机张力。至少在全面抗战未曾爆发,所谓民国发展的黄金十年(1927—1937),虽举国不乏天灾和饿殍,但上海、南京等地依靠原料出口和日用品进口所维持的表面繁荣,却使那时的一般年轻人,尤其是青年大学生洋溢着难得的幸福。

大学生活和短暂的工作之后又入国学研究班学习的经历,奠定了高文此后的人生基调。

金陵大学是一所教会大学,始于1888年美国人傅罗在南京的干河沿创设的汇文书院,由福开森任院长。福开森本是美国

---

① 沈祖棻:《涉江诗词集》,程千帆笺注,凤凰出版社,2019,第31页。
② 由高文幼子高启明提供。

美以美教会传教士,20岁到中国传教,又曾在上海创办《新闻报》《英文日报》《亚洲文会》等报刊。福开森精通中文,而且能说流利的南京话,活动能力极强,与当时清政府上层官员如刘坤一、盛宣怀等相熟,因此总理校务极为便利。① 1891年,在汇文书院成立三年后,美国基督教会在南京鼓楼附近创设基督书院,传教士美在中任院长。1894年美国长老会于南京户部街创设益智书院,贺子夏任院长,文怀恩继任。1907年,基督书院与益智书院合并,改名为宏育书院。1910年宏育与汇文合并,依照大学编制改组为金陵大学,美国人包文为校长。② 金陵大学于1911年在美国立案,其文凭得到国际普遍认可。

自本校创办以来,历年毕业者颇不乏人,但未经美国大学承认,如至美国留学,不得径入专门学校。兹于1911年4月19日颁到美国纽约省教育部长瞿君,暨纽约大学校长马君公文,正式承认本校为完全大学校。其文有云:自承认以后,中国所设立之金陵大学堂,享泰西凡大学应享之权利。又云:学生凭单向由该校发给,今改由纽约大学校董签发,转至金陵大学堂监发毕业生。据此,则以后凡在本学堂毕业者,即无异在美国大学校毕业也。③

当时在中国教会大学中,金大以经费较多、师资雄厚、教学

---

① 商承祚:《我与金陵大学》,《东南文化》2002年第9期。
② 南京大学高教研究所校史编写组编《金陵大学史料集》,南京大学出版社,1989,第6页。
③ 转引自南京大学高教研究所校史编写组《金陵大学史料集》,南京大学出版社,1989,第15页。

质量高而居于领先地位,被誉为"钟山之英"。但在经历五四运动,尤其五卅运动之后,中国要求收回教育权的运动全面展开,迫使教会大学进入改进时期。1927年,北伐军进入南京,形势紧张,金陵大学的外籍教员为避战火纷纷离开,校长包文也于4月份辞职返回美国,校务暂由当时农林科主任过探先主持。1927年11月,金陵大学理事会在上海召开会议,推举陈裕光为金大校长。[①] 1937年抗战全面爆发之后,金陵大学举校西迁,在成都华西坝借华西协合大学校园艰苦办学。至1948年,金陵大学成为全国规模较大的综合性大学之一。1951年,根据政务院的要求,金陵大学与金陵女子文理学院合并,改为公立金陵大学,与美国教会断绝一切联系,真正成为人民的大学。1952年,全国高等院校院系调整,金陵大学文理学院与南京大学文理学院合并,最终组建成为新的南京大学,以金陵大学原址为校址。

金陵大学从1888年立校到1952年整体划入南京大学,在64年的办学历史中,像其他教会大学一样,一方面先天带有宗教色彩、殖民色彩、服务西方宗主国利益的色彩;另一方面在加强中西文化沟通、发展中国教育、培育高级人才方面也发挥了积极有益的作用。相关统计显示,金陵大学在存续期间共培养了4 000多名学生,可谓桃李满天下。其中的杰出人才更是有目共睹,比如早期毕业于金陵大学的有:人民教育家陶行知,医学泰斗戚寿南、侯宝璋,哲学家刘伯明,农学家谢家声、陈桢,化学家

---

① 参阅徐一鸣:《被金陵大学辞退的金陵大学诺贝尔文学奖得主赛珍珠》,《文史天地》2014年第1期;以及蒋宝麟:《20世纪20年代金陵大学的立案与改组》,《近代史研究》2016年第4期。

兼教育家陈裕光等等。陈裕光执掌校务之后，培养了更多的杰出人才，如蜚声海内外的李氏三兄弟李卓敏、李卓皓、李卓荦，以及在学界声名显赫的教授、学者，如李方训、戴安邦、裘家奎、魏荣爵、吴汝麟、余光烺、周伯埙、陈纳逊、李小缘、王绳祖、刘国钧、杭立武、孙明经、陈恭禄、吴白匋、程千帆、沈嵩生、蒋彦士等等，不胜枚举。1992年的一项统计显示，历届学部委员中，金陵大学校友共有27位，其中毕业于金陵大学的占19位。1985年出版的《中国现代农学专家传》列举著名农学家54位，其中18位毕业于金陵大学。[①] 金陵大学可谓是中国现代教会大学的翘楚，也是整个中国现代高等教育史上不可多得的名校。

然而高文选择就读金陵大学，除了慕名之外，原因似乎更复杂一点。

他在东大附中时，学校实行分科制，升学科的学生报考的学校无意之中分成几个等级：国立、私立、师范生（其中也有国立大学，比如北京师范大学）和实用专科。一般而言，成绩特别优秀的那部分学生会被保送或投考国立大学，比如北平的北京大学或清华大学。有的也会选择东南大学，比如历史学家郭廷以成绩优秀，按他自己的意愿是入清华大学，但学校希望他选择母校东南大学，纠缠再三，最终还是服从了老师的建议，就读东大。再比如，胡风1925年从东大附中毕业之后，就考取了北京大学预科，同时也考取了清华大学英文系一年级本科[②]。然而当时的

---

① 南京大学编写组编《南京大学史》，南京大学出版社，1992，第552页。
② 晓风：《胡风年表简编》，《新文学史料》1986年第4期。

国立大学数量十分有限,林立于高等教育界的是各类私立学校。相关数据显示,从1912年到1949年,当时私立大学约占国内高校总数1/3以上,有些年份,要占到1/2。1932至1937年,也就是南京国民政府统治的6年间,各类私立大学占国内高校总数的百分比分别为49.1%、47.1%、46.3%、49.1%、49.1%、51.6%。因此,那些成绩优秀但进入顶尖国立大学比较困难的学生会综合考虑各方面因素(比如未来职业选择、学校特色、个人兴趣和家庭经济状况等),而选择各类私立学校。虽然就具体办学质量而言,当时国内一流的私立大学并不比那些优秀的国立大学逊色,但学费却要高出两三倍,甚至更多。有资料显示,民国时期的大学学费相对于普通家庭的收入而言算得上昂贵。20世纪20年代,一个大学生平均每年开支从220—400元不等,30年代,普通公、私立大学和专门学校学生年平均费用为426.2元。那时工人的人均月收入不过10.7—12.6元,所以,普通家庭孩子上大学"简直是件不可能的事",可以想见,能上得起大学的只有少数学生。公立大学相对而言要便宜很多,比如1927年,清华大学的学费是40元,东南大学1923年的学费是40元,并且为了回报江苏省财经厅对学校的支持,江苏籍学生还要减免一半学费。但私立大学就不一样,学费最便宜的厦门大学也要70元,而上海的同济大学则每年高达210元。[①] 1925年金陵大学

[①] 参阅尹冰彦:《中学生升学的几个问题》,《现代青年》1936年第6期;刘絜:《大学生用款分配及其经济背景之调查》,《国立中央大学》(半月刊)1930年第14期;叶文心:《那时的大学学杂费》,冯夏根、胡少诚、田嵩燕译,《教师博览》2013年第5期。

在投考指南上公示:"每年学费四十五元,膳费四十七元,宿费东宿舍十三元,西宿舍十九元,杂费约十元。每人每年费用约二百余元。"①到1932年程千帆投考金大的时候,费用有了增加,他原本是要报考金陵大学的化学专业,但因为理科学费每年需缴125元,而文科专业只要50元,因而报考了国文。然而,就是50元的学费,对父亲失业在家的程千帆而言,一时半会儿也凑不齐,只好大着胆子,找一个有点身份的老乡担保,分期缴费才入学。②

高文入读金陵大学和选择国文专业的原因大致有三个。第一,他从小跟随父亲诵读国学经典,浸润于传统文化之中,本来想报考国立东南大学文学院的,但中学时深受毕业于金陵大学的李儒勉影响,一心想入读老师读过的大学,而且那时上层社会对教会大学有一种私下的偏爱。第二,金陵大学是教会大学,按照规定,所有考试均用英文命题,但法外开恩,国文科的考试科目国文、英文和数学准许使用中文命题。这对英文基础不如人意的高文而言无疑是一个福音。①第三个颇为重要的原因是,当时的国立大学管理比较松散,比如东南大学就是如此,相对而言,金陵大学管理却十分严格。据金陵大学校友张汉民回忆:"那时的南京有中央大学、金陵大学、东南大学,各学校教授也会

---

① 《全国专门以上学校投考指南》,新文化出版社,1925,第3期第20页。
② 徐有富:《程千帆沈祖棻年谱长编》,南京大学出版社,2013,第25页。具体参考程千帆:《桑榆忆往》,载张伯伟编《程千帆全集》(第15卷),河北教育出版社,2000,第9页;以及程千帆:《我当年也算是特困生》,《江苏教育报》1996年9月23日第4版。

彼此交流。大家有需要就会相互间聘请过来讲课。当时校规最严的就是金陵大学,学生晚上九点前必须回宿舍,两次不回就会被开除。上课也最严。"①高文好友程千帆也有同样的记忆,金陵大学有秩序,办事有条理,不像国立大学那样随随便便、纪律散漫。② 同时金大的老师也是格外的负责,加上高梓推本人也曾在金陵大学短暂学习过,综合考虑之后,父亲觉得金陵大学更适合高文的成长和将来的发展。因此当高文提出报考金陵大学时,父亲爽快地答应了他的请求,还想方设法聘请家教为他突击补习英语。

考试是7月份在金陵大学校内举行的,负责报名的是时任注册部主任的钱存典(钱存训的大哥,曾任金陵大学教授,后任国民政府驻印度、英国外交官,1949年以后侨居英国),第一次见面就能叫出学生的名字,据说他有空的时候,常对着报名表上的相片记姓名。高文的印象是,这里的老师办事认真。他不负期望,顺利考入金陵大学国文系学习。

国文系是金陵大学历史最为悠久的系科。金陵大学初建,仅设文科,分本科与预科。本科修业三年,以教授高深学术,养成硕学宏才为宗旨;预科修业二年,以培植学者深造之基础及应

---

① 张汉民:《张汉民校友口述金陵大学抗战西迁历史》,https://alumni.nju.edu.cn/6a/8c/c312a158348/page.htm 2016-09-22)/,访问日期:2016年9月22日。

② 参阅《劳生志略》《闲堂自述》《闲堂师语》《詹詹录》《两点论——古代文学研究方法漫谈》《老学者的心声——程千帆先生访谈录》等,载张伯伟编《程千帆全集》(第15卷),河北教育出版社,2000年。

世之技能为宗旨。① 1927年陈裕光掌校之后,金陵大学气象为之一新,国文系也随之改革。"旧学程遵照部章,以经史,古文,等为主课,词章为辅课。改组后设预科学程五科:各体文选,文字学大纲,文学史略,近百年史,读书法。"改组前因为文学、史学、哲学混为一体,"故名为国学系,不叫国文系"。改组后文学、史学和哲学区分开来,分别开课。文学组开设"中国韵文,散文,专家诗,诗学及诗史,修辞学,文学评论,训诂,声韵,诗学及诗史,及专家研究等课"②。1948年金陵大学成立六十周年之际,校内出版过一本纪念册,其中《文学院之事业及现状》一文对国文系的发展有过较为详细的介绍,兹录于下:

> 本校国文系之创设,远在民国元年,主持其事者,为任铿法(译音)、杨礼嘉教授等,民国四年改请王东培为系主任,周岐山、许养和等先生为教授,民国六年教授则有刘伯明、徐则陵、程锦章诸先生,刘氏更倡改革国文教授法之议,民国九年,刘先生改就东南大学文理科主任,校方乃改请程湘帆先生继任,民十一年聘陆凤苏先生任教,民十三年,正式成立中文系,延胡小石先生担任系主任,陈钟凡(中凡)先生为教授,讲师有易显廷、方海观、束天民诸氏,实为教会大学设立中国文学系之肇始,民十四年,增设国文专修科,调各教会中学国文教员受新教授法之陶瓯,民国十六年,聘

---

① 《金陵大学1922年同学录》,南京大学高教研究所校史编写组编《金陵大学史料集》,南京大学出版社,1989,第17页。
② 仲凡:《本校国文系的过去和将来》,《金陵周刊》1928年第1期。

胡翔冬先生担任诗学教授,卢冀野先生担任词曲,民十八年与中央大学联系,聘黄季刚、吴瞿安两先生兼课,刘继宣先生亦于是年由国外进修卒业返校,本系毕业生以学绩优美,次第留校任课者,有张君宣,田西泉,王沛然,佘磊霞,吴白匋诸先生,民廿一年,聘刘继宣先生为系主任,越二年设立国学研究班,招收大学毕业生,及中学国文教员入学研究,由胡小石,黄季刚,胡翔冬,吴瞿安,刘衡如,刘继宣诸先生担任研究指导,并请欧阳竟无先生作佛学专题演讲,计卒业二班,近三十人,大都任教于各大学,其时本系出版有国学研究班之小学研究,中文系之咫闻,及分别在文学院季刊,金陵光,金陵学报等杂志中投稿。

二十六年本校西迁,胡小石先生改任中大,刘继宣先生亦于次年就中央政校之聘,二十七年以后系务先后由朱锦江、佘磊霞、高石斋等先生主持,本系学生约二十五人,国专十余人,时成都华西坝五大学国文系颇能合作,同聘陈寅恪先生讲元白诗,更共同编印基本国文教本一种,为五大学共同采用,本系在蓉时,除主编文学院《斯文》半月刊外,另印行业书,计有故教授胡翔冬之《自怡斋诗集》,佘磊霞之《珍庐诗稿》等四种。

三十五年夏复原返京,胡小石,刘继宣两先生同返校任教,复由刘继宣先生为系主任,现任教授有胡小石,刘继宣,张君宜、吕叔湘、罗根泽、王古鲁、唐圭璋、徐复、孙望诸先生。①

这份资料有几点值得我们注意。一是金陵大学在国内教会大学最早设立中国文学系,这在以西学为核心的教会学校独具一格,既反映金大建校初期各位主政者的文化兴趣和前瞻眼光,也反映了陈裕光校长平衡中西的教育思想。二是国文系师资力量雄厚,大师云集。比如黄侃(季刚)、吴梅(瞿安)、刘国均(衡如)、胡光炜(小石)都曾是高文的授业老师,而先后在中国文化研究所的教授尚有吕叔湘、罗根泽、王古鲁、唐圭璋、孙望、商承祚等,这些教授不会直接授课,一般学生平时难见真容,但从整体上营造了国文系崇尚高深学问的良好氛围。三是国文系的老师们具体研究方向和领域或有差异,但均有深厚的文献和历史功夫,有的甚至就是文献学或历史学的大家,原因恐怕在于这一代学者"仍为古来文史不分的传统所支配。他们的学习过程,走的仍是清人老路。胡先生(胡小石)五六岁时,学的第一本书为《尔雅》,家长想把他培养成一名杰出的朴学家。汪先生(汪辟疆)的家长规定他上午读经书,下午读史书,晚上则读读诗文,走的是正规的成才之道"②。一个数据可以从侧面反映这一点。据北京大学的尚小明统计,1949 年以前中国大学史学教授出身国内排名前十的学校分别为:北京大学(114 人)、清华大学(71

---

① 《文学院之事业及现状》,《金陵大学六十周年纪念册》,出版社不详,1948,第 16–17 页。
② 周勋初:《周勋初治学经验谈之二 授业问难 教学相长——一位师门熏陶下的摸索者》,《古典文学知识》2011 年第 6 期。

人)、燕京大学(57人)、北平师范大学(34人)、东南大学(20人)、金陵大学(19人)、中央大学(19人)、中山大学(17人)、复旦大学(13人)①。统计数据涵盖了100余培养机构,包括正副教授共626人,其中本国教授585人,外籍教授41人。前10位的大学培养了本国史学教授占到63%的比例,金陵大学排在第6的位置。实际上,这些数据还是相当粗略的,如果考虑其他一些未曾显示但在某种程度上更为直观和重要的因素,比如金陵大学文学院相较于其他学校规模偏小,东南大学和中央大学应算作一个学校,北京大学、清华大学、燕京大学的研究生培养所占比例较大,还有一些出自国外大学等等,则金陵大学史学力量之强非一般学校可比。当时历史方面教授在金陵大学文学院工作过的至少包括:万国鼎、李小缘、陈恭禄、徐则陵、刘继宣、王绳祖、贝德士(美)、马文焕、徐益棠、韩荣森、刘铭姝、蒙文通和马长寿等。② 其中行政上完全隶属于国文系的有李小缘、徐则陵、刘继宣,其他教授虽行政身份属于历史系,但由于同在文学院,国文系的学生选修他们的课程是常见的事情,何况本系刘国钧、胡小石、吴梅等教授虽不以历史专业名世,但史学功底非一般学者可及,这是高文一牛重视考证和史料的根本学术渊源。晚年的程千帆在中国古代文学研究领域首倡理论与历史结合的方法,虽是新造,然反思之根基也在此处。最后还有一点值得注意,即高文既是金大发展、成长的见证者,也是亲历者。

---

① 尚小明:《近代中国大学史学教授群像》,《近代史研究》2011年第1期。
② 同上。

高文在金陵大学的学业极为紧张。

作为教会大学的金陵大学,深受美国高等级教育制度的影响。1926年高文入学时,金陵大学按照"壬戌学制"的要求,确定大学本科为4年,中学为6年,并且暂设预科1年,方便旧制中学的毕业生可以升入大学。金大重视学生的学习过程,它所实行的"学分制"很独特,管理效率也很高。"每学分约值校内50小时或校外75小时之工作,换言之以普通学生每星期上课自修及实验合三小时,高材生合二小时半,低能生合三小时半,历一学期者为一学分,预科学分之值等于本科学分之五分之四。"这种学分制与今天我们通常实行的学分制很不相同,能更真实客观地反映和激励学生学习。它不仅规定学生每学期必修学分数,同时也限制累计学分。想要获得更多学分,需满足种种条件。"学生前一学期成绩总均在2等以上及各课成绩均在3等以上者,可多读5学分,其前学期成绩总均在2.5等以上及各课成绩均在3等以上者,可多读3学分。但本学期该生成绩均降至2.5等以下者,其所读之学分作为无效,其有任何学程成绩在3等以下者,亦不等给予该个学程所应有学分。凡多读学分之学生月课成绩有在3等以下者,其顾问得令其退一学程,学生在毕业之期末学期中不得多读学分。"为了保证学分制的严肃性,同时还规定:本科至少修业7个学期,插班生以前的学分可以抵金大20学分的,可以少修一个学期,但最多只能抵80学分;成绩不良者,科长或顾问要求其退一学程,相当于今天的留级,但这类学生每学期至少得读15学分。"但学生将及毕业无须15学分者,或在校外有一定工作经校中认可者,或体质薄弱经校医证实者,或有其他特别情形者不在此例,凡读15学分以下者,其学费以每学分3元计之。"金大的这种严肃性,即使在表现出一定灵活性的时候,也十分突出。比如,"补读学分"规定,"学生有90学分以上而其前两学期之总均在3.5等以上者,得在课室外补读5学分",但经顾问许可由教授指定功课,并在教务处备案,另缴纳补读费,每学分3元,否则无效;"凡读满90学分以上之学生,初在最后一学期外,可在任何学期内多选读5学分"。"惟上列两种权利仅给予学生之可因此而得提早毕业者,倘不能因此而提早毕业,惟希图将来可以少读学分者,概不给予此种权利。"金大还设有"假期功课"供学生选读获取学分,但也有严格规定,即暑期功课与补读学分、教职员指定工作量一起,总学分不得超过15分,"无论何生不得利用假期内之功课以缩短其在校修业期限"①。根据金陵大学校友回忆,不同时期所修总学分或许有些差异,但最少的时候也在115分以上,1925年改定学分制之后,金大学生获得学士学位须有150—160个学分。由此可以看出,金大学生的课业负担极其饱满,再加上其他各种活动要求,金大当时对学生的要求应该说是相当严格的。

与学分制相关的另一极富金大特色的是主辅系制。这一制度始于1924年,"凡在一系内读毕其本科一年以上之学程有30学分者,该系即为其主系。在一系内读毕此项学程有15分者,该系即为其辅系。以两辅系合并为一主系者,其两辅系之性质

---

① 《金陵大学普通规则》(1925年秋生效),见南京大学高教研究所校史编写组编《金陵大学史料集》,南京大学出版社,1989年,第140-141页;也可参阅张文宏主编《金陵大学史》,南京大学出版社,2002,第27-29页。

须有密切之关系"①。1942年毕业于金陵大学并留校的周伯壎在《母校的学分制与选课制》一文中解释了主辅系制的作用:"考入金陵大学的新生,在报到的时候第一件事就是要选修一个辅系,它一般在与主系相近的系中选择。例如,数学系的学生往往选择物理或化学为其辅系,但并无严格的规定,完全自由选择。一般说来,系主任可以建议一个学生选择其辅系,但不能强迫,例如数学系的一个学生一定要选中文或经济甚至选农学院的园艺为其辅系也是可以的,因为这是本人的自由。显然,辅系的目的是使得学生的知识面更广一点,将来毕业后,对口的可能性随之而更大一些,其用意与现在所提倡的双学位基本上是一样的。"②

金陵大学实行的学分制与主辅系结合制,相对来说,显得较为复杂,不易被理解。1943年2月,当时的国民党教育部曾要求金大做出解释,金大的解释是这样的:"1.本校学生年级之编制以所修学分为准,每学期均有所升降,例如二年级学生修满78个学分得升为三年级,但因某班成绩未能及格或因故未选足应修学分致不足规定学分数而留级,以年级言仍为二年级,而其所选习者则为三年级课程。2.每学期所开课程同系相近年级仍可选读外,亦可作为普通选修。3.各生除主系外,得选相近学系为辅系,辅系学生较多,则该系所开班数即随之增多,有应列为某

---

① 《金陵大学普通规则》(1925年秋生效),见南京大学高教研究所校史编写组编《金陵大学史料集》,南京大学出版社,1989,第143页。
② 周伯壎:《母校的学分制与选课制》,载金陵大学南京校友会编《金陵大学建校一百周年纪念册(1888—1988)》,南京大学出版社,1988,第126—127页。

年级课程而主系无学生者,亦得为辅修学生开班。4.国文、英文、数学、物理、化学等学科均为各院学生公共必修或各系必修,开设班数较多。"①

金陵大学的考试实行的是美国大学通行的等级计分法,即将学生成绩分为5个等级,每个班级各等级成绩严格按照事先已经制定的指标进行登记,教授给予学生的成绩不能随意变换等级指标。这种成绩等级计分法曾经引起争议,也被某些师生看作金陵大学管理制度存在不合情理的证据,但正如张文宏在《金陵大学史》中指出的:"最坏的是没有制度或有制度而不遵守,……金大坚持以学生为本、用最严格的规章制度培养人才的价值取向是全面而且一贯的。"②

1928年《金陵周刊》第五期上曾刊载过金大文学院学生谢景修《话谈在金大之文科生》的纪实文章,很好地呈现了当时文学院学生紧张的学习生活。文中记述道,当时不乏管理松散的大学,尤其是文科学生,上不上课都无所谓,教师也不点名,学期论文也可请人代做,但金陵大学的却不同,每周有测试,月月有考查,读书报告更是必不可少。金大文学院的学生需要阅读大量的参考书,图书又是相对有限的,"抢书"便成了常事,这是金陵大学文科院系的一道独特的风景。③ 在高文的记忆中,整个本科阶段,早上六点半钟起来,晚上十二点才能睡觉,拼命抢书,拼

---

① 金陵大学关于各项统计报表与教育部的来往文书,中国第二历史档案馆六四九(9),载张文宏主编《金陵大学史》,南京大学出版社,2002年,第30页。
② 张文宏主编《金陵大学史》,南京大学出版社,2002,第32页。
③ 谢景修:《话谈在金大之文科生》,《金陵周刊》1928年第5期。

命读书,几乎无暇他顾。

1934年入国学研究班,回到金陵大学,学习更加紧张。研究班虽非正式攻读硕士研究生学位,但培养目的是一致的,注重专、精、深,注重培养学生的研究能力。国学研究班是与中国文化研究所合办的,所设课程由中文系教师与金陵大学文化研究所专职研究员联合开设,因此学生的考证、辨伪这些综合研究能力,融经学、史学(包括考古学)与小学(包括汉字形体、音韵、训诂三端)于一炉。所开设的课程包括文字学,如"商周书征文""甲骨文例""钟鼎释文名著选""说文纂例""古文字学整理"等;考古学如"程瑶田考古学",诸子学如"老子""庄子"等;词章学,如"乐章词释""七绝诗论"等。史学方面开设"中华民族海外发展史""中日文化关系研究"等。还有胡小石在国内首开的"中国书法史"课程。高文他们除了上课之外,每一个人都需要自己确定研究专题,导师给予指导①。所以,国学研究班的两年,与本科阶段比较,阅读量更大,教授要求也最为严格。高文认为,这种紧张的学术训练,不仅影响着自己后来的学术致思方向,也锻造着一直秉持着的扎硬寨、打硬仗的研究和生活态度。

但金陵大学要培养的是全面发展的理想人才,因此,对文化学习要求细致而严格之外,对学生的课外活动也格外重视。金陵大学用学点制强制学生参与各类校外活动,以锤炼其身心。所谓学点制,即要求学生必须参加课外活动,一个学点相当于要参加10小时的校外工作,半点则要7小时的校外工作。"学生

---

① 张文宏主编《金陵大学史》,南京大学出版社,2002,第116页。

除在预科所得之体育 6 学点以外,每读本科 4 学分即有 1 学点之必修……预科学生在三等以上者,除体育学点外得修本科学点,毕业其学点不足必修者,应以学分补之,每缺一学点需补 1 学分。"同时规定,星期一到星期五不赴朝会者,每学期扣 3 学点;星期六不赴朝会者,每学期扣 2 学点;星期日不赴朝会者,每学期扣 2 学点。但这一点也并非那么死板,在教会大学实行备案制之后,金陵大学规定,一个从不参加朝会和礼拜的学生可以从其他方面获得学点的补偿:"凡在一个学期中每星期集会一次之学生自动的组织,可得一学点,其经教员指导之功课,每与一学分相当者可作三学点计算。"①

高文受益最大的是金陵大学把人格养成和道德培养视为核心内容,而且把这些理念完完全全贯彻到日常行为规范中去。比如,金大规定:

> 个人事项,个人清洁,乃君子之表,衣当净,发当短,面当常修,耳牙与指甲当洁净,切不可用生发油、香水、香粉等件;公共地点切忌吐痰、咳嗽、唾涕、接骨、食杂食或抛弃废纸、废物等恶气;他人于失败或错误时,不可讥笑;对他人私事,切勿动好奇心;私信不能拆,他人读信或写信亦不能看;于礼堂或其他会集时,切不可回首窥后面声响,因此事,不但对于尔所窥探者为无礼,即对于演讲者亦不敬;如尔系运动者,当竭诚竭力运动以至终结,如尔系旁观者,当作汝队

---

① 《金陵大学普通规则》(1925 年秋生效),载南京大学高教研究所校史编写组《金陵大学史料集》,南京大学出版社,1989,第 142 页;参阅张文宏主编《金陵大学史》,南京大学出版社,2002,第 33 页。

之后盾,胜勿骄败勿馁,敌队失败切勿喝彩或鼓掌;妇女须格外尊重,无论何事当予以选择权;与人谈话,如不甚了解其所说,当请其解释,在课室答书,如不能答,可直说,切勿站立不言;朋友相遇,如有不认识者,当为之介绍,年幼者须介绍与年长者,男子须介绍与女子,等等。①

这些礼仪,带有强烈的宗教和西方色彩,但其中所蕴含培养道德情操的用心,既符合现代公民素养的基本要求,也契合中国传统教育君子人格养成的智慧。

学校如此要求学生,以陈裕光校长为首的学校领导也身体力行,践行这些规则,在纷纭乱世中以坚强的意志、崇高的理想和圆融的智慧,管理学校,探究学术,培育人才。1928年陈裕光校长在金陵大学学生会刊物《金陵周刊》发表《一年来本校校务概况》写道,彼时战事连连,南京城里,"人心皇皇,富家巨室,避徙一空,各校亦提前放假,本校仍照常举行学期考试,按规定时间放寒假。至旧历新正,战事愈紧,各校以学生到者甚少,不能开学。惟本校校务,仍努力进行,自开课后至三四月间,无日不在惊涛骇浪之中,而校务从未中断一日。直至三月二十日,宁垣隐闻炮声,一二日后,愈迫愈近,时沪宁铁路,已不能通车,外间消息隔绝,本校处危城之中,弦诵不断,未尝稍辍,及今思之,其光荣为何如"②。

---

① 《学生仪节》,载南京大学高教研究所校史编写组《金陵大学史料集》,南京大学出版社,1989,第146-147页;参阅张文宏主编《金陵大学史》,南京大学出版社,2002,第34页。

② 陈裕光:《一年来本校校务概况》,《金陵周刊》1928年第5期。

有一事件足可说明金陵大学管理上的严格,那就是"辞退赛珍珠"。赛珍珠原名珀尔·康福特·塞登斯特里克(Pearl Comfort Sydenstricker),1892年6月26日出生于美国,不到1岁即被身为传教士的父母带到中国,1910年回美国读大学,毕业之后回到中国照顾病重的母亲,1919年她的丈夫卜凯受邀到金陵大学农学院任教,她也于1920年受聘于金陵大学外文系。在陈裕光担任校长之后,赛珍珠仍在金陵大学授课。她虽然是在中国长大,但教育方法和思维方式属于典型的美国人,希望打开学生思路,所以并不按照课本授课,常常天马行空,离题万里,她还按照自己的兴趣安排教学内容,比如,她喜欢电影,便经常谈论电影,并在课堂放映无声电影。这与金陵大学严格的教学规范,尤其与金陵大学学生略显保守的实用主义思维格格不入,学生们认为学不到实用的知识,同时担心不遵守课本的授课会导致考试不及格,因而引起了强烈的不满。有学生向陈裕光校长反映,陈裕光向赛珍珠转达了学生们的意见,但她依然我行我素,并坚持认为自己的教学方式是合理有效的。此事扩大之后,被提到校务委员会讨论,经过决议,1929年金陵大学解除了对赛珍珠的聘约。① 解聘之后,金大的外籍教授有过一些抗议,但赛珍珠本人并不觉得特别难过,她与陈裕光校长之间的私谊也未受到影响。但对学校来说,是一个不小的遗憾,事实上,几年之后赛珍珠即获得了诺贝尔文学奖。总之,高文谦和、充盈、一

---

① 徐一鸣:《被金陵大学辞退的诺贝尔文学奖得主赛珍珠》,《文史天地》2014年第1期。

丝不苟的为学、为人之道，与金陵大学人才培养与管理制度的熏陶有着直接的关系。

严格归严格，金陵大学的学生也不全然没有丝毫玩耍的"工夫"。除了每周有电影放映外，其他课外游戏活动也应有尽有。在学点制驱使下，学生们创办了各种会社："如文学研究会、诗学研究会、农林学会、政治学会、经济学学会等等，此外又有朝会，礼拜六名人演讲会和星期礼拜集会"①。对国文有兴趣的同学，也会自发组织诗社、词社，比如钱浩、闵君豪、蒋乐山、伍爱真、郭贞一、柳鸣翔、程桂庭等同学发起组织金陵词社，约定每月集会两次或一次，创作词品，并且聘请卢冀野（卢前）先生为顾问，经过卢先生校阅，作品刊发于《金陵周刊》。②

学校的各种运动也是不时举行，就在高文入校的1926年，金陵大学得了足球锦标、队球锦标和田径赛锦标，因而"开了空前未有的盛况，放假放了三回，庆祝也庆祝了三回"。即便是看起来单调的游戏也有同学玩得津津有味。比如手弹台，这是当时金陵大学在青年会的社交室制备的一种游戏。"是一张桌子上面，放着一块正方形，四面起凸边的木板。木板的四角有四个漏洞。木板上面放上两种颜色的小竹圈子，另外四个较大的竹圈，为弹射之用。当时小竹圈子计分红白两种，每种十三枚。游戏的方法是用手将大的竹圈弹出，射击小的竹圈，便坠入任何的漏洞中。游戏的人分两边，或一人一边，或两人一边。各边并指

---

① 方帽：《五年来三个回顾》，《金陵周刊》1928年第5期。
② 《金陵周刊》1928年第14期。

定其所应击之子而依次弹击,胜负是看任何一边,先将其所有竹圈弹完。这种游戏很是简单。但酷好的人却非常之多。并且五年来无一日不有人在嬉笑玩弄。若在午饭前后,走进社交室时,更可看见许多同学摩肩搭背,呼喊喧天呢。"而且玩这种游戏名手不少,高文一生挚友佘贤勋就是其中之一。"犹记得当时名手入场,大家敛手,未击之先,或欢呼,或惊骇;一击之余,或赞赏,或嗟叹,嘈杂之声,直达户外。"①想必高文也曾经玩过这种特别的游戏,也在现场欢呼、惊叹、赞赏、嗟叹过。

当时金陵大学周围并不是热闹的去处,甚至显得有些冷清,但学生们于一日三餐之间也能觅得乐趣。金陵大学毕业生、1935年入第二期国学研究班学习的徐复(字士复,一字汉生,号鸣谦)曾对此有过回忆:

> "博士刘"并非博士,而是当年每日在金陵大学宿舍楼拎篮卖早点的师傅。金大的学生那时是两人合住一间寝室,房间不大,每人仅有一床一桌一凳而已。早晨总有爱睡懒觉且不睡到上课便不起床的人,于是"博士刘"的早点无疑便成了最受欢迎的上门服务。记得那时楼道里只要一声喊"博士刘到",顿时宿舍里的气氛便"活"了起来,被叫的"博士刘"显得很开心,未起床者也终于睡不下去了。两块烧饼夹一根油条算来只要3分钱,还不用先付后吃,而是按月结算,一个月下来,才不过值洋9角,如此经济、实惠、便当,金大学生焉得不日日享用?多少年过去以后,只要一忆

---

① 方帽:《五年来三个回顾》,《金陵周刊》1928年第5期。

起金大生活,便会想起挎篮的"博士刘"——现在想来,此号或许是为着他略显佝背甚至带点近视的神态,又或许是从宋代的茶博士、饭博士一称演化叫来,还有一种可能便是对他买卖方式颇为文乎的一种昵称,总之,"博士刘"的徽号是堂而皇之地叫开了。

不变的是早餐,变化是中餐和晚餐。当年围绕着金大曾开有八九个小饭铺子,做的基本上都是学生的生意。饭铺实行包饭制,一块大洋可买8个筹子,一个筹子可管一饭一菜一汤,饭尽吃,菜是小炒,汤是大锅窨。出于比较,起先我们往往一个月便换一家,从校门口换到鼓楼街,吃来吃去感到也没什么大差别,竞争使得各个饭铺的水平都搞得差不多,后来我便在黄泥岗的一家小饭铺里长久地包了下去。这家小饭铺好像现在还在老地方,只是店名和装潢都变了。如今靠着闹市区鼓楼,想必生意一定很红火吧?然六十年前的鼓楼却是相当冷清孤寂,即使是饭时,这条高低不平的石子路上,除了几个穿长袍的金大学生来来去去,便很难再遇到其他行人。①

然而,大学者,大师之谓也。对学生影响最大的除了教育教学管理制度,归根结底还是大学的教授们。高文大学就读期间,由于连年战乱,金陵大学的办学经费虽比一般公立及私立高校为佳,但也稍显不足,文科尤甚,"文科预算中,五分之四出自该

---

① 徐复:《金陵大学忆旧》,南京大学校友网,https://alumni.nju.edu.cn/28/34/c2682a141364/pagem.htm,访问日期:2016年3月3日。

科同学之学费……而教授之缺乏,亦莫甚于文科。不但此也,滥竽充数者,亦以在文科中为最多。"①教授缺乏大约指的是社会学和经济学,社会学当时只有林东海教授,经济学则仅朱巽元教授②,但金陵大学国文系师资却十分雄厚。晚年的程千帆回忆:

> 我跟黄季刚(侃)先生学习经学通论、《诗经》《说文》《文心雕龙》;从胡小石(光炜)先生学过文学史、文学批评史、甲骨文、《楚辞》;从刘衡如(国均)先生学过目录学、《汉书·艺文志》;从刘确杲(继宣)先生学习过古文;从胡翔冬(俊)先生学过诗;从吴瞿安(梅)先生学习过词曲;从汪辟疆(国垣)先生学过唐人小说;从商锡永(承祚)先生学习过古文字学。我是金大的学生,但中央大学老师的课我也常跑去听,因为那个时候是鼓励去偷听的。我曾向林公铎(损)先生请教过诸子学,向汪旭初(东)、王晓湘(易)两先生请教过诗词。③

程千帆 1932 年入金陵大学学习,其时高文刚刚毕业一年,1934 年高文再入研究班学习,与程千帆同住一个寝室。直至 1937 年内迁四川办学,这些老师基本没有变动,因此高文所师从的大约也是如此吧。放眼望一望这些名字,这可是占住了中国现代学术史半壁江山的名家大师啊。在这些老师中,对高文影响最大的当数胡翔冬、胡小石和黄侃三位先生。

---

① 希进:《吾校前途之危机》,《金陵周刊》1928 年第 6 期。
② 非博:《希望和努力》,《金陵周刊》1928 年第 8 期。
③ 程千帆:《桑榆忆往》,载张伯伟编《程千帆全集》(第 15 卷),河北教育出版社,2000,第 10 页。

胡翔冬,名俊,字翔冬,以字行①,祖籍安徽和县,1883年出生于南京中华门外秦淮河的窑湾街。在两江师范学堂受教于学堂监督李瑞清。1908年赴日本留学,两年后学成归国,为两江师范学堂教习。辛亥革命爆发,自幼饱读诗书的胡翔冬在南京组织"革命自卫军"响应,后曾被委任为地方保卫团总办,负责维持南京城南一带的治安。但在革命之后,时局动荡,胡翔冬终觉自小仰慕的侠士行径与个性不符,遂绝意仕途,执教于江苏、安徽等地的多所中学和师范学校,教授国文与植物学两门课程,并担任教务主任。民国后,专注学诗,成为"晚清江西派首领"陈三立(散原)的入室弟子。

1927年,经胡小石先生介绍,金陵大学聘请胡翔冬教授诗学,此后凡13载,泽及后学无数。胡翔冬自少时常语出惊人,因排行第三,人戏称其为"胡三怪"②,一时闻名遐迩。

诗是胡翔冬的生命,其"怪"体现于诗中即生命,即创造。"无师成好怪,养梦始为诗"。胡翔冬的侄儿胡健中(曾任国民党《中央日报》《东南日报》社社长,1993年病逝于台湾)晚年还记得其叔说过的话:"诗人造诣,直与生命不两立耳!"③程千帆则道:"……先师之论诗,以言之有物,辞必己出为宗旨。谓不独当为今人之所不为,且当为古人之所不为,乃可以当时语道当时

---

① 一说字翻京,号翔冬,以号行。参阅刘宗意:《民国南京诗人胡三怪》,《江苏地方志》2004年第1期。

② 陈声聪《荷堂诗话》则谓"盖因先生人怪、诗怪、字怪",故称胡三怪,可备一说。参阅王培军:《汪辟疆〈光宣诗坛点将录〉笺证》,博士学位论文,华东师范大学中文系,2006,第408页。

③ 转引自刘宗意《民国南京诗人胡三怪》,《江苏地方志》2004年第1期。

事,足以信今而传后。故其为诗,未尝苟作,而语必惊人。"①

胡翔冬虽是陈三立的弟子,诗风却有差异,他曾经说:"散原先生语我:'世人指其继承江西诗派,实属太冤。'我谓世人亦诬我诗学先生,岂非更冤。"②陈三立评价胡翔冬的诗:"沉思孤往,窈冥俱深,直欲追晞发而攀无本。"即是说,翔冬先生诗既有南宋末期爱国诗人谢翱(号晞发子)沉郁凄清奇崛的风格,又能得唐代诗人贾岛(僧名无本)的神韵,有理趣幽深的境界。③ 友人汪辟疆作《光宣诗坛点将录》,许胡翔冬为"地羁星操刀鬼曹正",并评论道:"觥觥时彦少所取,批郤导窾经肯綮。提刀四顾心茫然,绝技心折子曹子。"并引程康《读胡翔冬自怡斋诗》以证之,其中有"美女杀亲夫"句。程康诗见《斯文》杂志,题作《读自怡斋诗寄翔老并示辟疆》,后附跋云:"右家君客腊作诗一首,春间曾命写呈先师,时师已缘宿疾,就医渝乡,住址不详。顷闻返蓉未久,遽返道山,竟莫之致,伤已。……末韵云云,盖汪方湖先生住在南京,以先师之诗,奇丽坚苍,二难并具,因举俗语为戏,所谓'又漂亮又很'也。"据程千帆回忆,汪辟疆曾对他言及"翔冬诗又漂亮又狠,可方美女杀亲夫"④。可见胡翔冬诗学渊源仍在陈三立,上溯而至江西诗派也无不可;但正如陈三立所言"末流

---

① 程千帆:《吴白匋先生诗词集序》,载吴白匋《吴白匋诗词集》,南京大学出版社,1999,序言第1-2页。
② 转引自程章灿《牛首山诗人胡翔冬》,http://blog.sina.com.cn/chengzhangcan,访问日期:2013年3月4日。
③ 刘宗意:《民国南京诗人胡三怪》,《江苏地方志》2004年第1期。
④ 王培军:《汪辟疆〈光宣诗坛点将录〉笺证》,博士学位论文,华东师范大学中文系,2006,第406页。

作者沿宗派,最忌人言我亦云"①。胡翔冬学师亦不拘泥于师,终成一代名家。"他的诗个性风格突出,时人称为'翔冬体'。刘禹生曾作《溪楼大雨将至效胡翔冬体》,陈三立《散原先生集》中与胡翔冬唱和之作,也多效其诗体,可见其影响。"②

据学生们回忆,胡翔冬为人虽怪,讲课却非常认真,曾自谓"余每授一新课,恒利用暑假作准备,虽汗流浃背,每日必工作四小时方始休息"③。据说,当年胡小石引介胡翔冬时,曾对学生们介绍说,下学期将有另外一胡先生至,专授诗学,诗力过我。等到本尊给学生讲杜诗,剖析细腻,解释新颖,高文等同学都很佩服,从此,来听课的学生日益增多。胡翔冬对学生特别耐心,只要学生来,他都欢迎,有问题必详细解答。有一次大雪天,胡翔冬买了酒、豆腐、青菜、花生米、豆腐干在家,高文等一群学生到家里讨教,有的为他暖酒,有的为他煮豆腐青菜,有的为他拌花生米豆腐干,"各执其事,历久始毕。及酒菜既具,乃纵谈作诗之法,待酒酣耳热,谈锋益健,声震屋瓦,学生屏息以听,频频颔首称是而已"④。

---

① 转引自胡迎建《陈三立诗歌散论》,《江西社会科学》1990年第1期。
② 程章灿:《胡翔冬先生传略》,http://blog.sina.com.cn/s/blog_4aa18c0d0102uymh.html,访问日期:2014年7月28日。
③ 见高柳桥《哭"怪"师胡翔冬先生》,《斯文》1941年第8期。高柳桥(1900—1950),初名炳椿,后改名炳春,号亦秋,江苏泰州人。1919年入私立明德中学,毕业考入杭州之江大学,后转入南京金陵大学,1928年毕业。曾任金陵大学中文系助教、政治系讲师。1936年任金陵大学政治系教授。参阅张衍:《江苏学院档案学教育溯源》,《档案学研究》2016年第1期。
④ 参阅刘乃敬:《胡翔冬先生轶事》,《斯文》1941年第8期,及吴征铸:《翔冬先生遗事》,《斯文》1941年第8期。

他讲诗既用前人的选本,如清人李怀民《重订中晚唐诗人主客图》,以及杜甫、韩愈、苏轼等专家诗,也自编选本,比如《八代诗选》《唐宋诗选》。他很重视《重订中晚唐诗人主客图》,尤其重视其中所隐含的诗派源流。在弟子程千帆的记忆中,"……以诗律授诸生者十有三载。其所论次,遍及八代、唐、宋诸大家,乃逮文昌、浪仙、玉川、晞发,亦所不废。从游之士莫不钻仰昔贤,因其性分之所近而取则"①。诗虽不易讲授,其中多有可意会不可言传之处,胡翔冬却能阐幽发微,时启玄境,"譬比万端,庄谐杂作,使不知诗得闻之,亦皆欣然兴起"。他对如何作诗讲得具体实在。"(翔冬)师常云:'诗须漂亮。''漂亮'二字,乃师之常言。"又:"师又喜以'太老实'三字说诗,……有时则以'很'。"而且特别强调平时的练习,"习诗者能说不能做,终究差一层功夫"②。他督促学生勤于训练,对他们的习作点评斟酌,煞费苦心。程千帆晚年回忆,"要感谢严格的老师。我跟胡翔冬先生学过诗。这位老师不但要求很严,而且脾气很大。有一次,我把几首恶诗送给他老人家看,他说:'我的一双眼睛像水银一样发亮,你要拿沙子来擦吗?以后,我呈送习作时,再也不敢敷衍塞责。现在我也老了,想到四十多年前的这些往事,就不敢把高帽子送给学生戴。廉价的赞扬绝不是栽培科学之花的好肥料。'"③

---

① 程千帆:《吴白匋先生诗词集序》,载吴白匋《吴白匋诗词集》,南京大学出版社,1999,序言第1-2页。
② 佘贤勋:《翔师谈诗述略》,《斯文》1941年第8期。
③ 程千帆:《詹詹录》,《文史哲》1981年第3期。

后来包括高文在内的众多弟子，如佘贤勋、吴白匋、沈祖棻、程千帆等人在诗歌创作与诗学研究上取得不菲的成绩，是与胡翔冬的教导分不开的。

学生中，高文与胡翔冬的交谊最厚，自入金大，即随其习诗，1936年国学研究班毕业之后，留校任教，虽为同事，仍执弟子礼，诗词往来，力学不辍。

高文大学一年级即在金陵大学学生会1927年12月创办的《金陵周刊》上发表诗词作品，1928年第7、10、12、16期上共发表了11首诗词作品，分别为《春怨》《即景》《忆秦淮》《相见欢》《临江仙》《归自瑶》《沁园春》《清明前一星期与尚三绝游公共体育场七绝四首》等，大多是胡翔冬课堂布置的作业，经过他的匡正修饰，甚至推荐才得以发表。这些诗词的发表，关键还在于培养了高文诗词创作的兴趣，后来一发不可收地在《金陵光》《金声》《金陵月刊》《斯文》等刊物发表大量作品，乃至在"南雍"诗词界拥有小小的名气。

高文随侍胡翔冬有年，诗酒人生，感同身受，每有佳作，则欣然呈送老师评阅。1931年的一天，高文呈送《杂诗》五首，中有一首：

　　大姨老多态，笑靥隐罘罳。
　　三姨嫌脂粉，窈窕舞玉墀。
　　貂裘有阿舅，霜橙掷八姨。
　　乌啼江月堕，人静露微微。

何知马嵬□,百钱一玩之。①

时佘磊霞等在座,传阅此诗,认为极态尽妍,变齐梁而为李长吉,无懈可击。胡翔冬反复阅读后评论道:此作极绚烂,"人静露微微"一句,用零露溥兮而知变化,甚好。惟嫌冷静一点,不能画出男女一团高兴之情。其次,上句"乌啼江月堕"是户外景,"露微微"也是户外景,应以一句点出在户内勾当。于是以"博山火"替换"人静露"三字。高文等听到胡翔冬的解析,不禁拍案叫绝。一个"火"字,不仅画出如火如荼的情事,诸男女之一团"火热",乃有不堪闻问者矣②。师生之间谈诗论艺,了无际涯,其乐融融。

高文与他人诗词唱和不少,但多半限于同辈或后辈,与师长辈的唱和却是鲜见,胡翔冬是个例外。1940年胡翔冬作《和衡三初饮郫筒二十韵并怀伯沆》:

> 郫人夸郫筒,蜀酒斯最良。橄榄无此味,酴醾比其香。五行土正色,得之嫩而黄。盛以箨笼儿,鸱夷何足当。老夫久持戒,枯寂类僧坊。殊珍非汝分,无事邀茶铛(余病胃止酒)。羡君定省余,自媚挥一觞。莫论座无客,顾影醉不妨。更莫论百斛,厌舟归故乡。如渑有时涸,来日方苦长。安得天雨粟,山公为曲王。玉垒变饭甑,锦江大糟床。竹筒值一钱,家家满眼藏。满眼鬼呵护,何必琼瑶浆。蠢倭果自毙,同恶相随亡。持此劳六师,遗黎亦得将。维时江南春,儿女

---

① 转引自佘贤勋《翔师谈诗述略》,《斯文》1941年第8期。
② 佘贤勋:《翔师谈诗述略》,《斯文》1941年第8期。

新衣裳。花能嫣然笑,群莺口调簧。一翁九死归,天还似海肠。一翁杯已燥,酣睡蛟虎旁。(谓伯沉所居邻近周孝侯读书台)①

衡三是郦承铨的字,郦承铨乃王伯沉的学生,王伯沉是清末民国时期著名学者,以才气见长,博学洽闻,因曾师从陈三立,与胡翔冬有同门之谊,交往甚笃,抗战前就职中央大学,1937年,抗战全面爆发,因患中风,不能随中大迁川,留守南京,1944年病故。胡翔冬诗中充满着忧时忧国之情,表达了坚定的抗战主张和盼望山河恢复,人民幸福的愿景。一天,高文去看望老师,胡翔冬以诗示之。高文只身迁川,绵绵三年,与家人音讯隔绝,睹师之诗,能不悲从中来,痛从中来?乃和诗一首,诗曰:

郫筒之名溢四方,师居高店郫西乡。我来处处曲米香,茅屋虽陋朱夏凉。示我赓和琼瑶章,山为饭甑江糟床。竹筒鬼守满眼藏,六师遗黎各得将。炎黄之运今再昌,灯窗百读目为瞠。念昔倭寇陷大场,归军百万突豺狼。名都莫问金与汤,城头鼓死旗不扬,谁其主者将军唐。珠玉将去堆满箱,美人系颈如牵羊,男尸塞路乌啄肠。血波汩汩风助狂,万家一炬烟柱长,可怜日月难于光。夏兴一旅史册详,楚虽三户秦以亡。况闻称兵佳不祥,师哀者胜死强梁。我军日

---

① 胡翔冬:《自怡斋诗·和衡三初饮郫筒二十韵并怀伯沉》,《斯文》1941年第8期。此诗胡翔冬生前未刊行,以遗诗于纪念刊刊出,足见胡翔冬为人之严谨。

夜筹策忙,蓄锐俱发争禁当。①

足见师生往来,情意默契。

胡翔冬为人内敛,"不喜酬酢",为诗也"不喜标榜",向来不重刊布,只为自我怡情②,比如《和衡三初饮郫筒二十韵并怀伯沉》,倘若不是本人驾鹤西去,得以遗稿刊行,恐怕今天的读者只能从高文等弟子的文字中一窥神韵了。黄侃"不肯轻著书",他的老师章太炎"数趣之。曰'人轻著书,妄也。子重著书,吝也。妄不智,吝不任'"。黄侃回答说:"年五十当著纸笔也。"③胡翔冬与黄侃在学问上互有争议,学生中无知者,也好以胡门黄门自炫耀,甚至有门户对立之现象,但熟知内情的人则知道,黄侃虽常常鄙薄他人,与胡翔冬之间却是互相敬重的。胡翔冬曾说:"音韵训诂之学,自推季刚。余但知诗中当用某字某韵耳。"黄侃也曾言:"翔冬诗最善。化腐朽为神奇。如明倪鸿宝不可废。不可废。"④在"不轻著书"这一点上,胡翔冬称许黄侃的意见,所写诗词,不轻易示人。但黄侃50岁匆匆故去,同龄好友吴梅也不幸于1939年3月卒于云南,年仅56岁,这对胡翔冬带来了不小的震动。在诸弟子的劝说下,他答应编辑诗稿以便发行。具体工作落到最信任的弟子高文身上。"该系为本校五十周年纪念特商得胡翔冬教授同意将其生平著作亲加选定付刊,以资纪

---

① 高文:《翔冬师示和人初饮郫筒诗,因忆前年南京之陷,感而有作》,《斯文》1940年第2期。
② 刘乃敬:《胡翔冬先生轶事》,《斯文》1941年第8期。
③ 章太炎:《黄季刚墓志铭》,载程千帆、唐文编《量守庐学记:黄侃的生平和学术》,生活·读书·新知三联书店,2006,第2页。
④ 吴征铸:《翔冬先生遗事》,《斯文》1941年第8期。

念,并经高石斋先生辛勤雠校,现已成书。"①又"国文系教授胡翔冬先生所著诗章,向不轻易示人,故凡得先生之片纸只字,莫不视同瑰宝,而尤以不获见其全部为憾,乃请校方付刻以飨学者,由高石斋先生校刊"②。

胡翔冬随金陵大学入川之前,已患胃疾,入川之后,习惯了安定日子的胡翔冬与其他老教授一样,心情大不如前。据程千帆回忆,"翔冬先生成都白丝街住的院子里,有一棵橘子树,上面只结了一个橘子,他就请来一个漆匠,把橘子漆成黑色的。高文他们那时住在旁边,也不敢问老师,更不敢阻挡。我恰好来看老师,也看到了,也不敢问他"③。

1940年11月9日,胡翔冬不幸病逝,年仅57岁,高文悲痛不已,参与策划、组织《斯文》半月刊出专刊纪念先师。除胡翔冬自己的三首遗诗,其他如李清悚《挽乡先辈胡先生翔冬》、朱浚《忆翔师》、刘成禺《哀翔冬先生》、高文《读自怡斋诗》、郦承诠《哀翔冬先生》、陈延杰《哭胡翔冬》、刘国钧《哀胡翔冬先生》、卢前《哀翔冬先生挽词:中吕醉高歌二首》、高耀琳《哭翔冬师二首》、王沛然《哭翔冬夫子》、高柳桥《哭"怪"师胡翔冬先生》、吴征铸《翔冬先生遗事》、程康《读自怡斋诗寄翔老并示辟疆》、陈裕光《纪念翔冬先生》、丁廷洧《忆胡师翔冬》、佘贤勋《翔师谈诗述略》、程会昌《哭翔冬师》、柯象峰《悼胡翔冬先生》、刘乃敬《胡

---

① 《文学院中国文学系消息一束》,《金陵大学校刊》1939年第263期。
② 金陵大学文学院编《五年来之金陵大学文学院》,1943年4月。
③ 程千帆:《桑榆忆晚》,载张伯伟编《程千帆全集》(第15卷),河北教育出版社,2000,第138页。

翔冬先生轶事》,刘国钧《悼胡翔冬先生》,唐圭璋《悼胡翔冬先生》,陈匪石《挽胡翔冬》,沈祖棻《水龙吟·挽翔冬师》,陈中凡、张目寒、周鄂君等的挽联,章黄荪《哭胡夫子》,周仲容《翔冬学长兄挽诗》等诗词、挽联、纪念文章,或从一方面呈现了胡翔冬为人熟知或鲜为人知的人生际遇、思想品格、诗词境界。高文的《读自怡斋诗》一文则是其中对胡翔冬道德学问最为全面、客观和深入的总结,从中可窥见其与胡翔冬的厚谊,如果把高文的道德学问与之比较,也可看出其所受胡翔冬影响之深刻。高文回忆文章无多,此文弥足珍贵,兹全文抄录如下:

> 自怡斋诗凡一百零七首,五古二十首,七古七首,五律六十四首,七绝十六首,师来成都后自定稿也。遗略者七绝一首,自题衲衣小照是也。未刊印者五古二首,子午道旁柏,及实斋抄倪文贞诗集既成怆然有感题其后是也;七绝一首,书聘妻戴娥子墓碑既成口号一首是也。此外读旧约创世纪五古十余首,第一首有"客馈无花果"之语,因名曰无花果集,多未成篇,皆入川之前作也。入川后则有五古三首,五律四首,七绝九首,凡十六首,皆未刊行,师本以苦吟著,不惬意者每不留稿,即留稿稍有可指摘者,定稿时并皆删去,故一生之作仅此一毫芒耳。

> 手稿一题之下,均以甲子纪年,印本删去,而仍其次第,间于题中标出甲子,复用元日除夜季月等指明其隔一年或数年,故读者仍可即题而知年,即年而知事也。

> 印本格式一依沈归愚之赋闲草堂本杜诗偶评,每面十行,每行十九字,目录六页诗三十一页,无序,"自怡斋诗"

四字,系自稿本钩摹,李文洁公所署也。诗中用字,皆经划一,偶有例外,皆本师意,若志安赠兰陵酒栲木杖诗之"九日徵(原文字迹模糊,此处应为"徵")东北",徵不作丽,此用王逢原哭诗字,不可改也,余放(即"仿")此。

至于自怡斋诗之内容,从师十余载,师于吾辈,知无不言,言无不尽,然仰高钻坚,仍不能窥其精要,谨就思想、诗法、外貌三者述其略焉。

(一) 思想

师之思想约言之有四:曰,爱国,忠孝,任侠,嫉世。此四者之出发点为一情字。其诗曰,"有情都是可怜儿",师乃血性中人,最富于情,明知有情之可怜,仍在情中度一生,常言,"圣贤之志在救世,佛菩萨之心亦在救世,圣贤佛菩萨一也,皆未能忘情",故师之诗,初见似若诡异,细察之则发乎情,止乎礼仪,自立立人,成己成物,皆情之所使为也。兹就其思想一一论之:

第一,爱国——近百年来,我国家衰微,外有倭寇之侵,内有军阀之乱,主权丧失,人民疾苦,故秉奋藻,情见乎辞,其言倭寇曰:

况乃其国民,尺五貌于思,偷我古衣冠,性比狼与豺。(《上元夕大风》)

又曰:

三岛弹丸耳,其王诚鬼蜮,偷我古衣冠,文字尤得力,怀柔用此物,咄哉冤报德。(《志安赠兰陵酒栲木杖》)

戊寅入蜀后,倭氛愈炽,故土沦陷,邦国阽危,故其端午诗曰：

隔屋吹香艾火新,蒲觞续命八千春,老夫别有闲滋味,吞泪如醪也醉人。

沉痛悲凉字字是泪是血矣。又或时闻议和之谣,师以为不可,有言曰：

中原正格斗,合眼血漂杵,请和即乞降,亡国俱为虏,寡妻曰莫悲,孤儿泣听汝,勿伤雄鬼心,昨夜啼风雨。(《移居高店》)

请和二语,如何肯定,寡妻四句,则谓抗战而死者不愿闻和议之成也,又时时想望抗战之胜利,其和衡三初饮郫筒诗有曰：

蠢倭果自毙,同恶相随亡。持此劳六师,遗黎亦得将。维时江南春,儿女新衣裳。花能嫣然笑,群莺口调簧。一翁九死归,天还似海觞。一翁杯已燥,酣睡蚊虎旁。

江南者,首都也,儿女新其衣裳,花鸟亦皆欢笑,何等热烈,何等兴奋,此情此景,恨师不得亲见之矣,痛哉！其言军阀之割据曰：

风雷吼东西,日月如鬼灯,妖星闪其下,欲摘力不胜,南方多赤鸟,争食嘴爪矜,北方气候寒,老龟僵卧冰。(《记梦》)

其写兵乱曰：

一死兵手竟何罪,朝摘其髭暮批鳞,蜂喧鸟咽等闲闻,宇宙安用冬复春,君莫问杜陵松(?)树委荆棘,草堂自此无颜色,国危命贱物亦齐,我死未肯一叹息。(《丁卯祀灶小

石以吊杏诗过示》)

即此一松之摧残,可见兵子之无纪律,人民之遭荼毒。此皆断送国本,凋伤元气之举,故师深痛之也。

第二,忠孝——师之思想,以忠孝为本,乃儒家正统思想也。其言曰:

还寻僧绍碑,吹琴谈以指,居士主忠信,狼虎毒蛇避,儿戏视南齐,连征亦赘耳,再拜吊空山,落日照涕泗。(《同杜岷原游摄山》)

又曰:

僧言明天子,尚依桑门力,一醉问诸天,道衍宁有发?白帽不仁哉,西山冷佛骨。(《三月晦日游龙兴寺》)

又曰:

昔闻诚斋翁,慈湖过开颜,翁老愈倔强,文章其一端,伲胄炙手热,记不得南园,可怜社稷臣,孤愤到盖棺。(《八月十四夜同岷原入牛首》)

忠信社稷之臣,乃师所钦敬者,故于集中三致意焉。又曰:

公诗但正气,天地橐籥之,平处虽趋险,其义坦而夷,园葵将比孝,卫足业离离,河豚将比忠,饱死非所辞,念此肝肺热,百读百涕洟,五伦首君臣,圣贤不吾欺,孝以事其君,然后国乃治。(《实斋抄倪文贞诗》)

此数语则明说忠孝大节,乃天地正气,有此始可以撑柱天地,治平国家,故师原定稿第一首为御柳,以刺失节也,末一首为过故官拾白皮松,以明忠孝,此师之隐衷也。

第三，任侠——师之壮年，本一侠客，常欲轰轰烈烈成就功业，及事不成，乃为诗人，故其四十六初度口号曰：

漫道明年亡汉腊，又(?)题甲子也无关，荆轲已殁三良殉，做得陶潜只等闲。

其心中人物如是。其面目气概则如下：

白面黑貂裘，宝刀绕指柔，杀人故鬼笑，饮马胡天秋；上舍黄金重，侯门一饭羞，君过春申浦，为问不平流。(《赋得意气龙堆上马儿送胡二之沪》)

此诗活化出一侠客，亦可谓师之自写照也。又咏戴渊曰：

处士气如海，那能语井蛙，胡床为壁垒，一剑压江淮；马上儒无用，人间盗亦佳，陆机不晓事，凡百荐书乖。

是亦自写也。此等侠客，欲何为者？则曰：

吠尧狗亦丑，老骥恋敝帏，男儿颈如砥，砺刃才见奇。(《抄倪文卓诗》)

守此正气，必为忠为孝，以颈砺刃始为快耳。

第四，嫉世——师既负慷慨大节，亦儒亦侠，故于世之奔走贪竞，卑劣无耻者，深恶痛绝，屏拒呵斥，有如宿仇，故多嫉世愤激之言，而人生态度，则如陶渊明之玩世不恭。其视当世之名公巨卿，直鸟兽行耳。其言曰：

曰猴窃人君，鸟兽以次官，鸡即是将军，猿马公卿班，老狸为令长，虎戴吏人冠，其余数十辈，食人魂坑填，惟牛不得意，自称书生酸。(《读抱朴子》)

又埋狗诗曰：

又云狗性犹人性,柔罔不吉刚者凶,彼皆崖柴此冯默,疽裹丁谧将毋同?……时来不信帝力大,但凭牙齿锥为锋,公然吠尧欲媚跖,跖死利徒宁汝容。我听其言掩耳走,喘定还以手扪胸,鲁吏获麟不书瑞,接舆歌凤徒自工,国乱无象物亦尔,留命莫学多言穷,独不见楚庄马死优孟哭,葬以君礼隆更隆。

又痛斥不良之政治与残暴之官吏曰:

或曰坏田庐,民死饥与寒,独不见牛马,鞭背才掀辕,衣狙周公服,百棒礼自闲(?)。又如朱门家,畜狗虣鸡豚,杀之固无罪,生也复何恩,丈夫宁遗臭,肯学书生酸。(《子午道旁柏》)

故曰:

诗友孤心碧,兵戈大盗仁。(《禅敷上人约同牛首山寺过除夜》)

又曰:

神君面帝莫论理,但道人间树如此。(《丁卯祀灶日小石以吊杏诗过示》)

师虽嫉世而不厌世,其言曰:

天地终不坏,尔其事聋瞽。(《记梦》)

又曰:

今也天地坏,士气要撑柱。(《宿杜二小楼》)

抗战以后则于国家之复兴,尤具热望,故曰:

剑阁终然险,郫筒莫浪倾,归欤各留命,昨夜梦收京。(《赠周鄩君》)

师既嫉世,又不厌世,然则如何处世?亦惟玩世不恭之态度而已。与故人门生贩夫走卒佣保之流相善,而鄙恶达官贵人假道学之辈,或裸身佯狂,或蹲踞痛饮,或独行踽踽,徜徉于深山古寺,坏堞荒江,人不之其所乐,而师独有会心。故小石师有诗咏之曰:"一个人间胡叔子,朝朝抱瓮卧窑湾,有时白日不肯语,看罢江潮独自还。"乃写实也。笑傲万峰之巅,下视万汇,殆若蚍蜉矣。其诗中若:

问信不肯答,枯吟还自贤。(《春日闲居》)东西南北路,上山下山驴。(同上)酒杯定将去,山鬼与同居。(《将入牛首一事吟咏》)谁言地不坏,今者吾丧我。(《醉坠牛首绝壁下》)穿市众喧死,天地唯狗尊。(《八月十四夜同岷原入牛首》)雪花钱大猫犬寂,奋髯操卮自在噢。(《八月过岷原食猪肝作》)闭门便是蛮夷长,老不称臣今抱孙。(《戏成二绝句》)

皆有一肚皮不可人意在,昧者不知,咸以师为怪,师岂真怪乎。

(二) 诗法

诗为一复合产物,至少包括两种因素,一曰诗之本质,二曰诗之技巧,二者不可缺一。所谓本质者,即反映时代之谓也。反映愈深刻,则价值愈大,今人之作,决不可仍说古人之话,叙古人之事,现实之所有,当一一表而出之。例如杜工部遭安史之乱。安史之乱,唐所独有,工部则以诗反映之,今吾人者抗倭之战,则吾人所当写者应为抗战,而不当为安史之乱,此理至明,此反映时代之作,古人名之曰诗史。

技巧能助本质之显明,而不能决定本质之成功。然无技巧,本质亦无从表现,故二者必相互为用,始能止于至善,天地间始少此作不得,不然尔所言与前人无异,何贵乎有尔之作也。师所言作诗之法,纲领大底若是。关于反映时代者,如:

昨闻异军哄粤东,天骄微许农与工,儒无大小杀无赦,骷髅陵屯波风。(《丁卯祀灶小石以吊杏诗过示》)

又如:

邪说烈猛火,烈风狂以吹,五十当活埋,亲在穷年悲,共妻妻生子,借问姓何谁?(《实斋抄倪文贞诗》)

上二段所言,读者一见即可知其所云,此岂古人所有乎?

又如:

天关虎豹驯,谒者交履舃,默思帝道穷,血面论何益,疏网漏吞舟,张弓高不抑,有时亦一怒,风过雷雨寂。(《志安赠兰隆酒楼木杖》)

此谓国联也。高居在上,诸弱小民族,血面论诉(述),亦复何益,有时或言制裁,亦不过疾风雷雨之一瞬,顷刻消散矣。

又曰:

揭来蓬山顶,围以圆海黑,瀛洲对会稽,方壶临咫尺,仙家在何许?浪传不死药。三岛弹丸耳,其王诚鬼蜮,偷我古衣冠,文字尤得力,怀柔用此物,咄哉冤报德。美人兮美人,黑齿赤双脚,踏歌以吕波,狐媚莫余惑。(同上)

此指倭寇也。美人的确是倭之美人,此岂前人所有乎?又曰:

狂来陟北山,吼塔起忠魂,回飙飒以至,草树森戈戟,道旁两石人,如闻语啾唧,誓墓者谁欤?几个不为贼,攘夷复用夷,救国还卖国,我心无转移,我头岂畏斫,兹土会见焦,丘垄焉足惜。(同上)

此谓谒陵宣誓者多奸佞也,今攘夷用夷救国卖国之汪逆,已为全国之共弃矣,兹土亦已焦矣,吾师可不谓有先见之明乎?他如一时之习俗典制,器物,若"不妆已入时,散发腰肢嫩"。(《吊兰》)"青衿执绋革履滑,白旗剪纸掀秋风,逾梁下坂捶大鼓,敌以女乐雌声雄。"(《埋狗》)"韬云难于光,入海海有涯,飞车与潜艇,那便不为灾。"(《上元夕大风不见月》)"舟车殷若雷,行十(?)车一息。"(《游龙兴寺》)皆今之所始有,若此之类,不胜指数,他人集中可得而见耶?关于技巧方面者,可以取材,造境,炼句,成篇四者言之:

——取材。师常言:"老子曰'天地不仁,以万物为刍狗',诗人不仁,以万物为刍狗。"又言:"孔子曰'毋我',做人不可有我,做诗必须有我,自天地日月星辰以至草木虫鱼,圣贤大经大法,佛老子史,百家之文,皆我之刍狗,听我取舍调遣,否则,直是文章之庸才耳。"其用经者,若落叶薄言掇,孤月焉瘦哉,吾之于人也。谁毁而谁誉。用老庄者,如一饱谷神活,木异而无用,留命莫学多言穷,看梦蝴蝶栩栩然。用佛者,如海松古貌如维摩,杏子娇娆散花女,问谁缚我诗无罪,天地唯狗尊。其他用子史文集小说等尤多,总之,凡一切师经镕铸之后,无字不奇,无意不新,嬉笑怒骂,无一字无来历,此其所以为难也。

——造境。师常谓诗须打破时空二间,神游天地之外,上与古人为邻,然后始能有所创作,请举例以明之;其宿杜二小楼曰:"小池水不波,树头鱼可数。"此则破上下矣。黄杨篇曰:"万古万万古,我与物无异。"此则齐生死物论矣。其牛首山房坐雨曰:"塔即是钓矶,鸟变游鱼相。"此则幻虚实矣。而庚午游摄山一诗中写红叶一段,则直写到异国,不但写自下仰视,更写出自上俯视,复写出异国风俗,梦中泛海情景,真是笔参造化,胸罗万象,极天地之伟观也。

——炼句。师之诗每篇皆有名句,若五律之照水鸭头月,吹秋驴背风;松小麝来嗅,蹄忙山有声;迟声虫自媚,无梦蝶来亲;月午芙蓉斋,灯花蟋蟀鸣;满荷东去水,一只北来船,龙归江雨晚,鸽乳栋云深。五古之濯足老鱼跳,星月散一盆;畴野绿初染,落鬟烟能舞;松门鸟啼梦,佛殿狗遗矢;双峰卓女眉,余此几茎绿,壁立马卿渴,谁谓一拳足,天怒罚为茶,吹子下岩腹,秋华淡淡妆,春笋深深廲。七古中之春城遮色不遮香,年年穿市醉红雨;蜂喧鸟咽等闲耳,(原文此处疑似少一标点)宇宙安用冬复春,传讹公庵喂鱼肉,复随仙杖比鸾龙;我躬宁葬羽窟幽,我手终扼黄河喉,皆戛戛独造,直可与唐贤相颉颃矣。

——成篇。师之教人在篇不在句,常证今人之通病皆不能成篇,气机不圆活,义法不谨严,无安排,无配备,此中甚难,非可一时尽述,可参阅磊霞之翔师谈诗述略一文。

(三) 外貌

师诗外貌有三:一曰很。很者,横空盘硬语,妥帖力排奡是也。二曰美。美者,芝英擢荒榛,孤翻起荄莲是也。三曰合色。合色者,酸咸嗜好积誉毁,至精不灭仍重重是也。此可为知者道,难为俗人言,兹以此篇幅之限,所述尚不及十一,幸读者有以谅之也。①

全文朴实无华地活化出乱世中一个正直、诚实、坚毅的传统文人形象,确如陈裕光校长所言,"先生读书约己,笃信行素,超然物外,平居无戚戚之容,处之泰然,日惟课读是任,诗文明志,学养有以致之也"②。

对高文影响深刻的另外一位老师是胡小石。

胡小石(1888—1962),名光炜,小石为其字,以字行。号倩尹,一号夏庐,晚年又号子夏、沙公。原籍浙江秀州(今嘉兴),出生于南京,是中国现代文史大家,"于古文字、声韵、训诂、群经、史籍、诸子百家、佛典、道藏、金石、书画之学,以至辞赋、诗歌、词曲、小说等,无所不通"③。

胡小石 1905 年考入南京师范学校简易科,后入两江师范学堂预科,1907 年插班进入农博分类科,学习生物、矿物、地质、农学。在一次学校的文化活动中,因一篇关于《仪礼》的文章被学堂都监李瑞清(字梅庵,号清道人)发现,倍加青睐,亲自传授

---

① 高文:《读自怡斋诗》,《斯文》1941 年第 8 期。
② 陈裕光:《纪念翔冬先生》,《斯文》1941 年第 8 期。
③ 曾昭燏:《南京大学教授胡小石先生墓志》,载《曾昭燏文集》,文物出版社,1999,第 330 页。

国学。

在两江师范学堂胡小石与胡翔冬同学,在诗词创造上均已崭露头角,李瑞清极为欣赏,于是介绍两位得意门生就学于客居南京的陈三立(散原)。对二胡呈上的诗作,陈三立阅后评价并开示道:"小石诗情甚美,神韵绵邈,可先从唐人七绝入手,兼习各体;翔冬诗情湛深,句法老到,可学中晚唐五律,走孟郊、贾岛的路子。"[①]其后,胡小石、胡翔冬均以擅诗获大名。

1924年9月,金陵大学改组国文系,时胡小石恰因母亲病重,从西北大学返回南京,经程湘帆介绍,出任金陵大学教授兼系主任,讲授"楚辞""杜诗""李杜诗歌比较",由源流、体制而详述修辞、音韵风格等。同时讲授"甲骨文",以自己撰写的《甲骨文例》为讲义,从篇章出发,研究甲骨文书写款式、语法修辞、章句段落,分为若干常例,由此考订一字,可以根据其上下文而得其意,再根据音义相关之例,由训诂通假推定其读音,其可信程度倍增。讲稿经过修改于1928年作为中山大学语言历史研究所《考古丛书》之一发表,被誉为我国第一部研究甲骨文文法的著作。后来,胡小石又仿此宗旨与体例作《金文示例》,先作讲稿,后发表于《中山大学语言历史研究所周刊》(第2卷第17、18期),可谓为契文研究开了一条新路。

胡小石自1925年8月起受孙洪芳邀请做金陵大学国文系教授,兼任东南大学教授、文理科长,教文学史,但1927年起金陵大学规定本校专职教授不能在外校兼职,此事遭到时任国文

---

① 胡小石:《胡小石文史论丛》,周勋初编,南京大学出版社,2008,第2页。

系主任陈中凡的反对。陈中凡，原名钟凡，字斠玄，号觉元。鉴于当时国文系经费紧张，陈中凡提出了三种弥补方法：第一是招收国文专修科学生；第二是本系教职员至外校兼职，令其捐薪；第三是万一前二策皆不行，则陈中凡自己接下一学期停职，以所余薪金弥补。三种方法除了第一种顺利实施，初见成效之外，第二、三种办法都是半途而废。当时中央大学刚刚成立，教职员略显不足，请胡小石去兼课，此事正中陈中凡下怀，因他一向也在东吴大学兼课，学校并没有什么说辞，但当陈中凡把胡小石的兼课事宜提交校务会议讨论时，时任校长过探先、文理科长陈裕光均持反对意见。陈裕光还以北京地区兼课为例，力陈兼课之危害，"我在北京，听北大代理校长蒋梦麟说，'如果八校合并，不是把这班教员的点心店全关门么？'因北京风气，教员无不至他校兼课，谓之点心钱。我们如果准专任教员去外去兼事，将来金大也成点心店了"①。此事后经陈中凡反复周旋、磋商，仍未能有满意的处理，中间还使自己与胡小石产生不少误会。两人本来都是两江师范学堂的毕业生，又同受业于李瑞清、吴梅、陈三立诸名师，交谊深厚。胡小石任教北京女高师即由陈中凡推荐。此事过后，最终以陈中凡离开金陵大学，应聘暨南大学中文系主任兼教授，胡小石就职中央大学兼职金陵大学了结（当时金陵大学的规矩，金大可以外聘他校教职员工，但金大专职教职员工不能外聘他校，于此也可见金陵大学管理之独特性），此后陈中凡与胡小石曾有20年断绝往来。1952年院系调整，时在金大任

---

① 陈仲凡：《本校国文系之现状》，《金陵周刊》1928年第6期。

教的陈中凡到了南京大学中文系,与胡小石、汪辟疆并称中文系"三老"。陈中凡和胡小石遂共事一堂,"共谋互相帮助,切实改进教学工作"。1962年胡小石溘然病逝,陈中凡深感震惊,"至于惋愕不知所措"。他追思两人五十多年来共学共事的关系,以及聚散离合的波折,更是浮想不断,感触万端。他写了《悼念胡小石学长》一文,并"谨拟挽章一联表示衷心的悼念":

  三年共学,十年共事,愧季札缟紵相投,苍茫流水高山,几人知己?

  四卷存稿,五卷存目,叹子敬人琴俱杳,惆怅凉风天末,何处招魂?

陈中凡以"季札""子敬"相喻,其意真切,其情可感。昔日隔阂,终能坦诚相见,令后生小辈至今感叹不已。①

自1927年入职中央大学,胡小石一直兼职金陵大学,抗战八年,因中大与金大分处两地,暂停兼职,1946年两校返南京复课,胡小石继续兼职金大,一直到1952年两校合并组建为南京大学。

1934年金陵大学成立国学班后,聘胡小石做导师,讲授"书法史"。在大学开"书法史"课,这是创始,也是当时最高形式的书法教育。此举的意义有三:一是与经学、小学、史学、诗学一样,书法也列为国学研究科目;二是改变了以往书法教育只注重实用速写技能的传授;三是说明书法作为一门学科应当建立较

---

① 参阅龚放:《一代鸿儒——中国古典文学家陈中凡》,http://www.guoxue.com/master/chzhf/chzhf.htm,访问日期:2005年7月15日。

高的理论体系。① 与高文同班的游寿、朱锦江、曾昭燏后来成为著名的书法家及书法研究者。据游寿回忆,胡小石讲课内容包括古代齐楚金文流变到秦国统一书体,列国派系和政权影响下书体的方圆肥瘦之分,汉代书法因地域的不同各具特色等等。胡小石记忆好,讲课娓娓道来,不紧不慢,口才极为生动。讲课没有预先的讲义,由学生下课之后将笔记整理抄写,一年之后交还给胡先生,这便是《书学史》的底稿。②

在国学研究班,胡小石继续讲授《甲骨文例》,后来有学生把讲稿改名换姓拿到国外出版,但是这位学生偷懒经常不上课,所记与胡小石所讲前后不合,多有出入,胡小石知道此事后,也从不谈论宣扬。③ 1995 年,在南京大学党委及胡小石门生吴征铸(白匋)、周勋初等共同努力下,继被"文革"耽搁多年的《胡小石论文集》(1982 年)、《胡小石论文集续编》(1987 年)陆续出版之后,《胡小石论文集三编》也顺利出版,其中《甲骨文示例》周勋初约请毕业于南京大学的北京语言大学万业馨教授整理,她所依据的三个底本分别来自余永梁、徐复和周勋初,其中徐复是高文在金大国学研究班的同学(1935 年第二批),他的《甲骨文示例》藏本是胡小石在金大本科班级讲授之后又笔记整理出来的油印本,用作国学研究班讲义。

如果说高文在为人为诗上受胡翔冬影响深巨,那么在书艺

---

① 周勋初:《胡小石先生年谱》,载周勋初编《胡小石文史论丛》,南京大学出版社,2008,第 253 页。
② 游寿:《关于胡小石先生的回忆点滴》,《中国书法》1987 年第 2 期。
③ 同②。

和学术研究上,胡小石的影响更多一些。

高文在书艺上受胡小石影响,在知情人那里是确凿无疑的。南京大学徐雁平的《金陵大学国学研究班述考》指出,高文"书法早年学胡小石,达神似境地,晚年自成一体"。但徐文接下的介绍中则有张冠李戴之嫌:"……而《四川汉代画像砖》(1987年)亦能见其将地下文献与古书相结合的功力。……"①《四川汉代画像砖》的作者高文是我国当代著名文物专家,中国汉画学会副会长,长期致力于巴蜀文化的研究和传播,是我国研究汉砖的集大成者,他尚有《四川汉代画像石》《中国美术全集画像石、画像砖卷》《绵竹年画》《四川历代碑刻》《中国画像石棺艺术》等专著。出现这样的误解,一方面可以归咎于作者年轻,考证不周全,想当然等,另一方面则是因为高文长期以来隐居开封,与外界联通极少,而且受乃师胡翔冬影响,不事张扬,因此他与胡小石极深的学术渊源正以危险的方式被当下读者误解和遮蔽。有学者指出,"由于高文先生全面继承胡小石先生的书学观,并以擅长终始于师规而殊获隆誉。在校读书期间即被同门认为必将是胡先生衣钵传人","高先生书法以隶书和行书为主。他遵从胡小石先生论书要义,注重碑学,功在汉隶。尽人皆知,隶书难在厚重,汉以后隶书因渐失古厚之气而了无可观,不得已,以求体态形式的变化来迂回高难,自欺欺人。高先生隶书以成熟汉隶为本,其20世纪80年代所书隶书作品,仍以成熟汉

---

① 巩本栋、徐雁、陈晓宁主编《中国学术与中国思想史·思想家Ⅱ》,江苏教育出版社,2002,第598页。

隶家法为本,或具《乙瑛》类庙堂之气,或兼《曹全》类蹁跹之姿。刚健遒放,幽深厚重,入木三分。而高先生的行书风格有两个明显阶段:60岁前酷似乃师,60岁后卓然自立"①。以上判断虽不乏对长者的夸饰赞美之情,但从专业的角度看,基本信息应该是可信的。2018年12月南京大学文学院举办"胡小石和他的时代"书法文献展,内收高文《满眼春芳七言诗纸本行书立轴》(1943年)、《西征集诗十八首》纸本行书横幅(1945年)。为配合此次展览,自12月20日至29日,在南京大学文学院举办了十场专题讲座,其中有一场是整理胡小石《甲骨文示例》的万业馨教授的,讲座题目是《从胡小石先生的艺术道路说"品"》。在听众提问阶段,有人指出,这次展览可以看出一个现象,"以小石先生为中心,有一个学术的共同体,由清道人(李瑞清)、曾熙,到近代的游寿、曾昭燏,他们在书法的书风上比较接近。清道人是以遗民的身份生活在上海的。您觉得,像胡小石和游寿先生,他们的书风是不是与当前热闹的事态不相容,于是形成比较孤绝的书风?"万业馨教授在正式回答提问之前说道,"先纠正一下,小石先生曾经跟曾熙学过,游寿和高文是小石先生弟子。在他的书法传承当中,这两位是很出色的,而且他们学问也做得不错。高文写过《汉碑集释》,那是非常有用的书,对汉碑做了很好的分析和解释"②。万业馨教授1968年本科毕业于南京大学,

---

① 孙鹤:《诗家射雕手 翰墨有书香——浅论高文先生之为学为艺》,《中国书法》2010年第12期。
② 万业馨:《从胡小石先生的艺术道路说"品"》,https://www.sohu.com/a/312243646_725931,访问日期:2019年4月26日。

后又继续攻读硕士学位,导师是洪诚,洪先生是胡小石中央大学时的学生,对胡小石特别敬重。1956年,周勋初在南京大学读副博士(即硕士研究生)时,洪先生还以一个老学生的身份一起听小石先生讲金文、甲骨文和《说文解字》。① 由此看来,万业馨教授算是胡小石的再传弟子了。万教授以一个对胡小石的师承渊源有着深入研究的学者身份纠正了一些人云亦云、似是而非的看法,而这些看法在一个特别不严谨的时代,特别崇拜流量和八卦的时代,正被许多人当作事实接受。这一看似不经意的说明,实际上是在胡小石学术共同体核心圈子面前,宣示了高文作为该共同体成员不可置疑的身份。

胡小石在学术上继承清代乾嘉学者的研究方法,重视调查,讲究实证。比如他提出"楚辞"重名物训诂的新解,就是调查求证得出的。同时他也特别重视辩证方法。比如,在古文字声韵的研究上,提出"疑于义者,以声求之;疑于声者,以义正之",确立了"以声求义"的原则,他对《说文解字》的精深研究,视其为一部声书,即贯彻此一原则所得出的结论。他的书学理论,吸收了李瑞清以治经方法论书的体系。从甲骨、钟鼎、简牍、碑帖中考镜源流,辨章学术。比如他给高文他们在课堂上讲授"汉碑流派",强调汉碑面貌变化多方,一碑有一碑之面貌,无一同者。若以用笔之轻重,结体取势之纵横,与夫整个风格之奇正险易分之,大致可得十五种,每种以一碑为代表,则有张迁、景君、礼器、

---

① 周勋初:《周勋初治学经验之十四 东南学术 浴火重生:学术史研究之一端》,《古典文学知识》2013年第6期。

华山、乙瑛、孔宙、曹全、刘熊、鲁峻、史晨、三公山、石门颂、王稚子阙、三老讳字忌日记、裴岑。每种各有眷属，取其风格近似，不及时代先后，如论张迁派，则先举其纯用方笔，取正势，其眷属有校官碑，张寿残碑，鲜于璜碑与衡方碑，其后吴谷朗碑、晋爨宝子碑皆其支派，故张迁可称南派汉碑代表。再比如对八分书的理解，胡小石认为，八分书一是代表字的简化过程，八分书是篆书的简化。尤其是小篆的简化，意即小篆为大篆的八分，隶书为小篆的八分，楷书又为隶书的八分。二也是一种技巧，即隶书的挑法，八者，别也，向两旁分开。八者，背分也，又可称之为外拓法，与篆书的内擫法互补、促进，构成完备的传统书法技巧。①

高文从胡小石学习，一方面在于具体的知识，更重要的一方面则是学术观点、学术方法的继承和发扬。国学研究班结业之后高文留校，主要的学术方向即汉碑研究，20世纪80年代刊行的《汉碑集释》是他集三十年工夫而凝聚的心血，其中所用的体例、方法对胡小石借鉴颇多，甚至在具体观点上也对胡小石推崇备至。比如在《嵩山泰室神道石阙铭》碑释中，全引胡小石《书艺略论》中对八分书史的考论。② 通观高文此后学术事业，其中的方法、对象均可觅见胡小石的治学痕迹。

除胡翔冬、胡小石外，学生时代给高文以重大影响的另一位先生是黄侃。

---

① 胡小石：《胡小石论文集》，上海古籍出版社，1982，第210-211页；参阅金启华：《高山景行故事新语——追忆胡小石先生二三事》，《古典文学知识》2005年第5期及吴白匋：《胡小石先生传》，《文献》1986年第2期。

② 高文：《汉碑集释》，河南大学出版社，1997，第37-39页。

黄侃祖籍湖北蕲春,初名乔鼐,后名乔馨,复更名侃,字季刚,又字季子,晚年自号量守居士。1886年4月生于成都,1935年10月殁于南京,享年50岁。由于对金陵大学产生的巨大影响,在他逝世后,金大中文系即设有黄侃奖学金,抗战最艰难的时候,奖金也保持在200元每生。1952年金陵大学并入新建南京大学之后,黄侃奖学金仍然保持设置。

黄侃是章太炎的及门弟子。章太炎曾自言弟子有四王:"黄侃为天王,汪东为东王,吴承仕为北王,钱玄同为翼王,以此比于太平天国诸王。后因钱玄同主张废除汉字,乃出钱入朱(希祖)。"① 按照沈尹默的看法,实际上"可分三派。一派是守旧派,代表人是嫡传弟子黄侃,这一派的特点是:凡旧皆以为然。第二派是开新派,代表人是钱玄同、沈兼士,玄同自称疑古玄同,其意可知。第三派姑名之曰中间派,以马裕藻为代表,对其他二派依违两可,皆以为然。"② 坊间不吝文字渲染黄侃如何谩骂新文化,"每次上课必定对白话文谩骂一番,然后才开始讲课。五十分钟上课时间,大约有三十分钟要用在骂白话文上面。他骂的对象为胡适、沈尹默、钱玄同几位先生。"③ 周作人曾记道:"……黄季刚在讲堂上的谩骂。这事大概发生很早,不过在报上发表则是在黄死后罢了。这在《立报》上登载,总名《黄侃遗事》。第一则副题云《钱玄同讲义是他一泡尿》,原文云:'黄以国学名海内,

---

① 司马朝军、王文晖:《黄侃年谱》,湖北人民出版社,2005,第36页。
② 沈尹默:《我和北大》,载司马朝军、王文晖《黄侃年谱》,湖北人民出版社,2005,第90页。
③ 同①,第119页。

亦以骂人名海内,举世文人除章太炎先生,均不在其目也。名教授钱玄同先生与黄同师章氏,同在北大国文系教书,而黄亦最瞧不起,尝于课堂上对学生曰,尔等知钱某一册文字学讲义从何而来?盖由余溲一泡尿得之也。当日钱与余居东京时,时相过从。一日彼至余处,余因小便离室,回则一册笔记不见。余料必钱携去。询之钱不认可。今其讲义,则完全系余笔记中文字,尚能赖乎?是余一尿,大有造于钱某也。此语北大国文系多知之,可谓刻毒之至。'我当时曾经将遗事全文寄给他看,复信云:'披翁(按黄侃在旧同门中,别号为披肩公)轶事颇有趣,我也觉得这不是伪造的,虽然有些不甚符合,总是事出有因吧。例如他说拙著是撒尿时偷他的笔记所成的,我知道他说过,是我拜了他的门而得到的。夫拜门之与撒尿,盖亦差不多的说法也。'"[1]但这些渲染不过是新旧文化交替时期,所谓守旧与开新各方以此表达自己的心态罢了。从学术的意义上说,黄侃是中国现代从保国保种的角度重新思考文化传承与创新的大家。他"远绍汉唐,近承乾嘉,而又不受其局囿,在文字、音韵、训诂各方面都有重大发展,蔚然成一家之言,在近代学术史上占有突出的地位,产生过巨大影响"[2]。他不仅批评新文化不尊重传统文化的立场观点,对旧文化研究中存在的问题也加以理性的辨析。比如,他认为罗振玉、王国维"发现之学"的根本局限在于"经史正文忽略不

---

[1] 周作人:《钱玄同的复古与反复古》,载司马朝军、王文晖《黄侃年谱》,湖北人民出版社,2005,第130页。

[2] 许嘉璐:《黄侃先生的小学成就及治学精神》,载程千帆、唐文编《量守庐学记:黄侃的生平和学术》,生活·读书·新知三联书店,2006,第46页。

讲，而希冀发见新知以掩前古儒先"。"……国维少不好读注疏，中年乃治经，仓皇立说，挟其辩给，以炫耀后生，非独一事之误而已。始西域出汉晋简纸，鸣沙石室发得藏书，洹上掊获龟甲有文字，清亡而内阁档案散落于外，诸言小学、校勘、地理、近世史事者，以为忽得异境，可陵傲前人，辐辏于斯，而国维幸得先见。罗振玉且著书且行贾，兼收浮誉利实，国维之助为多焉。要之，经史正文忽略不讲，而希冀发见新知以掩前古儒先，自矜曰：'我不为古人奴，六经注我。'此近日风气所趋，世或以整理国故之名予之，悬牛头，卖马脯，举秀才，不知书，信在于今矣。"①今天看来，黄侃与王国维只是学术取向不同。黄侃的"发明"，用传统方法处理新、旧材料，善于从常见书中发掘出新的东西，对旧材料的重视胜过新材料。王国维"发现"，用陈寅恪的概括就是"二重证据法"："一曰取地下之实物与纸上之遗文互相释证……二曰取异族之故书与吾国之旧籍互相补正……三曰取外来之观念与固有之材料互相参证……"②用新方法处理新材料，对新材料的重视胜过旧材料。但从对传统的持守和昌明上，黄侃更加坚实和强健。正是在此意义上，我们可以将黄侃视为最后一位国学大师。③ 而且也正是在这一意义上，当时国民党中央在黄侃逝世之后明令褒扬："南京金陵大学文学院国学研究班导师中国文学系教授，黄季刚先生十月八日去世，兹悉中央，认

---

① 黄侃：《黄侃日记》（中），中华书局，2007，第313页。
② 陈寅恪：《王静安先生遗书序》，载王国维《海宁王静安先生遗书》，商务印书馆，1940，序一第1页。
③ 司马朝军、王文晖：《黄侃年谱》，湖北人民出版社，2005，第254页。

为我国学术界之莫大损失,爰在一九二次中央党会,决议通过褒恤办法如下。(甲)函国民政府明令褒扬,(乙)给治丧费三千元,(丙)交湖北省政府营葬,(丁)对于遗孤之抚恤,交抚恤委员会核议。"①从国家层面来说,这是极高的荣誉了。

黄侃于1927年2月自东北大学南下应第四中山大学(后更名为中央大学)之聘,授小学、经术。汪辟疆《悼黄季刚先生》回忆:"迄民国十六年东南大学改组为第四中山大学,楼光来代文学院长,汪旭初任中文系主任,乃决议招先生南来。时国军甫定金陵,北军负隅抗命,先生意颇犹夷,叠经函商,始允南下。自十七年春莅校。"②弟子潘重规(后来成为黄侃女婿)记道:"戊辰之春,师始来教南雍,第一讲即为训诂学。"③中途四川大学曾有意聘他,但在汪东(旭初)的强烈挽留下,终未成行,所以,直到1935年驾鹤西归,黄侃一直待在中央大学。作为章太炎的弟子,黄侃在武汉及北京时已负有盛名,到南京就职,对整个东南学界都是一件大事。当时主持金陵大学国文系的陈中凡、胡小石、胡翔冬,以及后来的刘国钧、刘继宣等均与黄侃相熟,按照惯例,几乎同时聘他到金陵大学兼课。

黄侃在金陵大学讲授"服经旧说集证,唐人经疏释,诸经词例辑述,说文篆例,尔雅名物,求义,史汉文例,新唐书例传,评

---

① 《中央明令褒扬南京金陵大学教授黄季刚先生》,《中华基督教教育季刊》1935第4期。
② 汪辟疆:《悼黄季刚先生》,载程千帆、唐文编《量守庐学记:黄侃的生平和学术》,生活·读书·新知三联书店,2006,第86—90页。
③ 潘重规:《训诂述略》,《制言》1935年第7期。

文,樊南四六评,声偶,文字源流"等内容。① 为了避免与中央大学授课冲突,前者的课安排在每周的一、三、五,后者的课则安排在二、四、六。这些课高文都曾选修过,也慕名和随喜到中央大学旁听过。

金陵大学办国学特别研修班,黄侃与有谋焉。"往岁校中有设国学研究班之议,先生力促其成,盖深有所期待。"②1934 年 5 月 16 日,黄侃日记记道:"衡如(即刘国钧)、确杲(即刘继宣)来商研究班事,与离明(即黄建中)前夕所云顿异,可诧。"③1934 年 5 月 30 日日记又记道:"晚赴确杲之约,见其前作缘起,为窜易三处,又见群公所拟课程,皆大法螺,可谓'岁晚苍官皆自献'矣。"④可见,黄侃全程参与了金大国学研究班的相关事宜,且对开课大而无当提出了委婉的批评。国学研究班仅仅办了两届,1937 年秋季停止招生。⑤ 虽然还有别的原因,比如战时大学招生困难,中文系尤其突出等等,但黄侃担心的这些现象也是导致这种后果不可忽视的原因之一。国学研究班招生之后,黄侃兼做导师。1934 年 6 月 2 日记道:"金校特别研究令于'说文'及'经词例'任择其一(千帆案:研究下当脱班字)。"⑥后来实际上

---

① 王森然:《黄侃先生评传》,《中国公论》1940 年第 4 期。
② 刘国钧:《悼黄季刚先生》,载张晖编《量守庐学记续编:黄侃的生平和学术》,生活·读书·新知三联书店,2006,第 19 页。
③ 黄侃:《黄侃日记》(中),中华书局,2007,第 970 页。
④ 同③,第 973 页。
⑤ 《本院迁蓉五年来各系学生人数比较表》附注 1"国文特别研究班二十六年秋停止招生",载金陵大学文学院编《五年来金陵大学文学院》,1943 年 4 月。
⑥ 黄侃:《黄侃日记》(中),中华书局,2007,第 974 页。

二者都曾涉及,"1935年10月2日至金陵大学国学研究班,讲史汉文例"①。黄侃曾手拟国学金陵大学国学研究班学程提要。②

高文与黄侃的私人交谊较之国学班其他同学,比如徐复、吴白匋等似乎要疏远一些,这从黄侃日记中可以看出。翻遍《黄侃日记》未有一处正面提及高文。即使看起来无可回避的事实陈述,也饶有意思地忽略过去。比如1934年11月4日黄侃与吴梅有一次激烈的冲突,黄、吴二人日记均有记载。这一天黄侃的日记载:"尚笏来,邀至老万全,赴学生之会。酒半,摆子忽伪醉,以语侵人,正言呵之。跑哥在侧,几欲佐斗,闻言而止。……群饮最宜戒,饮食必有讼,不能坚守圣言,可谓饕餮无耻之人,真可悔痛也!"③日记中提到的尚笏为黄侃入门弟子,摆子指吴梅,跑哥指胡小石。吴梅的日记:"……今日为金大研究生班诸生公请各师长,余亦往食,在贡院万全,先至庐山照相馆摄影,计师六人:黄季刚、胡小石、刘衡如、刘确杲、胡翔冬及余。入座后,余与翔冬、小石就东席,二刘及季刚在西席,始而尚好。继而季刚嘱高生名文拉余至西席,余雅不欲拂其意,即就西席劝一卮,即返座。渠即破口大骂,喧呶不可辨,唯有一语云:'天下安有吴梅。'于是小石即欲掸拳起,余捺之坐。翔冬云:'今日为学生请先生,快饮酒。'小石云:'秦王击缶,赵王亦击缶,君不能至东席

---

① 司马朝军、王文晖:《黄侃年谱》,湖北人民出版社,2005,第420页。
② 刘继宣:《季刚先生手拟金陵大学国学研究班学程提要跋》,《金陵大学校刊专号》1935年11月4日。参阅程千帆、唐文编《量守庐学记:黄侃的生平和学术》,生活・读书・新知三联书店,2006,第36-37页。
③ 黄侃:《黄侃日记》(下),中华书局,2007,第1013-1014页。

耶?'渠稍气沮,而呶呶呓语,不知所云,继而悻悻去。……渠去后,复与翔冬饮二小壶。陆生恩涌、章生蕺苏送我归。"第二天吴梅日记又记:"晚金大诸生高文、高小夫、尚笏皆来,竭力道歉。余谓诸君招饮,何曾开罪,开罪于我者,黄季刚耳。谈次小石来,仍愤愤,余复慰之,上灯去。"①

黄侃与吴梅是朋友,常相往来,这在《黄侃日记》和《吴梅日记》中有着相当详细的记载,但时有冲突,也是公开的事实,比较激烈的冲突似乎有三次,此即其中一次。这次冲突是在国学研究班的学生公请导师的宴席上发生的,高文是重要的当事人,吴梅日记两次提及高文名字,而黄侃日记则只字未提。这里面的原因很多。首先,吴梅的日记与黄侃日记相比一向叙事较为详尽。其次,此次黄侃明显理亏,所以对经过略略提及,而以"群饮最宜戒,饮食必有讼,不能坚守圣言,可谓饕餮无耻之人,真可悔痛也"②!这种道德反思掩饰事实。吴梅属于受辱一方,所以对事情的来龙去脉必然交代清楚,以便旁人了解是非曲直,此种心事从吴梅事后两三天的日记还不断述及此事可以看出。11月5日,吴梅请汪东(旭初)评理:"往访旭初,告以昨日事,声明余未开一口,其曲在彼。旭初略作慰语而已。盖旭初与季刚,同为太炎门人,吾虽同乡,不及同门之谊,万事皆袒护季刚,余不过告以情形而已。饭后访小石,渠余怒未已,至言此后,须一决斗也。(四儿金中事被裁,亦季刚荐公铎之侄,致令张孝侯有杀人媚人

---

① 吴梅:《吴梅全集·日记卷》(上册),河北教育出版社,2002,第490页。
② 黄侃:《黄侃日记》(下),中华书局,2007,第1014页。

事情。)"①11月6日,吴梅又向金陵大学和中央大学校长陈词:"早起,细思此次横逆,虽小石至诚慰藉,旭初亦作套词,但未损季刚毫末。事过两日,未便再有举动,最妙于昨晨往访金大、中大两校长,告以昨日受辱事,一面详作一函,历述季刚生平,力请罢斥,一面布告两校诸生,公评曲直。余则闭门待命,彼去我留,彼不去我从此逝矣。如此堂堂正正之师,渠必不能觍踞皋比也。此后再遇横逆,即如此办法。"②第三,暗含的原因可能还是小圈子的问题。固然,黄侃、汪东、汪辟疆、吴梅、胡小石、胡翔冬等均是好友,是一个大圈子的,不时互访、聚会,但其中也有小圈子,黄侃与汪东、汪辟疆更近,吴梅与胡小石、胡翔冬稍亲。从这次事件可以看出,汪东站在黄侃一边,胡小石站在吴梅一边。撇开具体事因,根本还在于学术系统不同。如吴梅所言,黄侃、汪东为章太炎学生,同乡不及同门之谊,黄、汪属于乾嘉汉学正统,主古文经学,胡小石等人则主今文经学。两派之争,正是清代汉宋之争、经今古文之争的余绪。但这种争议其实并不会太明显,或者以其他隐晦的方式表现出来。正如胡小石所坦陈的,与黄侃"虽然时常因学问上小有争辩,但友谊仍是很厚,非他人所得议的"。"季刚生平常于大众中,言谈无度,而读书却非常细密精到……现在……一班学者,故好疑古。疑古固然是治学问的方法,然而以推测为事实,幻想为断案,所以我觉得季刚守先待后精神高不可及。我研究学问的方向与季刚先生不尽同,如甲骨

---

① 吴梅:《吴梅全集·日记卷》(上册),河北教育出版社,2002,第490页。
② 黄侃:《黄侃日记》(下),中华书局,2007,第490页。

文,初季刚极力反对,到十六年至京,他却很精考求,收集材料。前者反对,是守师承;终至相信研究,这是做学问的精神。"①另外,黄侃、汪东、汪辟疆皆为名门之后,而吴梅、胡小石、胡翔冬出自寒门,这种门第观念也可能是两派形同水火的重要因素。② 此前我们提及,胡翔冬与黄侃之间也不乏矛盾,只是没有吴、黄之间这么明显,原因大约也在此吧。老师们之间不经意的隔膜对学生不能没有影响。高文虽不会驽钝到像某些学生那样标榜门户,但平时经常亲近、走动的老师则成了不自觉的选择。此外,还有两个不得不提及的因素。一是黄侃严格区分拜门弟子与一般学生,没有行拜师礼节者一般来说是未被认可的。黄侃曾对杨伯峻等人说:"我和刘申叔(刘师培),本在师友之间,若和太炎师(章炳麟)在一起,三人无所不谈。但一谈到经学,有我在,申叔便不开口。他和太炎师能谈经学,为什么不愿和我谈呢?我猜想到了,他要我拜他为师,才肯传授经学给我。因此,在某次只有申叔师和我的时候,我便拿了拜师贽敬,向他磕头拜师。这样一来,他便把他的经学一一传授给我。太炎师的小学胜过我,至于经学,我未必不如太炎师,或者还青出于蓝。我的学问是磕头得来的,所以我收弟子,一定要他们一一行拜师礼节。"③国学班的常任侠是拜门弟子,"每年春节,必往叩首致敬。所居

---

① 胡小石:《胡小石先生追悼季刚先生讲辞》,载张晖编《量守庐学记续编:黄侃的生平和学术》,生活·读书·新知三联书店,2006,第20—21页。
② 司马朝军、王文晖:《黄侃年谱》,湖北人民出版社,2005,第409页。
③ 杨伯峻:《黄季刚先生杂记》,载程千帆、唐文编《量守庐学记:黄侃的生平和学术》,生活·读书·新知三联书店,2006,第162页。

量守庐,是我常去问学的地方。除在课堂听讲《文心雕龙》外,还到寓所问诗问礼,几乎无所不问。老师对课本外的琐闻有问必答,皆不自秘。"[1]1935年入国学研究班的徐复也是拜门弟子,《黄侃日记》中就常常有他问学的记载。当然这也并不意味着黄侃对一般的学生就格外冷漠不待见,只是拜门规则名声在外,一般学生也就不便打扰,高文大约属于此类。二是黄侃一向脾气古怪,常有不遵日常仪轨处,比如在金陵大学兼课,缺课是常有的事,讲课也常常花不少时间漫谈。"季刚课徒,时失期,月不及十小时。其授课也,不讲书,亦不示读书之法,臧否并世人物,或漫骂诸生。及大考也,则出一题,命诸生作,亦不批阅,以爱憎定分数,于是一学期终矣。"[2]黄侃日记也照实记载缺课的情况,如1929年5月6日日记:"雨甚,诣金陵大学过早,堂上无人,余适疲甚,迳归。"[3]再如,1929年6月18日日记:"旭初、小石来饭,饭后余倦甚,遂未赴金大讲。"[4]诸如此类。与胡小石、胡翔冬、吴梅比较,黄侃对待一般学生以及教学工作,显然要率性、随意得多。但吴梅的日记似乎夹带个人恩怨,黄侃真正讲课还是很有启发的。"黄先生在漫谈时,有时在讲坛上坐着谈,是很随便的;每次漫谈的时间,至少半小时。但到讲课时,他总是正襟危坐,目不旁视,语言简练而条例明晰,如果按照黄先生所讲授

---

[1] 常任侠:《忆黄侃师》,载郭淑芳、常法韫、沈宁编《常任侠文集》(卷六),安徽教育出版社,2002,第25页。
[2] 吴梅:《吴梅全集·日记卷》(下册),河北教育出版社,2002,第574页。
[3] 黄侃:《黄侃日记》(上),中华书局,2007,第530页。
[4] 同[3],第540页。

的一字不漏地记录下来，就是一篇很好的文章。黄先生讲《尔雅》时，不但对《尔雅》本文能够背诵，就是对于《义疏》也能整段背诵出来。最令同学们敬佩的是黄先生既能旁征博引，又能独抒己见，充分表现了先生的渊博学识与精辟见解。"[1]因此，虽然在个人交往上，高文与黄侃之间也许远远没有与胡翔冬和胡小石那样密切，然而，绝不能因此就否认高文与黄侃的学术关系，恰恰相反，黄侃特立独行的个人魅力，以及独具一格的学术思想和学术方法在高文那里烙下了深深的印痕。1996年，时年88岁的高文在探讨王安石《解使事泊棠阴》二首诗所涉及去官年代、棠阴地址以及诗中所蕴含的作者思想状况时，指出考订的两个基本原则，还特别忆及"本师黄季刚先生"的教诲：

> 我们认为做考订文章，必须符合两个原则：第一是要有确凿的证据，而且证据中既要有本证，又要有旁证，单文孤证往往靠不住。第二是结论拿到本文或本诗中，能讲得顺理成章，贯穿上下文而无扞格之嫌，也就是做到本师黄季刚先生常说的"解文之道，求之于心而安，绎之于词而顺"的程度。[2]

黄侃作为与章太炎、刘师培齐名的"国学大师"，是现代训诂学、《文心雕龙》研究、文选学的开创者，但最为学界推重的是他严谨的治学精神和系统的治学方法，他的拜门弟子殷孟

---

[1] 堵述初：《黄季刚先生教学轶事》，载张晖编《量守庐学记续编：黄侃的生平和学术》，生活·读书·新知三联书店，2006，第27页。
[2] 高文：《试论王安石〈解使事泊棠阴〉二首的有关问题》，《文学遗产》1996年第1期。

伦晚年总结为七个方面。一是以关心国家命运为出发点,并把这一精神贯彻到学术研究上去。二是笃学而不趋新,征实而不蹈虚。三是从继承入手,重视师承,是清代朴学传统的优秀继承者。四是扎硬寨,打死仗,所治经、史、语言文字诸书精学精研,反对随便翻翻,点读数篇的"杀书头"行为。五是淹博古今,谨严自守。这一点也就是此前已经提及的谨于立说,不泛滥文字。他常说:"学问之道有五:一曰,不欺人;二曰,不知者不道;三曰,不背所本;四曰,为后世负责;五曰,不窃。"他推崇汉学,原因就在于此。六是疑事毋质,质而勿有。这句话源自《礼记·曲礼》,原为"疑事毋质,直而勿有",王夫之解释为"事之然否曲直未明见而信诸心,毋质证以为固然。其直者虽可自信,抑勿挟而有之以与人竞。能此,则私意不行而天理见矣"[①]。黄侃先生稍加改换,以喻学问之道,"当日日有所知,也当日日有所不知",这是他所推崇的"发明之学"的根基。七是对学生要求严格、勖勉备至。[②]

总体上看,这些治学精神和方法有其鲜明的个体特征,但同时也含括了那一时代优秀学者的共同品质,我们从高文的其他老师,比如胡小石、胡翔冬身上均能有所发现,但由于黄侃崇高的学术声望和巨大的学术成就,他把这些卓越的学术品质较为集中地体现出来,并且以极具号召力的方式感染、影响包括高文在内的学生们。所以,虽然并非黄侃的拜门弟子,作为一般学

---

① 王夫之:《船山全书·礼记章句》,长沙:岳麓书社,2011年,第14页。
② 殷孟伦:《谈黄侃先生的治学态度和方法》,《文史哲》,1982年第1期。

生，我们也无法具体指出高文在哪一点或哪一个方面师承了黄侃，但绝不能以狭隘的胡门、黄门观念来理解高文与黄侃的关系。可以毫不夸张地说，在学术气质上，高文是黄侃的"拜门弟子"。

最忆华西坝:抗战岁月

1937年7月7日,日本发动全面侵华战争,同年8月13日,八一三事变发生。为应对战争,南京国民政府决议西迁重庆,同时为了保国保种,要求全国各大、中学根据地理位置和其他实际情况,或原地留守办学,或迁往大西北,或迁往大西南。当时南京的大中学校纷纷往贵州、云南、四川迁徙。金陵大学与同是教会大学的华西协合大学协商,准备借地在成都办学。但在迁校问题上,部分美国传教士对局势估计不足,对迁校抱着无所谓的态度,他们认为,即便南京失守,有美国大使馆保护,不怕日本人干扰。当时国民政府教育部态度也不明朗,认为公立大学都迁了,教会大学迁不迁关系不大,退一步讲,也可以留下来为作为"首都"的南京撑撑门面。[1] 正因如此,"该校当局仍力持镇静,添筑防空设备"[2]。1937年10月4日照常开学。其时的具体情况,1941年筱巅在《抗战中的金陵大学》写道:"最高学府的中大也忙着西迁而暂时停课,唯一的女子大学金陵文理学院也停了课。可是,金大为了维持在首都中一般青年的教育,仍然在炸弹

---

[1] 陈裕光:《西迁与复校》,载南京大学高教研究所校史编写组《金陵大学史料集》,南京大学出版社,1989,第50页。
[2] 刘国钧:《金陵大学图书馆迁蓉经过及工作近况》,《中华图书馆协会会报》1942年第3-4期合刊。

声中开着学,人数虽然比较少,可是上课的精神仍然保持着。警报是每天必有,有了也就必来,可是教授同学们,非到听到敌机的机声是不避入防空洞中,而在防空洞中,也均是讨论着中断的问题,好像空袭对他们毫无关系似的。同时他们不单是埋着头研究学术,他们一样也参加实际抗战的工作。"①当时上海抗战正热,南京是上海的后方,伤兵源源不断地撤退到南京,"金大的同学负起了救护的责任,每天晚上分组着到军站去工作一夜,虽然一夜的不睡,使他们次晨回来时,都很疲倦,可是仍然去上课。不但如此,每星期有好几次到各伤兵医院,去替伤兵们写信,或是做各种的事,这样,金大的同学们,一方面在求学,一方面尽力为国家服务。情绪非常的高涨,兴致极端的浓厚"②。但学生和教授们的这份坚定和沉着并未持续太长时间,"迨至苏常不守,首都危急,敌机空袭日必数起,专炸文化机构,因此该校当局为适应环境而免荒废学生课业起见,乃西迁成都"③。需要指出的是,作为当事人的筱蘦和刘国钧亲身经历的细节是可信的,但宏观情况,他们也许并不十分了解。实际上,当时战区的私立大学基本上按兵不动,就是金陵女子文理学院也是将学校分别迁往了成都、武昌和上海三处,还不是完全意义上的内迁,而且金陵大学校长陈裕光早在 1937 年 8 月末至 9 月初就已经着手进行内迁的准备,之所以迟迟未能付诸行动,除了陈裕光校长已经指

---

① 筱蘦:《抗战中的金陵大学》,《民意周刊》1941 年第 153 期。
② 同①。
③ 刘国钧:《金陵大学图书馆迁蓉经过及工作近况》,《中华图书馆协会会报》1942 年第 3-4 期合刊。

出的原因,从旁观者的角度看,他未曾说出的原因还有:(1)学校内迁是大事情,需要由校董会讨论决定;(2)金陵大学当时正遭遇巨额财政赤字,内迁所需费用尚未得到教会的正式确认;(3)迁往华西大学借地办学的具体事宜尚未商定。① 然而在严峻的战争现实面前,金大不得已于11月12日把精选之后的图书打包内迁,其后于17日宣布停课(张文宏主编的《金陵大学史》记载为18日停课,筱蠡的《抗战中的金陵大学》为17日),全校正式进入西迁成都办学的艰难旅程,从而成为当时国内第一所内迁办学的私立大学。

西去旅途迢遥,前途未卜,学校征求师生意见,是留是迁,各随自愿。当时全校教职员工都面临着艰难的选择,尤其是南京本地人,抉择更加痛苦。比如胡翔冬,偌大的一个家庭,自己也身患重疾,不得已做出入川的决定。高文与李修珍已有三个孩子,大儿子、二儿子尚小,三儿子还在襁褓之中,是否随迁左右为难。但站在七里洲和燕子矶边,日日看着下关车站爆炸腾起的浓烟,以及络绎不绝的难民和满身血污的伤员,通盘考虑之后,父亲高梓推毅然决定由自己照顾儿媳和年幼的孙子,催促高文孤身随校西迁。与亲人惜别时究竟是何种心情,高文此后罕有文字直接提及,我们也无法妄加揣测,但不舍和沉痛是自然的。

西迁是一件前所未有的大事,要整体迁走并不容易。中央大学采取的是应搬尽搬政策,著名的王酉亭教授率领中大牧场

---

① 郭爽、梁晨:《留守还是西迁:抗战时期金陵大学的迁移抉择》,《民国研究》2019年春季号。

职工,带着1000多头(只)牲畜前后历时近一年,步行抵达重庆①,终成时代壮举。金陵大学并非没有王酉亭教授这样的勇敢之士,而是仗着自己的基督教和美国背景,成立应变委员会,担负保护校产的重任。陈裕光校长委托历史系贝德士教授(Dr. M. S. Bates)为该会主席兼副校长,和他一起留守的还有社会学系的史迈士教授(Dr. L. S. C. Smythe)、林学院查理教授(My. C. H. Riggs)以及一些中国籍教职员工,共28人。应变委员会把那些无法搬迁的书籍仪器全部装好箱,藏进地下室。日军占领南京之后,全体应变委员会成员利用校园,既保护了成千上万的难民,也力所能及地维护了校产,同时还成为南京大屠杀的有力见证者。②这是后话。

11月的南京寒风怒号,兵荒马乱,当时的国民政府教育部已经无法提供任何交通工具,金大师生只得自己想办法装运随迁图书、仪器、家具、行李上船。1937年11月25日,金大第一批师生,在裘家奎、孙明经率领下从南京下关出发,踏上了漫漫的西迁之途,高文随这一拨人马出发。其后的两批人马也很快踏上了路途。

筱龢描述当时的情形:"二十五日下午十一时都已聚在下关等船,下关的人像潮水一样涌着,人声吵嚣,都是等着船只逃命的人!面部的表情是极度的紧张,可也都好像是失望的脸,的

---

① 李晟:《他们赶着一群牛羊走了大半年终于从南京走到了重庆》,《重庆晨报》2015年8月26日第3版。
② 张宪文主编《金陵大学史》,南京大学出版社,2002,第83-84页。

确,那时找船实在是太难了,许多人来问我们什么船,意思是想我们能帮他们的忙;可是,我们是心有余而力不足,只好说:'我们乘长沙轮,你们自己想办法上船去'"①。

紧张、恐慌充溢着外逃的人群。金大师生乘坐的长沙轮并未停靠下关,而是在离下关码头三十多里的江面上。师生们等待接送的小汽船,"可是一时左右来了警报,人纷纷的离开下关,江面上的船只也向远处疏散……不一会,高射炮声、机枪声和飞机声,每个心更跳得厉害,气也不敢透,等待着自己的命运,接着,由很近处传来了炸弹声,于是,天空的交响曲慢慢的远去。"②轰炸其实发生在浦东,离下关还远着,但小汽船躲警报耽误了时间,直到下午四时回转过来接师生去往长沙轮,晚上十二时船才开动。船在江上航行了三天,先是在九江稍作停泊,然后又驶向汉口,二十八日早上四点左右,抵达目的地。师生借住在武昌的华中大学,这也是一所私立教会大学。③

到达汉口之后,西去成都的交通无法统一安排。师生在汉口等待学校通知,滞留将近月余,后续两批西迁师生也陆续抵达。其间动态,《金陵大学关于学校西迁的来往文书》有较为详细的记载:1937年12月20日,同样滞留汉口的校长陈裕光接到国民政府教育部高等教育司的通知,金大西迁成都事宜已与四川省教育厅商量,要求金大派员筹办。12月26日从重庆到成都的汽车票已经接洽妥当,一律七折,到重庆可借住求精中学,

---

① 筱赢:《抗战中的金陵大学》,《民意周刊》1941年第153期。
② 同①。
③ 同①。

每日膳食费3角,有金陵大学校友李明良协助办理。四川省政府补助金大2万元,将要借住的华西大学也获得了来自美国纽约方面的西迁教会大学补贴。由于不是同时抵达成都,学校各方为师生垫款租用民房,约定膳食每月约5元。金大附中也随迁,考虑到生活水平差别不大,秩序却比重庆要好,所以中学决定放在万县。同时,西迁途中,金大校方决定减轻学生负担,收学费30元,杂费5元,试验费也减半。金大到达宜昌的图书仪器沉重,随行师生300余人,1937年12月30日陈裕光校长请求国民政府教育部帮助。1938年1月4日,国民政府军事委员会协调之后,金大师生向轮船公司联络,1938年1月7日,乘坐"宜虞轮"入川。中途又在重庆借住几日,并设法解决重庆、成都间交通问题。[1]

当时陪都重庆与成都之间只有一条公路,依靠少数以烧木炭为动力的汽车运输,道路不平,到处泥泞,车速很慢,中途需要至少三天时间。没能挤上汽车的,则乘马车或坐人力滑竿,这样速度更慢,一般需要十天以上。行路难,食宿也很不方便。[2] 但经历千辛万苦,高文随第一批师生于1938年1月抵达华西坝,其他两批师生也于2月底之前陆续到达。当时共有学生三百八十七人,教职员一百四十五人。三月一日借华西大学校园

---

[1] 张宪文:《金陵大学史》,南京大学出版社,2002,第80页。
[2] 金陵大学成都校友会编写组《抗战时期迁蓉的金陵大学》,载《成都文史资料选辑》第16辑,1987,第130-131页。

开学。①

迁徙途中的辛苦自不待言,但也有苦中作乐的时候。在从南京到汉口的长沙轮上,"从货舱的小圆孔窗,用绳子缚着杯子去吊江水来洗脸,船上的饭是需要抢的,抢饭时实在太好玩了,有人用面盆,有人用杯子,在船上闲时只有谈天"②。这是年轻学子们觅得的欢乐。高文也有自己的快乐,那就是与佘磊霞(贤勋)、吴白匋(征铸)等一路谈诗写诗,培植友谊。《金缕曲(送白匋)》写道:

> 奔走空皮骨。记年时,归军星散,惊舻风掣。信美江山非吾土,虎踞龙蟠虚设。望中隐,蓬莱宫阙。小驻汉皋逢旧侣,指蚕丛,同上西征辙。四载事,堪重说。
>
> 客中送客魂先咽。酒边人,相看非故,惊呼肠热。珍重今宵须尽醉,共此天涯明月。且休问,金瓯完缺。万国兵戈神州泪,洒苍茫,更作无家别。江上竹,一时裂。③

在《哭磊霞兄》中他回忆道:

> 兵戈行万里,与子结交亲。
>
> 白帝清江回,蚕丛鸟道春。
>
> 同赊野店酒,笑比草堂人。
>
> 岁月匆匆过,当时那复珍。

一路行来,一方面可说是万里逃难,一方面也可以算是一场

---

① 《抗战以来的"金陵大学"》,《金陵大学校刊》1941年3月10日第287号。
② 筱麟:《抗战中的金陵大学》,《民意周刊》1941年第153期。
③ 高文:《金缕曲(送白匋)》,《斯文》1942年第13期。

说走就走的野游。他们到一处留心一处,到一处游览一处,到一处痛饮一处。在漫漫旅途中,体验不一样的人生。1941年,高文将《西征杂诗十八首》刊发于《斯文》半月刊上:

入峡
晓发不及曙,舻声听亦微。
乱山含夜气,一火突烟围。
白勃轻沦没,黄头有指挥。
川途自兹险,赏遇莫相违。

秭归
石已半为土,山犹不肯平。
清江开断壁,万壑寄孤城。
遭世今尤烈,扬灵余上征。
翻盆喧夜雨,吊梦短灯檠。

巫山
楚宫泯灭后,云雨尚空山。
遗梦思千载,荒城带百蛮。
居人白帕首,神女绿烟鬟。
坐对伤摇落,频凋过客颜。

峡行
野宿夜迢迢,江行朝寂寥。
冬深山自绿,峡峻雾难消。

入夜巫收鬼,提笼人售猫。
旅途亲异俗,发兴入孤谣。

夔门
滔天万古水,一线放夔门。
怒挟蛟鼍吼,狂披星月奔。
余波吞吴会,并势压河源。
积铁穹苍外,更无斧凿痕。

夔府
夔州忆少陵,粉堞蔓寒藤。
颇学阴何苦,翻思李白能。
冥悬穿夜雨,红杀卖柑橙。
缩手江声里,蛟龙未可罾。

万县
斜阳作血色,故故上征衣。
坐久泪痕满,年深弹片稀。
记刨残壁在,漏瓦破云飞。
太白崖前树,怜君无是非。

生事
生事凭牵缆,滩边村落成。
入喉椒怪味,登俎肉无名。

稚子猿猴似，嫩醪竹叶倾。
飘蓬难得醉，搔首泪纵横。

忠县

时危哀窈窕，下马款祠扉。
银榜悬山影，征袍护夕晖。
空庭风自落，独树鸟还依。
涧水军声壮，如闻破贼归。

酆都

刍狗等贤愚，神人冰雪肤。
阴阳工锻炼，天地一锤炉。
智与命为敌，死唯世所趋。
群儿那解事，色变说酆都。

涪陵

野岸侧生树，荔枝自异凡。
红怜妃子笑，甜益老夫馋。
千里来还暮，九重思莫缄。
布衣鲐背死，霜露局云岩。

重庆

一船载饥渴，除夕到渝州。
延喘残宵永，无家何处投。

忧天呼父母,携弟逐朋俦。
爆竹长街静,潇潇雨打头。

南温泉
温泉好水石,曲折隐岩阿。
竹箭四时美,棕榈两岸多。
健儿骑小马,游女浴清波。
莫道巴歈地,只今听国歌。

樟木镇
渡口气肃森,长空积暮阴。
窗灯飘雨细,楼影入江深。
咽辙悲征轴,卑枝宿暗禽。
我行殊未已,去岁到如今。

内江
玛瑙泻金壶,梅株伴老逋。
晴痕笼窈窕,春梦影模糊。
估客收糖市,花娘当酒垆。
不须愁日暮,烂醉有人扶。

资中
子渊称墨妙,道死益酸辛。
圣主当时颂,碧鸡何处神?

资中山翠活,江上麦苗新。
风景年年在,空悲过往人。

简阳
残兵手赤脚,阵势演长蛇。
易暴冤新鬼,颠刘哄一家。
战壕荒聚鼠,废垒暗栖鸦。
儿戏终何事,将军亦自夸。

成都
豁眼俯平田,飞辀独鸟边。
风云开道路,乔木乱苍烟。
留命资豺虎,沸愁任管弦。
莫将无益泪,洒向剩山川。①

十八首诗,一首写一个地方。或述沿途之艰辛,或写山川之险峻,或惊巴俗之奇异,或论人生之短长。写景抒情,熔贯一炉。"国家不幸诗家幸",高文毋宁为赵翼的这一诗学论断做了一个生动的注脚。

金陵大学借住的华西协合大学位于成都城南,"北邻锦江,东接外南新村,地势爽垲,风景清佳"。清宣统三年(1910年),由四川教会联合创办,当时参加的教会团体有浸理会、公谊会、英美会、美美会,后又陆续有其他教会团体加入。1933年夏季

---

① 高文:《西征杂诗十八首》,《斯文》1941年第1期。

国民政府教育部核准华西协合大学备案,张凌高任校长。① 这里本是山间一片荒芜的平地,即我国西南方言俗称的"坝",由于华西协合大学的存在,便有了充满诗意的另一个名称"华西坝"。

金大师生初到华西坝,学生"住在华西大学健身房内,学校在国际无线电台傍(疑误,应为'旁'),建了四幢两层小楼房;但是,先作为课室。图书馆暂借华西大学的用着,实验室也只有一二间,真够可怜!可是,不到两个月,我们就已走上轨道,课室搬到华西大学一幢新落成的大楼内,于是我们有了宿舍"②。但随着金陵女子文理学院、齐鲁大学、燕京大学等三所教会大学陆续迁至,再加上中央大学的一部分机构,华西校园显得特别拥挤。金大不得不在借用的房屋之外,加大扩建校舍的速度和规模,同时协调校内已有的各种房屋。高文和胡翔冬到达成都之后,就在离华西坝八九里开外的白丝街租住民房,金大的大多数教职员也是如此。这样,学校就把原来打算用作教职员宿舍的房子腾出来用于改善学生居住状况,而把预备作学生宿舍的房子改作课室和办公室。那时候的课室条件也是异常简陋,学校不得不急中生智,设计出一种"连桌椅",即在椅子的右边装上一个船桨式的木板,代替书桌,供学生记笔记。这种椅子,后来大约很多仿造的,笔者在20世纪80年代末就学于岳麓山下时,还曾有幸使用过,不过已经心存爱护文物的感觉了。到1939年10

---

① 华西大学:《抗战以来的华西大学》,《教育杂志》1941年第1号。
② 筱蘸:《抗战中的金陵大学》,《民意周刊》1941年第153期。

月间,金大向华西大学借用地皮三处,整体建造的教职员及学生宿舍,依次落成,《金陵大学校刊》详细记载:

> 甲,牛奶房附近,向华大借地二亩许,建草房一座,计十六间,房间每间一丈见方,可容小型家庭七八家。乙,高琦中学(即华西大学附中)对面,亦向华大借地八亩许,建屋四座,每座计屋八间,每间宽一丈,长一丈二尺,瓦顶,灰壁,铺上地板,除一座供女生及女教职员宿舍外,余三座为教职员住宅,约住中型家庭十家许。丙,新村,向成都新村委员会借得地面十六亩许,除建学生宿舍三座供学生一百六十名之寄宿外,另建教职宿舍七座,供单身教职员寄宿一座,其余六座,计房四十余间,可住十数家之甫("甫"或误,当为"用")。以上建筑方式与牛奶房同,草顶灰壁,加上地板,虽不及在京时之华堂美奂,国难期间,借地为家,得此蜗居亦洋洋大观矣。①

当时的一般生活也步入正轨。物价高涨学校就建立了学生膳食委员会,教职员也有购买合作社。学术活动也得以较为全面恢复,全校学会有二十来个。还有各类艺术社团,如国剧、话剧、音乐、文艺、国乐、摄影等研究社。这些社团一方面促进学术,一方面活跃生活。社会服务工作如边疆服务团、西康考察团、川南施教社、灌县露营团,"于学术教育之中,寓劳作服务之义,于生活更多补益"。服务地方,服务抗战,金陵大学的社会推

---

① 《临时校舍依次落成:安土敦仁同学们添建宿舍,借地为家教职员权就蜗居》,《金陵大学校刊》1939年第264期。

广事业为当时中国大学之翘楚。其他尚有青年会、三民主义青年团以及各省同学会等二十余团体,关心政治,寄托乡思,互助团结是这些团体的初衷和使命。当时师生,地处边陲,"每当三春草长,秋水一天,不无故国旗鼓,平生畴昔之感,然全民族抗战,举国播迁,以至不变应万变,入死出生,秉大仁勇,以完成抗战建国之过程,实为举国一致共同之途径,本校师生,当此大时代与大运会中,亦咸临深履薄,艰苦卓绝,各就其岗位努力,在学术界,显示其蓬勃之生机焉"①。

有一篇《铁塔之畔》今天读来仍然能唤起当年的心情和滋味:

> 两座高矗云霄的铁塔(无线电台)之侧,便是我们在川的巢,四所平淡的楼房,再夹杂些饭堂等一些零碎,由纯白的外装抹上了黑的保护色,它的临近便是球场,试验田,园艺场,落在幽静的华西坝的一角,三年了,它是金大到成都来的发源地,作过教室,寝室及自修室。直到现在,仅甲乙丙丁四字排列中,我们永不会忘记那古巢的庄严之宫,它涂上了血和泪(国军退出时作过难民收容所),叫芜草长满了阶除,院中的玫瑰,不知现在为谁开着! 我们为什么要到这里来呢? 跋涉,吃苦,这,大概不必要找来解答。

> 八个人一室,睡觉自习,都在一起,他们多半是由感情上组合起来,所以很少有龃龉及摩擦,虽然室隘人多,他们精神倒很痛快,没事时候随便开一座谈会,评评张长李短,

---

① 《抗战以来的金陵大学》,《金陵大学校刊》1941 年第 288、289 号。

交换各人一天所遇见的奇迹；多数人感到口馋时，便来一画兰草(又叫抽大头)，大家凭着运气多一些或少一些，凑起来买点花生地瓜糖饼之类助助余兴。自习时非常安静，各人排排坐，俯首伏案，只听到笔尖的沙沙声，或耗子出觅食物脚步声，白天他们都夹着书本上课去，或到图书馆去读参考书去，谁也免不了会感到生活这般平凡，这也是供作未来回味的大学生活之一页。

饭堂在四所宿舍的后面，伙食是由同学自选七人组一膳食委员会办理的，物价高涨管理伙食是最困难的一桩事，米非常贵，前些时更没处买，记得在今年暑假时没米吃，便派代表到各乡镇去设法，寻到了又怕被别人路劫，于是同学们便权且作一次卫士，现在每餐五菜，一白水汤，三百多人一天啖四片肉，可是白饭还可饱腹。

为免除商人居中的剥削，青年会在上学期办一消费合作社，供给同学文具食品等，前些时膳食委员会又办了一个合作社，供给同学的日用品，叫同学越法("法"疑误"发")方便一点。

青年团金大分团把一间空屋子用作课余休息室，里面放些书，报，棋子，以调剂同学们书本的生活，当然，这里常是座上客满的。其他同学方面也有很多口琴，胡琴之类，在放假的前夕，或饭后片刻时间里大耍一顿。

黎明之晨，那单杠，双杆附近空隙地里，立了许多同学在那儿，俯仰前后，他们在练习早操。

偶或午夜清醒，忆念起所系念的人，不能成寐时，在一切静默的环境中,你一定很清晰的听到每小时的更夫梆声,搭,搭,环绕这整个宿舍,严肃的一位老人,体格非常坚实,拿着竹梆挨步的在打,非常清脆。后面更随伴着二条忠实的卫士——狗,遇到其他方面有些响动,卫士便发出警告——噪叫,这些都是忠实的捍卫者。

平凡,依然平凡,环境没有变动,屋子一人如是,三年多了,起,居,饮食都是集体,而有规则的,推开窗帘,一双铁塔仍然是高矗云霄,记着吧,且留待他日的回味!这是我们生活史上一点鸿爪——客居华西。①

在稻兹笔下华西坝的生活平凡、单调、紧张、艰苦而坚实,除了物价飞涨,似乎与战争毫无联系。当战争真正降临时,华西坝的人又会是怎样一种心情?

一九四一年的十二月八日,是华西坝最紧张的一天,抗战开始已经四年有半,从今天起,战争的气氛,才正式降临到这大后方的文化中心,整个的坝子,立刻充满了战时的景象。

清晨,接到自无线电中传来的消息,"日本已向英美宣战"。宿舍里顷刻为之骚动,同学们感到极度的兴奋,奔走相告,议论纷纷,房间里,饭堂中,课室,洗脸房,随时随地,都在谈论着战争的新闻,走进了坝子,到处可以听见"打起来了"的狂呼,西籍教授们的脸上,表情更加严肃,兴奋,紧张,Dr.Fenn 骑着洋马,满处奔跑,见人便告,俨然是一位热

---

① 稻兹:《铁塔之畔》,《金陵大学校刊》1940 年第 282 号。

情的新闻记者。弟弟小学门口,围满了人,争读自无线电中收听的战报,打字员的神经,已经过度的紧张,在一张暗色的土纸上,排满了上下巅乱的字体。战报一出,消息立刻传遍了各处,城里的号外,送到坝上,已经失去了时间的效用。

走进课室,黑板上写着两排大字"Japan Declared War on America and Great Britain",触目惊心,好像是普法战争后的法国小学生,在上最后的一课,先生们热心时事,同学们更是万分紧张,大家都对于世界的大战,感到无上的兴趣,围着先生,要求讲述感想,讨论战局,好事者争相推断,一会儿"美国轰炸东京",一会儿见"日军占领某地",谣传随着战报,在人们的口中,互相播送,或谓某地危在旦夕,或谓华西坝空袭可虑,或谓明年可回南京,翻开地图,谈古论今,忘记了一切。只感到战争的刺激,说不出的一种莫名其妙的情绪,统治了整个的脑袋。

下午,本来有中英文化协会的朋友们,和四大学当局,要在坝子上,举行盛大的茶会,欢迎卡尔大使,许多好奇的人们,在事务所门前专候大使光临,一睹大使丰采,最后终于大失所望。大使已为仓促的战报惊动,急急的飞向重庆,一群人自事务所回来,走过大操场,两队人马,搏斗正酣,原来是金陵与联队的足球大战爆发,短兵相接,勇猛异常,参战健儿,满场飞奔,直杀得天昏地暗,大获全胜,日落西山,鸣笛收兵,结束了华西坝上一场猛烈的战斗。总结果五比一,金陵队凯旋而归。

回到宿舍,高谈阔论,还是离不了战争,全世界已经燃起了漫天的烽火,这正是千载难逢的时机。时势造英雄,英雄造时势,朋友们,努力吧,是时候了,别放弃了机会!①

女生们的生活丝毫不缺少欢乐和幸福:

不知道战神是有意还是无意地,把这批漠不相识,不同口音,不同环境的青年摆在一起,让他们朝夕相处,彼此认识了解,互助,砥砺学行。

当车子第一次把我们拖到华西坝的时候,经过再三请问路警,才找到金大教务处。无疑地,新的环境,使我感觉有点生疏,尤其是华西坝的环境,到处丛林修竹,平坝草场,连建筑物都好像有点相像,既不辨方向,又认不出标识,只觉得路径纵横,行之不尽,可是经过人事接洽后,一切都得了指示。回到宿舍里,许多许多新的面孔都赐给我们欢迎的眼光,和蔼的笑容。"请在我们这里用膳吧""我们是用公筷的""这些饭菜你吃得惯吗?""这位是 Miss S, Miss L, Miss……""我住在某号房,有需要我帮忙的地方,请勿客气""他选了什么课?""来,我们替你酌量安排""明天我来约你去上课吧",在这充满友谊的气氛里,使我忘记了是新生,是异乡的游子。

我迟来上课两天,才确切明白金大女生宿舍的拥挤情形,好几位同学早已没有宿舍住了,我幸得同乡 Miss L 的关照,住在她们的房间,还蒙 Miss S 惠借帆布床,那床虽然是破了三分之二,虽然要早拆晚装,但总比较睡地板好得多

---

① 小丁:《华西坝的一日》,《金陵大学校刊》1941 年第 298 号。

了,难得她们早晚从中帮忙,减少了不少麻烦,女生指导时刻同情我起居的不安定,便设法把我搬到另一房间,仍然要睡帆布床,不过早晚不必麻烦装和拆了,酷热的天气到了,房间再也不能拥挤五个人,于是我又辗转搬到助教 Miss S 的房间。战时的生活谁敢奢望过于安定呢!但是那些没有宿舍住而需早晚奔波的同学,委实是诸多不便啊!所以我们女生自治会已在积极计划建造新宿舍。

经过了各同学几番客气的迎新会,更把新旧友谊打成一片,我想,不久的将来,我也要像他们这般忙碌,热诚,去迎接我们新的力量,正如旧同学们说:"油灯经过相当时期是需要'加油'的,才能继续加增我们的火力。"

时光是在忙碌,愉快里消失,钟楼每次的报告,都使我们惊醒,所以我们的自治会便设法抓住课余的时间,来弥补各方面的修养,规则地每日午后,七时至九时,摇铃安静,使不到图书馆去的同学,也能安静地在寝室里自修,按期请学者来宿舍演讲。记得上月的一个风雨的晚上,蔡乐生博士讲演,曾对我们说"我所要讲的问题,正如年糕一样,又甜,又香,又热,又细腻",滔滔不绝地介绍了许多名人成语,使我们增加了不少新鲜的知识。

热烈高兴的运动会来了,我们女同学也都全体出动参加竞赛,组织啦啦队,助长威风,盛极一时。

话剧公演对于戏剧有兴趣的同学,都参加了,不久,就要有惊人的成绩表现。

我们的生活,有规律亦有调节,在钟声和笑声里,孕育着我们的快乐与光明。①

也许是少年不知愁滋味,在年青学子们眼里,严酷的战争仅仅是无线电里紧张的消息,并不比一场足球厮杀来得激烈。

但寄人篱下的苦闷、对远方亲人和故乡的思念之情却被战争滋养得异常丰沛。1941年金陵大学的毕业生在《金陵大学校刊》出了一个专刊,上面有一幅漫画,画面的左上角画着金陵大学的南京校门,左下角则是著名的北大楼,中间是华西校门,右上角是华西坝上标志性建筑钟楼,右下角分别为新课室和赫斐院,中间的最上端是"寄人篱下"四个大字。② 整幅画面颇具匠心地把南京的故园与寄居的华西坝放置一起,鲜明地表达了战争带来的苦难。

高文就是在华西坝这样的氛围中度过了人生壮年的近九个春秋。与1936年刚从国学研究班毕业留校相比,在华西坝的岁月,他授课、管理、研究、交游,在别愁离恨、寄人篱下之中,不仅于学术上取得了不菲的成绩,诗词创作也达到高峰。

金陵大学文学院刚迁至华西坝,学生人数极少,中国语言文学系则几乎门可罗雀。1943年的一份统计数据显示,自1937年至1943年内迁成都,中国文学系招收学生86人,加上由中文系负责管理的国文专修科149人,5年总共不过235人。

1938年至1941年甚至只有寥寥的几人。其中的原因主要有两个:第一,抗战军兴,急需解决各种现实问题,传统的国学不

---

① 君:《女生生活片断》,《金陵大学校刊》1942年第306期。
② 《金陵大学校刊》1941年毕业生专刊。

能发挥作用,这一点把中文系与外国文学系、历史系、政治经济系这些比较实用的专业加以比较就可以清楚地看出来。第二,就业困难,当时的国文系,包括国文专修科的学生,毕业大多去往各中小学,战事紧张,偌大的中国难得放下一张书桌,中文专业就业受到极大限制。比如,1940年中文系没有毕业生,而国文专修科的三个毕业生,董月庵去往甘肃天水教育局,其他两名学生邱祖武与卢兆显转入国文系肄业,也就是说,根本无法就业。[①]

但这种状况对国文系的教师并没有多少影响,聘任的教师数量和开设的课程数量均不见少,原因在于金陵大学长期实行主、辅修制,中文系教师除了给本专业学生开设课程之外,其他专业学生也可选修,而且,"国文"属于全校必选课,这在某种程度上使中文系教师的工作量明显增加。据统计,1937—1943年,中文系与国文专修科共聘任教师97人次(按照惯例,民国时期的大学均是一年一聘)。

开设的课程数则遥遥领先于文学院其他各系。

高文在中国语言文学系开设"国文""古代诗词""文字学"等课程,在教学上投入极大精力,讲课备受欢迎。杨汝伦回忆:"当时中文系的教授高文,我后来选修他的古代诗词,听他课的人中有一个和尚,是一个寺院的方丈,还来旁听。高文口才好……高文班上有同学叫江岚,是个比较出风头的女生,上课常引人注意,后来去了英国留学。一次他点到江岚的名字,就说是

[①] 《金陵大学校刊》1942年第302期。

好名字,'岚者,山之光也'。大家马上就提起兴趣了。"①这种幽默风趣,充满诗意的讲课风格,他一直保持着。他还善于把枯燥的书本知识与生活经验融贯结合,以简洁、清晰、逻辑严密的方式传授给学生。在为四川省教育厅所办全省中学教师讲习讨论会授课的讲稿《中国文字学教学方法之商榷》中,高文将教学方法作了总结。他根据自己对甲骨文、金文、《说文解字》等原始材料的研究,把汉字的创造历史、构型特点,结合生活常事,探索文字学教学的合理方式。他首先指出,一般教师认为文学类容易教,因为文学富于情趣,可以顿悟,易于接受,而文字学较为零碎质实,偏于学术,不易接受。造成这样的困难原因在于:其一,学者之困难。文字学是识字的学问,所要达到的效果是掌握字的本来的形音义,古文字的形音义与日常的形音义有巨大的阻隔。"至若文字之孳乳,形声之流转,则又条理繁互。他若引经以证字,引字以证经,引申假借之原,依违剖析之论,亦复支离缴绕。故教者不得其方,学者望而生畏。"②其二,教者之错误。通常采用诵读、字典、辩说等三种方式。所谓诵读,也就是从头至尾逐字诵读,不知形音义之关联,不知文字间之系统,不知其所以然,甚或不知其然。如此则学生学习必然感到厌倦。所谓字典式,也就是针对一个字,博采群书,列举各种训诂,曰某书云某也。这种教学,引证得愈多,学生愈加迷惑,因为文字本来的形

---

① 《杨汝伦校友口述金陵大学抗战西迁历史》,https://alumni.nju.edu.cn/6a/7c/c312a158332/page.htm,访问日期:2016年8月10日。
② 高文:《中国文字学教学方法之商榷》,《金陵学报》1938年第1-2期合刊。

音义不理解,就失去了说字的中心,这样所谓引申假借孳乳的演变,都无所附丽。强记一书之说解,犹且为难,况综记各书之注释乎!所谓辩说式,也就是纯是概说,专讲抽象理论。这种离开实际,专事空谈,教者舌敝唇枯,学者不过增加数十生疏人名,若干琐屑干燥理论,无有兴趣,只有厌烦。针对这些存在的问题,高文提出了极具实用价值的原则方法,那就是:一曰简单,二曰浅近,三曰条理。所谓简单,就是理论越简明越好,例子越具有概括性越好,因为初学者只需要了解普通概念,过多的罗列常常使人困惑。所谓浅近,也就是针对初入门的学生,应浅显易懂,着重基础,"即以《说文》而论,九千三百五十三字,自有难易深浅之殊,施教者应自浅者易者始"。同时,增加例子联系生活实际,使得艰深的形音义变得易于理解和掌握。所谓条理,则是指应当以形音义三者交互贯穿,然后考索其间孳乳演化轨迹,文字学的基础在于识字,识字是各种独立的活动,容易零碎,只有知悉它们的交互关系,把它们条理化,才能真正掌握文字。他的结论是:"故文字之学非零碎,无以立其本,非系统不能穷其变。能于文字之中,得其交互贯串之理,以繁简深浅渐进之道,诱掖后进,鼓荡其兴趣,发挥其理解力,使有举一反三之效,而无先难后获之苦,日就月将,何患乎无成也。"[①]高文所总结和实行的这一套教学方法,即使放到今天也仍然具有指导意义。

1942年,不到34岁的高文被金陵大学评聘为教授。能获得

---

① 高文:《中国文字学教学方法之商榷》,《金陵学报》1938年第1、2期合刊。

这样的殊荣,必须有特别的贡献。金陵大学晋级的基本条件是:"教员方面:1.教学负责,而指导有方者;2.努力进修,而有著作或发明者;3.担任工作超过规定标准者;4.指导课外活动,卓著成绩者;5.遵守教务规程,勇于合作,尤以能推进本校所以设立之精神者;6.品范高超,勇于服务者。"① 评教授的条件是:"1.任副教授5年以上,于教学研究著有成绩,并于所任学科有重要贡献,其专门著作经本会聘请专家评审合格者。2.具有副教授资历,而从事与所任教学科性质相同之专门职业7年以上,有创作或发明,在学术上有重要贡献,其专门著作经本会聘请专家评审合格者。"② 与今天的晋级相比,那时候的规定似乎特别简单,没有权威期刊要求,没有国家级项目要求,没有省部级人才要求,没有种种获奖要求……但标准并不低,因为里面有一个至关重要的评价方式,即同行评价,要知道当时金陵大学晋级委员会的成员均为各领域的顶尖学者,要得到他们的承认绝非一般业绩可以搪塞的。

高文的学术成绩包括诗学、文字学、金石学或碑学(汉碑研究),主要成就集中在诗学和汉碑研究上。1943年,金陵大学成立55周年,学校借《金陵周刊》刊出一辑纪念刊,分类编辑西迁之后至1943年间最具代表性成果,以展示金大的学术水平。在人文学科大类里的中国文学通论中收有高文的《金陵大学中国

---

① 《本校教职员升等晋级审议委员会规章草案》,载南京大学高教研究所校史编写组《金陵大学史料集》,南京大学出版社,1989,第154-155页。
② 《金陵大学教员升等晋级暂行条例草案》,载南京大学高教研究所校史编写组《金陵大学史料集》,南京大学出版社,1989,第156页。

文学系之精神》。这篇文章比较了全国各大学国文系教学方法，归纳总结金陵大学国文系特殊的精神，并从这种精神出发，期待树立现代大学之新风气。中国文学专论收有他的《读自怡斋诗》，揭示出胡翔冬诗歌特点，"长篇揖让杜韩，短篇在孟郊贾岛之间"，并将全集作详细分析，以便于读者"知其工力所在"[1]。文字学中收有他的《中国文字教学法之商榷》，文章融合新旧文字学原理与发现，以浅深递进之方法，使得教者易于措手，学者易于入门。还收有他的《韵文声律举例》，这是一部100页篇幅的未刊行专著。"此书以诗词曲为主，选昔人名作，加以评议，可见文学演进之次第，并寓作法于各体作品之中，以说明文学之艺术。"[2]历史专论中收有他的《汉王入汉中及出定三秦路线考》，爬剔已有文献记载中的错误，根据汉碑及《水经注》加以订正。

碑刻研究成绩部分则由高文一人独占，计有已刊出的《石门颂集释》，文章考证文字训诂，分划章句，疏通说明《石门颂》内容及其在历史上的价值。《乙瑛碑集释》一文说明碑系奏请孔子事，体裁与《史记》三王世家相同，并且从中看出汉代三公奏事制度。《礼器碑集释》根据典籍对礼器碑的名物制度和纬书学说，一一疏通说明。《郑固碑集释》以史实证明郑固碑的两个特色：一是它的碑制，可以考见汉代的葬制与古礼所载相合；一是它的名称，称父为大君，证明这是曾经存在，但已随时间消失的一个习俗。《华山碑集释》一一钩稽解释华山碑所载与三

---

[1] 金陵大学编《金陵文摘》，1943年1月。
[2] 同[1]。

礼相关的地方。《史晨前碑集释》荟萃前人的考订,并做出自己的判断,疏通证明谶纬说辞。《史晨后碑集释》考订祭孔仪制,说明六律八音,并且征诸史籍,明确向有争议的孔褒之生卒年岁。《孔彪碑集释》以碑证崔烈为字,而非名,从而令人信服地补充了史料的缺失。其中尚有已完成的未刊稿《衡方碑集释》说明衡方碑所用材料,遍及诸经,一一引证笺释。《夏承碑集释》说明夏承碑具有的特色,除了文字形体变迁外,用韵可以与古韵相互参证,文章用六书音韵表将各韵脚分划说明其分合的原因。《西狭颂集释》除了一般解释碑之来历、意义之外,重点说明碑中一假借字,原来释碑者都未能合理地解释其音义,此文深入考证,得以厘定。《郙阁颂集释》说明碑颂后有诗,好像景君碑诔后有词,是汉人的一种文体。此外,在碑上列出撰写者姓名,也是汉碑的创见,详细说明碑文中求、隐、崭、溧等字古音古训与今天的区别。《武荣碑集释》根据史料证明武荣碑在桓、灵二帝时建立,用碑文与史料互释。《鲁峻碑集释》以史籍证明碑文中"母丧自乞"之文系汉代风俗,以消除今人的误解。《曹全碑集释》说明曹全碑是汉碑,能够纠正历史错误的典型,碑中所言及的黄巾之乱等史实,可以弥补《后汉书》的缺失,同时指出,碑中的纪年也可考见当时历算情况。[①]

在华西坝的岁月也是高文诗词创作的高峰。当时日本帝国主义步步进逼,南京已经陷入日军的魔爪之下,华西坝也不时遭到敌机空袭。1939年6月11日,"敌机轰炸成都,华西坝共投四

---

① 参阅金陵大学编《金陵文摘》(1941—42),1943,第19—20页。

弹,一落于本校新教室后之中大教职员寄宿舍内,毁屋数间未曾伤人,图书馆左近共落两弹,幸均未爆炸,陈校长住宅左近亦落一弹,房屋震毁,陈校长本人、太夫人、夫人及其妹陈竹君女士等稍受轻伤,爱告痊愈。全校教职员及同学死难者,仅农院植物病理组助教张益诚君一人,校中停课两日,修理课室即行上课①"。

高文与家人衡阳雁断,昔日师友也多半星散各地。胡小石、吴梅随中央大学迁至重庆。1939年吴梅病逝,同在华西坝的老师胡翔冬、好友佘磊霞(贤勋)也先后不幸辞世,"感时花溅泪,恨别鸟惊心",感叹时事,哀悼逝者,寄寓思想,写诗作词,一发不可收,这些诗词大多刊发在《斯文》半月刊上。高文学生时代诗词已得到胡翔冬、汪东、吴梅等大家首肯,在南京诗词界小有名气,此时更是跻身名流,令众多诗友、学子膜拜不已。

1942年9月,高文正式接替文学院院长刘国钧兼任中文系主任(在此之前,中文系的具体事务已由高文处理),总领中文系和国文专修科的各项事务。金陵大学中文系主任一职在华西坝期间,几经叠变,"……刘继宣先生,随校迁蓉,继续主持系务两年,廿九年春,刘主任离校,即由朱锦江代理系务,其年夏,改聘佘贤勋先生为该系主任,三十年九月佘主任在蓉逝世,系务由刘院长兼代,三十一年秋聘高文先生为系主任,朝夕擘划,建树甚多"②。高文在系主任任上主要贡献在以下几个方面:

首先,完善教学管理,提升教学效果。高文甫一上任,即亲

---

① 《金陵大学校刊》1939年第263期。
② 金陵大学文学院编《五年来之金陵大学文学院》,1943年4月。

自制定《作文条例》:"自本学期起中国文学系为提高该系及国文专修科学生程度,斟酌实际需要,重新编印选课指导书及课程纲要。内容注重各课程之衔接,划分各课程之范围,并规定各课之习作,课外阅读报告,学期论文及精读原书全部等等。""对于各学院一年级必修国文,自本学期起,多分班次,每班以四十人为限,以便教学。并制订作文条例,严格施行使学生多得练习,以增加写作之能力。"[1]这份《作文条例》规定得相当细致、具体:1.必须用规定作文簿;2.必须用毛笔书写;3.必须用正楷;4.不得写简体字;5.必须点句,必须分段,必须按时交卷……;7.每两星期作文一次,每学期至少作六篇(在一簿内抄写完后方得另换)……;9.作文分数为每学期总分三分之一;10.本条例应由各生自行粘贴于作文簿封面内页;11.本条例自三十一年秋季公布施行。[2]

高文兼任国文。专修科主任。正如此前已经提及的,国文专修科创办于民国十五年(1926年),除了解决当时国文系经费紧张这个直接的功利目的之外,更大的目的还是造就中等学校国文教员,及培养研究型教学人才。"历届毕业人数甚多,或执教于中学,或复入大学中国文学系,以求深造,无不成绩斐然,该科行政事宜,由中国文学系主任兼理,课程设备,亦与正科同,自高石斋先生任中国文学系以来,该科科务,亦随之而迈进,课程

---

[1] 《金陵大学校刊》1942年第313期。
[2] 金陵大学文学院编《五年来之金陵大学文学院》1943年4月。

充实,学生增多,教员均由中国文学系教员兼任。"①高文特别重视课程设置,他主张课程应筑牢基础,平实厚朴。"国文"课,"通论文学之界义,及其与时代地域道德才性诸方面之关系,其写作之方法,文体之衍进各端,亦提要研究,俾初学者得一平实之概念"。"韵文声律学","从声调及格律两方面研究诗赋词曲之体制及特点,以为学者习作之基础。其初步作法,亦附及焉"。"专家诗王荆公诗","取王荆公集,就其源流,内容,作风等项,详加研究"。"专家词(双白词)","就姜夔及张炎全部作品,就其源流,内容,作风等项,详加研究"。"朱子通论","研究先秦迄魏晋诸子之别,及其分合之故,与夫对唐宋以后学术思想之影响。专书选读(一)(春秋穀梁传)春秋三传,唯穀梁善于经,盖说理最精而能独传大义者,故所谓春秋谨严,穀梁峻迈焉,本课以此旨讲授并附阅读参考"②。通过学生个别谈话,了解学生学业进展,"兹为明瞭该系学生学业进展情形起见,特于上月,由高石斋主任,约学生作个别谈话"。耐心解释课程情况,精心指导学生选修课程。③见微知著,高文这种踏实的作风,贯穿在中文系及国学专修科工作的方方面面。

其次,延揽名师。当时金陵大学文学院在文史哲各个领域有许多著名的学者,如刘国钧、王绳祖、李小缘、商承祚、徐益棠、张守义、陈恭禄、吕叔湘等,有的是中国文化研究所的专职研究

---

① 《中国文学系新动态》,载金陵大学文学院编《五年来之金陵大学文学院》,1943年4月。
② 《一年来各院系新设学程内容》,《金陵大学校刊》1942年第313期。
③ 《金陵大学校刊》1942年第315期。

员,如吕叔湘、商承祚等。中文系任课教师还是缺乏,高文任职期间凭着自己的师承关系,学术声望,或延揽名师大家,或培养青年才俊,充实师资。例如:1942年春聘陈延杰为中文系教授。① 陈延杰,字仲英,又字仲子,曾师从李瑞清受小学及经学,与胡小石、胡翔冬同门,享有"李门三子"之誉,著名文史专家,当时在中央大学任教。1942年秋季聘程会昌(千帆)、沈祖棻为副教授,孙自强为讲师。② 程、沈为高文平生挚友,后来成为我国文史方面杰出学者和诗词大家;孙自强1937年毕业于金陵大学,后为南京师范大学教授、中文系主任,著有《元次山年谱》《全唐诗补遗》《蜗叟杂稿》等。前已聘任的罗倬汉、李相珏、刘道龢诸先生,在高文手里也得以设法续聘。

再次,推动组织各种学生社团,举办各种学术活动。高文任主任之前,中文系在金陵大学校刊上的消息极少,一俟上任,报道的消息突然大幅增加,这与期间辛勤组织各类活动很有关系。比如,中国文学研究会(学生组织)举行专门活动欢迎程会昌、沈祖棻,高文参会主持。"本校中国文学研究会,于本月七日下午二时,假新课室召开本届首次全体大会,欢迎程会昌、吕叔湘、沈祖棻三先生,暨新会员,并改选理事,决议要务……继请吕叔湘、沈祖棻、程会昌、陈仲子、丁济人、高石斋,诸师长训话,十治学门径方法态度,及该会工作方针,训诲恳切,高主任并特为绍介新聘教授之略历,指示该会今后工作,应以讨论读书心得,与

---

① 《金陵大学校刊》1942年第304期。
② 《金陵大学校刊》1942年第309期。

习作词章为主……"①参与组织策划华西坝五大学中文系师生联谊大会。1944年金陵大学中文系与华西、齐鲁、燕京、金陵女子学院的中文系,"为联络感情起见,特于五月六日下午二时,在青年馆举行五大学中文系师生联谊大会,共到各校师生六十余人,公推史学专家、燕大教授陈寅恪先生为大会主席,领导行礼如仪后,报告开会意义,并对于五校中文系今后应行努力之方向详加阐述……"②中国文学研究会是高文荣任系主任期间重点关注、鼓励和推进的一个学生学术团体,通过该研究会,他把自己的教育教学观点贯彻下去。比如他在为该会会刊所作《庸言》中指出:

> 马东篱曲云:"周生丹凤道祥禽,鲁出麒麟言怪兽,时与不时都总休。"此辞人愤激之词耳,未足以为训也。尝试为之论曰:君子居易以俟命,小人行险以徼幸,士君子立身行道,当求其在我者,不求其在人者,必也内有所守,外有所立,何尝以世之治乱,身之穷通,而易其操持哉。夫身之穷通,命也,存乎人者也。有所守立,道也,在乎我者也。宜以坚确不拔之操,以俟不可必然之时命,则遁世而无闷,不见是而无闷,坦坦荡荡,行乎其所不得不行,止乎其所不得不止,达则兼善天下,穷则以著述自见于世,庶几鼎鼎百年,无忝所生。善乎魏文之言曰:"人多不强力,贫贱则慑于饥寒,

---

① 《中国文学会之消息》,《金陵大学校刊》1942年第310期。
② 《五大学中文系举行师生联谊大会》,《金陵大学校刊》1944年第328期。

富贵则流于逸乐,遂营目前之务,而遗千载之功,日月逝于上,体貌衰于下,忽然与万物迁化,斯志士之大痛也。"斯言得之矣。若夫"祥禽"之与"怪兽",乃事之存乎人者,任之而已,岂足以累吾之灵台耶。本系及专修科同学,信道笃行,淳朴之风,有可嘉者,于进德修业之余,将出会刊,以其平日言行,公诸世人,以余主系事,乞言,爰示此篇以共勉业。①

用中国传统弥足珍贵的道德观念勉励学生积极进取。他还指导学生临摹书法:"本校中国文学研究会为提倡同学练习书法……于上月二十五日午后四时,在国文系办公室集体书写,当由系主任高石斋先生详细指导执笔临帖书写之各种方法。"②参与学生读书报告会:"本校中国文学研究会于三月二十七日下午四时举行第七次读书报告会,到高石斋主任,丁济人先生暨全体会员四十余人……全体师生相互摘要讨论,兴趣极浓……"③指导文学会成员编辑"文学"壁报:"国文系同学所组织之文学会由系主任高文教授指导近编刊'文学'壁报一种,内容极为精辟,深受读者欢迎。"④1943年与沈祖棻等共同鼓励指导学生成立正声诗词社,更是名噪一时。高文着力推进的学生活动,取得了良好的效果,"该系学生及专修科全体学生组织有中国文学研究会,每周开会讨论各文学专题并由教员参加指导。去年教

---

① 高文:《庸言》,《金陵大学中国文学研究会会刊》1944年第1期。
② 《中国文学会提倡书法练习》,《金陵大学校刊》1943年第338期。
③ 《文学院研究会近讯》,《金陵大学校刊》1943年第320期。
④ 《金陵大学校刊》1945年第353期。

育部举行学生学业竞赛会,本系学生邹枫枰(系正声诗词社成员)获全国专科以上学校中国文学系第一名。又段生珍,于三十一年参加三民主义青年团主办之灌县夏令营,人数极多,段生得征文第一名,此为学生活动之可资记载者也"①。

金陵大学国文系各种学术讲座也是空前增多,比如1942年12月4日,请吕叔湘讲座。吕先生的题为《对大学生国文程度低落之感想》讲座,分析中国大学生国文程度低落之原因,得出的结论是文字艰难为主要原因。② 这一观点成为中国简化字改革的先导。邀请陈仲子讲"唐诗研究",陈中凡讲"论抗战戏剧",王绳祖讲"欧洲中世纪之大学生活",还特别邀请金陵大学老校友、著作教育家、作家叶绍钧(圣陶)讲演。③

此外不得不提到的是高文先参与编辑、后来任主编的《斯文》半月刊。《斯文》由金陵大学文学院中国语言文学系编辑发行,1940年10月创刊。办刊的基本目的有两个:一是战火纷飞中,国人以科学实用贬抑"文科之学",视之为无用之学,《斯文》当辩证质疑,传承人文。二是抗战军兴,金陵文科校友星散各地,难通讯问,借《斯文》以联络校友,增进感情。④《斯文》主要刊载的是金陵大学教职员及校友的稿件,当然也不排斥其他稿件。内容上,以文学、史学、哲学及社会科学为主。栏目有通论、专题、书评、札记、遗著、通讯、诗文等。《斯文》主编由国文系主

---

① 金陵大学文学院编《五年来之金陵大学文学院》,1943年4月。
② 《金陵大学校刊》1942年第315期。
③ 《金陵大学校刊》1942年第305期。
④ 刘国钧:《发刊词》,《斯文》1940年第1期。

任兼任,1942年9月高文接替主任之后,也就兼任《斯文》主编。《斯文》对高文而言有着特殊的意义,一方面,这一时期他的主要学术成果和诗词作品均刊载于其上,另一方面他在任主编之后又团结了一大批校友,结识了诸多学界名流。

正是由于忠实勤奋的工作以及在各方面所取得的巨大成绩,1945年高文获得国民党教育部久任奖金[①];同年,还获得中华文化教育基金会董事会特别奖助金,奖金五万元。金陵大学获此殊荣的共有25位教授,除高文外,还有戴运轨、李小缘、范谦衷、李方训、黄瑞采、孙文郁、应廉耕、胡昌炽、程世抚、张清华、魏景超、焦启源、陈纳逊、倪青原、潘廷洸、柯象峰、徐益棠、陈祖规、郝钦铭、章之汶、王绳祖和蔡乐生等[②]。这些教授均是当时以及其后各个领域的翘楚。

华西坝的岁月,之所以值得记忆,友谊是其中不可或缺的部分。其间交往密切的主要有:胡翔冬、佘磊霞、吴白匋,沈祖棻及程千帆伉俪。

胡翔冬随高文等金陵师生一同迁川。据高文国学研究班同学高柳桥回忆,"母校迁蓉之议既决,一小轮载近三百人,鼓浪西驶。余与同好四人割据船艄一席地。先生安置家人于房舱后,独加入余船艄集团,相依为命,日间趺坐纵谈古今,夜则颠倒共寝。脊尻互挤,无隙相让,呼痛之声,此息彼起,如是者凡七八日始达宜昌。居宜昌月余,校中同事二十余家庭集居一小学内,共

---

① 《陈校长等获教部奖状》,《金陵大学校刊》1945年第354期。
② 《教育部颁发久任教员奖金》,《金陵大学校刊》1945年第347期。

营团体生活。先生因得与校中同事朝夕相处。十余年来闻先生怪名,不敢与之亲近者,至是咸怪先生之不怪。"①至重庆之后,安排家人留下,孤身一人与高文等未带家室者去往成都,并赁屋白丝街,高文就住在胡翔冬隔壁,出入相随,比南京时更加亲近。后日军空袭增多,不时要跑警报,胡翔冬"不胜劳瘁,辄留弗行",高文等不忍置他一人于危险之中,闻警报也不躲避。胡翔冬说:"吾以衰老之躯,胡可为君等累?""乃毅然迁往高店子",而高文也准备移就刘国钧(衡如)住所。临行胡翔冬甚是悲伤,对高文和朱锦江说:"不意年来欢聚之白丝街,竟从此打散,别矣今日,后会何期?"②在南京时胡翔冬已有胃疾,且时常发作,经西迁一路颠簸,忧时忧国,况兼家累沉重,终于病入膏肓,回天乏力,于1940年11月病逝。胡翔冬是高文最亲近的老师,也是对高文为人为诗影响至为深远的人,他的病逝无疑是一个巨大打击,此后,高文整理胡先生遗稿,编辑纪念刊,深情缅怀。

佘磊霞,1910年生,名贤勋,"磊霞"为其字,以字行,安徽含山人。民国十二年(1923年)入苏州东吴大学法学系,后转入金陵大学文学系,民国十七年(1928年)毕业之后曾在南京汇文女子中学、芜湖广益中学任教。第二年,胡翔冬招其返金陵大学任教。1937年随金陵大学西迁成都,1940年至1941年任中文系及国文专修科主任。民国三十年(1941年)病逝于成都。著有

---

① 高柳桥:《哭"怪"师胡翔冬先生》,《斯文》1941年第8期。
② 朱浚:《忆翔师》,《斯文》1941年第8期。

《珍庐诗词集》等。① 佘磊霞比高文早两届入金陵大学,后又在国学研究班同学,多有交往,西迁途中友谊倍增,华西坝上,两人更是日日往来,时相酬唱。

他们同登望乡台,思念千里之外的故园:

万方多难登临,锦江自古伤心地。卧龙跃马,可怜黄土,山川犹是。日月如驰,肉生髀里。老将随至。论英雄唯有,使君与操,本初辈,胡足计。梁父吟成余恨,叹三分,益州疲弊。中原一发,非烟非雾,涨天兵气。大树飘零,寒风萧瑟,人间何世!倚霜秋,落日荒台旷望,迸哀时泪。②

他们经常借宿上清宫,饮酒作诗:

西来已穷泯沱踪,斗笠挟雨跻鸿濛。
青城万古仙所窟,成就真赏埃尘空。
杉楠桧柏杂棕竹,拔璧拿怒寒生风。
梯蹬盘盘忘喘息,川芎白芷香蓬蓬。
五岳胜境履未到,藤杖今指丈人峰。
足底叠嶂三十六,列侍俯伏如朝宗。
扣参摘井逼帝座,斟酌元气酬苍穹。
下视点烟天师洞,观阁飞影悬玲珑。
白匋平生饕餮徒,肚肠不与吾曹同。
道人杀鸡哂得肉,攒眉遂去上清宫。

---

① 曹辛华、钟振振主编《陈匪石佘磊霞诗文集》,王爱荣、曹连观整理,河南文艺出版社,2016,前言第2页。

② 高文:《水龙吟·同磊霞登望乡台》,《斯文》1942年第13期。

却笑杜老不唾地,黄精肌肤何由充。

须臾氤氲四维合,谁者猿鹤谁沙虫。

聚叶浮响答清磬,响濡两鬓云溶溶。

锦江石斋夜搜句,雕琢肝肾情何浓。

转念乡国缠战伐,高抑下举天为攻。

铁衾俄觉限江汉,醉歌喝月声犹雄。①

胡翔冬逝后,高文编校其诗集,无暇同游,佘磊霞则每到一处,每见一景,皆有诗词寄送:

去年跻青城,塞山人影乱。

我独偕二子,辟地上清观。

搜句共雨窗,兀兀呻忘旦。

今我抚旧栏,三步四俯看。

锦江下渝州,喘息枕角粲。

想像挽鹿车,不作无家欢。

高子何崚峋,数字事方半。(时石斋方校刻《自怡斋诗》)

郫县古帝都,残砖或可按。

爬尘窥溷厕,一日几挥汗。

沆瀣隔夜饮,讵隔斗汗兴。

使童驭青鸾,东西驰寸翰。

曰余得宝篆,鸟迹遽难判。

---

① 吴白匋:《偕石斋锦江宿上清宫》,载曹辛华、钟振振主编《陈匪石佘磊霞诗文集》,王爱荣、曹连观整理,河南文艺出版社,2016,第109页。

又曰赵公山,光景纠缦缦。

二子曷兴来,开篆张素段。

传图发秘诀,天人一以贯。

云何报远情,囊有青玉案。①

暂破愁思锋镝外,十千一醉莫辞沽。

恋花瘴草争,颜色犹胜相。(《酒店呈觉凡石斋》)

二年涕泪念京门,此夕临邛倒客尊。

却恨豆灯茅壁下,主人不是卓王孙。(《邛崃客舍调石斋》)②

在华西坝上他们共侍胡翔冬先生,先生故去,则操持后事,依照古礼,亲守墓旁:

吾师大医王,医俗治庸妄。

论文譬论兵,神武日将将。

司徒号令才,勇怯已殊状。

白匋与磊霞,两军精甲仗。

吾子持偏师,角逐何其壮。

至人无所为,一麾万魄丧。

拭眼几跳丸,事往余恻怆。

---

① 吴白匋:《宿上清宫寄锦江石斋》,载曹辛华、钟振振主编《陈匪石佘磊霞诗文集》,王爱荣、曹连观整理,河南文艺出版社,2016,第116页。

② 以上二首均载曹辛华、钟振振主编《陈匪石佘磊霞诗文集》,王爱荣、曹连观整理,河南文艺出版社,2016,第113页。

磊霞侠骨香,师墓竟亲傍。

白匈守长夜,酸呻答鬼唱。(高文:《遣闷示友十首》《石斋诗钞》)

1941年,佘磊霞不幸病逝,高文难掩心中悲痛:

兵戈行万里,与子结交亲。
白帝清江回,蚕丛鸟道春。
同赊野店酒,笑比草堂人。
岁月匆匆过,当时那复珍。

到死不瞑目,临危心自知。
想来都是恨,望断更无儿。
事业付流水,壁灯照素帷。
灵床啼幼妇,泪尽血如丝。

守道甘贫寂,孤高与世违。
殓时家具卖,葬后祭人稀。
空有诗长在,可怜骨不归。
天涯头白母,凝想老莱衣。

七尺一棺藏,当年侧帽郎。(君诗云二十年前侧帽郎)
招魂犹我辈,野哭在他乡。
寒日移碑影,秋花绕祭堂。

芳馨何处寄？回首立苍茫。①

1942年，佘磊霞夫人陈泽珩编辑佘磊霞诗词，由金陵大学出版，高文为其序曰：

> 必有不同于今而后有合于古，必有不同于古而后可以启发将来，然则事业愈远大而为之愈艰难，不以艰难而易其志者，豪杰之士也。杜甫、韩愈之于诗歌，不皆合于当时，犹不能无谤于今，而杜、韩之卓然皎然，更千百祀其道愈尊重，则古人之所以自立与自期者，可以见矣。
>
> 今之时，犹杜、韩之时也，而文词之隘，甚于昔者，啁哳之音，非仅昔日之靡曼也。丛庞之式，非徒昔日之淫冶也，予意必有魁奇特立之士如杜、韩者出，冒大艰难而振济之也。同学中得友磊霞，磊霞为诗，以杜、韩为宗，不干誉于时，故不为流俗染，观其所作，亦不拘拘于杜、韩，而思有以开辟，启发来者，甚为人莘莘有瞻识，果于言行，亦尝思以功业自见于后世，而未暇也，竟短命死矣。嗟乎，人之功业，或成或不成，因其所遇，不可必然，而其可必之学问文章，乃有不幸而限以年命如吾磊霞者，是于其人为可悲，而予尤为一世之人与来者悲也。磊霞诗存百余篇，其工巧，不烦称说，有目者终能辨之。集余而索予序者，其夫人陈氏也。民国三十一年正月高文序。②

序言认为佘磊霞诗词追宗杜甫、韩愈，瑰奇特立于时代，同

---

① 高文：《哭磊霞兄》，《斯文》1942年第5-6期合刊。
② 高文：《珍庐诗词集·序言》，载曹辛华、钟振振主编《陈匪石佘磊霞诗文集》，王爱荣、曹连观整理，河南文艺出版社，2016，第68页。

时高度评价其不为流俗所染的高洁人品。

佘磊霞故去经年,高文过其旧居,犹悲不自胜:

笛里残阳草自春,怜君零落我沾巾。

中莲池上临江宅,今日重来换住人。①

华西坝上另一亲近的朋友吴白匋,安徽歙县人,名征铸,以字行,笔名陶甫。1906年出生于山东济南,长高文2岁。1926年与高文同入金陵大学,时高在国文系,吴在历史系。1931年吴白匋毕业留金陵大学任教之后得胡翔冬亲炙,与高文同为入室弟子。"先师和州胡君翔冬自一九二七年掌教金陵大学,至一九四零年归道山,以诗律授诸生者十有三载……从游之士……作手辈出,而无为佘磊霞,上元高石斋及先生(即吴白匋)实为入室弟子。"②

迁川之后吴白匋在成都郊区白沙国立女子师范学院任副教授、教授,相距华西坝约五十里,一有机会便来相聚。如1940年5月沈祖棻久病之后,高文、吴白匋等一起品茗叙旧:

四年飘泊,痛国破家亡,南都尘土。重逢旧侣,奈朱颜暗改,避愁无处。杜老伤春,唯有花前泪雨。少城路,正千缕垂杨,牵客离绪。

新愈怜病苦。借七碗通灵,御风归去。不平意绪,倩肌开汗孔,散为轻絮。冉冉斜阳,又见还巢迅羽。小留伫,更何堪、晚凉如许。(《扫花游·庚辰(五月)子苾久病初起,

---

① 高文:《过磊霞旧居》,《斯文》1942年第16期。
② 程千帆:《吴白匋先生诗词集序》,载吴白匋《吴白匋诗词集》,南京大学出版社,1999,《序言》第1页。

与诸君少城公园茗话》)

同年6月,沈祖棻再病之后稍安,吴白匋邀请高文相聚,各作诗词以慰藉。

忍斗当年窈窕妆,病余懒自画眉长。柔肠重理喜瘢褪,夜雨乍来送酒香。

迷远道,带微凉。潇潇飒飒打垂杨。锦城也有黄梅雨,莫听凄声再断肠。①

这一时期吴白匋诗词甚多,高文拜读之余,多有和作。

玉堂旧燕,记岚影湖光,白门芳榭。朝歌暮舞,是处翠娇红姹。荏苒清明去也,又过了炎炎朱夏。无边落木萧萧,一片残阳西下。帘罅。游丝细惹。想往日阑干,绿杨低亚。花飞人远,梦雨一春飘瓦。何限汀洲杜若,漫眷恋零痕残麝。分付寂寞寒潮,休叹锦城永夜。②

凉满船窗浪影孤,思量巧笑画难如。垆边空有梦踟蹰。一树秋风烟自语,半江落日鸟相呼。知君离恨不能无。③

沙觜江心今已移,空囊唯有少陵诗。一钱留看莫相疑(自注:原作有盗风甚炽之语故云)。浦雨杉风催艇急,渔

---

① 高文:《鹧鸪天》,庚辰六月,子苾再病新愈,雨夕,与白匋邀饮,子苾有词过悲,因反其意慰之。(未刊稿,由高启明提供)
② 高文:《双双燕·和白匋韵》,《斯文》1941年第9-10期合刊。
③ 高文:《浣溪沙·和白匋兄发成都之作并次其韵》,《斯文》1942年第13期。

村水市隔烟迷。寒禽飞去数声啼。①

奔走空皮骨。记年时,归军星散,惊艖风掣。信美江山非吾土,虎踞龙蟠虚设。望中隐,蓬莱宫阙。小驻汉皋逢旧侣,指蚕丛,同上西征辙。四载事,堪重说。

客中送客魂先咽。酒边人,相看非故,惊呼肠热。珍重今宵须尽醉,共此天涯明月。且休问,金瓯完缺。万国兵戈神州泪,洒苍茫,更作无家别。江上竹,一时裂。②

吴白匋是与高文晚年仍有密切往来的极少数朋友之一。抗战胜利之后,吴先生转文化部门工作,1953年起先后任江苏省文化局戏曲审定组组长、戏曲编审室主任,江苏省文联创作委员会主任,江苏省文化局副局长。1973年重返南京大学任历史系教授,1978年起改任中文系教授,直到1987年退休。1992年8月25日逝世,享年86岁。高文自1951年离开南京就职开封河南大学之后,此后50多年再未回过故乡,早年同学老友几乎断了往来。"文革"之后始稍通消息,但也仅限两三个极亲密者,吴白匋便是其中之一。1987年末,在南京瞻园重修竣工之时,吴白匋曾修书高文,请他作诗。瞻园原系明开国元勋中山王徐达府邸之西圃,经徐氏七世、八世、九世三代人修缮与扩建,至万历年间已初具规模。清顺治二年(1645年)该园成为江南行省左布政使署。乾隆帝巡视江南,曾驻跸此园,并取欧阳修诗"瞻

---

① 高文:《浣溪沙·和白匋重过平羌峡之作并次其韵》,《斯文》1942年第13期。
② 高文:《金缕曲·送白匋》,《斯文》1942年第13期。

望玉堂,如在天上"诗意,命名为"瞻园"。瞻园与无锡寄畅园、苏州拙政园和留园并称为"江南四大名园"。清末瞻园毁于兵燹。1958年,中共南京市委书记彭冲指示重修瞻园。同年修缮工作开始,一期工程为修建瞻园西部。1985年二期工程上马,1987年竣工。吴白匋先生参与领导一期工程,也长期关注二期工程建设,颇费心思,所以瞻园新构落成,掩饰不住激动,请高文赋诗以助兴。但这是表面的意思,真正的意思是邀请老友回南京相聚。高文以诗代回信:

> 别来玄发共凋零,回首钟山依旧青。
> 白下鱼笺数行字,忆君秋梦过钟亭。[①]

1988年又陆续作诗共六首回寄吴白匋:

> 由来时势造雄英,一(异)代名王应运生。
> 府第曾为魔鬼窟,杀人如草不闻声。
> (该园尝为太平天国东王府,后为南京卫戍司令部。)

> 盖世功成起祸因,豪华如梦事如尘。
> 瞻园一片玲珑石,不见大功坊里人。
> (该园是明徐达中山王府,大功坊匾额民初犹存。)

> 盖世功成起祸因,酬庸赐邸杀机新。
> 游人闲话当时事,始信弓藏一语真。

---

① 高文:《得吴白匋兄金陵书却寄》,未刊稿,由高启明提供。

> 岁岁江南花事新,湿云如梦雨如尘。
> 瞻园一片玲珑石,不见大功坊里人。
>
> 路入瞻园笑语频,亭台花竹喜逢春。
> 故人为报春光好,不及今年好更新。
> (后两句又作:年来日日春光好,今日春光好更新。)
>
> 独上高楼夜气增(望秣陵),片云南(东)去月如冰。
> 瞻园西曲中华路,五十年前课夜灯。①

"瞻园西曲中华路,五十年前课夜灯",是啊,当年曾流连忘返的断壁残垣,以为美丽愁人的去处,历经世事沧桑,方悟"盖世功成起祸因,酬庸赐邸杀机新"。海内晏宁,瞻园新构,"始信弓藏一语真"。这是金陵韶光和华西坝岁月的遥远回响。

在高文一生中,与沈祖棻、程千帆伉俪的交谊是任何其他人都无法替代的。

沈祖棻,字子苾,别号沈紫曼、沈斜阳,笔名绛燕、苏珂。1909年出生于苏州,中学时代开始诗文创作。1930年考入中央大学上海商学院,1931年秋季转入南京中央大学中文系就读。1934年于中央大学毕业之后考入金陵大学国学特别研究班,1936年夏天毕业。1937年,抗日战争全面爆发之后,开始流亡生活,同年9月1日,在安徽屯溪与程千帆结为伉俪。1942年至

---

① 高文:《瞻园新构落成白匋来书要予作诗又作寄题南京中山王徐达瞻园五首》,未刊稿。标题为五首,最后一首为补作,共六首,由高启明提供。

1946年沈祖棻在华西坝的金陵大学和华西大学任教。1949年之后先后在江苏教育学院、南京师范学院、武汉大学任教。1977年6月27日，沈祖棻在武汉遭遇车祸，一代才女不幸逝世。程千帆原名逢会，改名会昌，字伯昊，别号闲堂，笔名千帆，以笔名行世。1913年9月21日出生于湖南长沙，1932年考入金陵大学国文系学习，1941年至1945年间曾任教于时在乐山的武汉大学，在成都的金陵大学、四川大学及四川省立成都中学。1945年以后至1978年任教于武汉大学。1978年8月应南京大学匡亚明之聘请任南京大学中文系教授。2000年6月3日因病逝世。程千帆是我国现当代著名文史学家、教育家，在校雠学、历史学、古代文学、文学批评领域均有杰出建树，在诗词创作上也有不俗的成绩。著有《校雠广义》《史通笺记》《文论十笺》《程氏汉语文学通史》《两宋文学史》《唐代进士行卷与文学》《闲堂文薮》《古诗考索》《被开拓的诗世界》等。

　　高文与沈祖棻、程千帆伉俪相识于1932年前后。最早交往大约在沈祖棻1931年入中央大学、程千帆1932年入金陵大学学习之际，具体日期已无法考证。使得他们生发友谊的原因不外乎两个，一是有胡翔冬、胡小石、汪东、吴梅、黄侃等共同的师从；二是有共同的诗词写作爱好。1931年从金陵大学毕业之后高文先生就业于育群中学，但由于在金大就读时，已在南京青年诗词圈中颇有诗名，而且与上述老师保持着密切的往来，加之当时南京诗词圈子还流行着结社、集会、交游的晚清文人习俗，圈子中一有风吹草动，几乎一夜之间便会全城皆知。所以在汪东叹赏沈祖棻的《浣溪沙·芳草年年记胜游》一词之后，高文步沈祖棻韵一口气写了四首《浣溪沙》：

其一

草长江南结伴游,云山似锦供凝眸。翻空白鸟去悠悠。
尝爱曹瞒歌对酒,不同王粲赋登楼。斜阳何处着春愁。

其二

谢客从来好胜游,江山千里入吟眸。去年辽沈恨悠悠。
一事无成唯进酒,万方多难莫登楼。今年淞沪又新愁。

其三

忍泪铜仙瞰贵游,酸风掣海射双眸。六朝如梦恨悠悠。
夫子庙前桃叶渡,莫愁湖上胜棋楼。烟波常驻古今愁。

其四

三月樱花引醉游,乱红如雪刺春眸。海天遥望怅悠悠。
已见惊雷翻翠幕,行看骇浪覆琼楼。男儿言恨不言愁。①

词中有对年轻的沈祖棻的善意调侃——"斜阳何处着春愁";有对战事的共鸣——"去年辽沈恨悠悠";有青年人独登楼台,望断天涯路的怅惘——"烟波常驻古今愁";也有壮志千秋的表达——"男儿言恨不言愁"。

他们真正的相熟是在沈祖棻与高文成为国学班同学之时。沈祖棻的自传写道：

> 1934年,中央大学毕业之后,又到金陵大学国学研究班进修。教师是中央大学中文系一部分老师和金大中文系

---

① 高文:《浣溪沙·壬申春步子苾韵四首》,未刊稿,由高启明提供。

老师。在这时期认识了刘国钧、刘继宣两位老师和吴白匋先生。熟悉的同学有曾昭燏、游寿、萧印唐、章荑荪、陆恩涌、高文、程千帆、徐复等。①

1934年秋,在汪辟疆的撮合下,程千帆和沈祖棻恋爱了。那时候程千帆是金陵大学三年级的学生,不时去听研究班的课,与高文同住一个房间。研究班的同学也会常常在高文的房间里集合②。

恰同学少年,风华正茂,他们一起学曲、写诗、办刊、游乐,论艺衡文,诗酒唱和。吴梅的日记记下了许多这样宝贵的时刻:"饭后,包棣华来,为金大诸生按曲,到高文、尚笏、程会昌、陆恩涌、章荑荪、萧奚荦、胡元度、沈祖棻、钱卓升九人。而刘光华、沈明涛、吴舜石皆至,同往金钰兴晚餐,又至首都观电影,十一时归。"③"下午再与小石往仙霓社听曲,白华、令德、祖棻俱,至社遇高文、萧奚荦、章荑荪,因同至小乐意晚餐归。"④"下午高文、会昌、奚荦及万先、徐悲鸿至,谈至五时去。"⑤"改金大生词卷,苦无佳者,只女生沈祖棻、曾昭燏,男生高文、章荑荪尚可。"⑥

---

① 徐有富:《程千帆沈祖棻年谱长编》,南京大学出版社,2013,第32-33页。
② 吴志达:《吴志达谈沈祖棻:现代最优秀词人》,《苏州日报》2012年6月15日;也可参阅徐有富:《程千帆沈祖棻年谱长编》,南京大学出版社,2013,第34页。
③ 吴梅:《吴梅全集·日记卷》(下),河北教育出版社,2002,第530页。
④ 同①,第626页。
⑤ 同①,第665页。
⑥ 徐有富:《程千帆沈祖棻年谱长编》,南京大学出版社,2013,第483页。

"高文、程会昌为《文艺季刊》事来。"①高文家在南京七里洲,芳草萋萋,是师生常去郊游的佳丽之地。程千帆和沈祖棻的女儿程丽则在2013年写道:

> 研究班的另一位同学高文,也和我父母友谊甚笃……高文家住南京七里洲,筑有深柳读书堂,经常是同窗好友一起论艺衡文,聚会唱和,饮酒争赌之地。②

深柳读书堂是仿南京名人杨仁山而建造的。杨仁山,本名杨文会,金陵刻经处创始人。光绪二十三年(1897年)六月初四,杨仁山全家迁入购置的延龄巷私宅(即现在的南京市淮海路35号)。该宅占地六亩多,有房屋六十余间。大门向东,宅院前部为经坊,后面则为家眷住地。住室在宅院的最西隅,是一座独立的平房建筑。住室的前面有池塘,四周植柳,命名"深柳读书堂"(简称深柳堂),亦系取唐人诗句。此处是杨仁山校勘经典、著述讲学的地方。唐代的刘眘虚有诗《阙题》(原题已佚)曰:

> 道由白云尽,春与青溪长。
> 时有落花至,远随流水香。
> 闲门向山路,深柳读书堂。
> 幽映每白日,清辉照衣裳。

刘眘虚,字全乙,世谓江东人,据证为新吴(今江西奉新)

---

① 徐有富:《程千帆沈祖棻年谱长编》,南京大学出版社,2013,第687页。
② 程丽则:《往事如风——回忆父亲程千帆》,载张世林主编《想念程千帆》,新世界出版社,2013,第34页。

人。官夏县令。生性淡泊,深于经术,与贺知章、包融、张旭称"吴中四友",存诗十五首,多五言。高文仿名家建造深柳堂,意在励志读书。

当时程千帆为大三学生,热衷于现代诗歌的写作,而沈祖棻在汪东等人的影响下,已渐渐喜欢诗词写作,与高文之间多有唱和。比如1934年秋,高文作《疏影·咏荷叶》:

> 轻舟小楫,向回塘(洲)曲渚,寻香兰泽。翠盖迎风,绿鬓娇娆,玉立亭亭初识。芳心欲展千丝结,爱(更)照水,明妆红湿。对倩影,无语含情,不省炎凉消息。
>
> 犹记长汀日暮,叹(见)鸥去鹭散,湖烟凝碧。月午潮平,盘露寒倾,梦断新愁如织。汉皋佩解凌波去,自怅望,遗钿空惜。更那堪,落木萧萧,怕见一天秋色。

沈祖棻步韵见和《绿意·次石斋韵》:

> 兰舟桂楫。记绿云十里,香生皋泽。倾盖相逢,偶托微波,误被采芳人识。清阴几日鸳鸯梦,早泪泻铜盘先湿。剩那时、炎热难忘,怕说晚凉消息。 长抱芳心自苦,叹烟渚日暮,看朱成碧。折向西风,万缕千丝,莫把此情重织。江流不尽吴宫怨,纵唱断莲歌谁惜?漫独立,风露中宵,已是一天秋色。①

对于这一段纯真笃实的友谊,沈祖棻和程千帆时常怀念:

> 白夹衫轻,青螺眉妩,相逢年少承平侣。惊人诗句语谁

---

① 沈祖棻:《绿意·次石斋韵》,载《涉江诗词集》,程千帆笺注,凤凰出版社,2019,第34页。

工,当筵酒盏狂争睹。花影楼台,灯痕帘户,湖山旧是经游处。过江愁客几时归?神京回首迷烟雾。①

这是在抗战军兴,流离颠沛途中对于友谊的眷恋。

> 早筑诗城号受降,长怀深柳读书堂。
>
> 夷门老作抛家客,七里洲头草树荒。

程千帆笺曰:"石斋诗工极深,五言尤戛戛独造。故居在长江七里洲,尝构深柳读书堂于其地。新中国成立后,主讲河南大学,数十载未尝归乡也。"②

这是岁暮怀人时萦绕心间的不舍旧时光。

高文随金陵大学内迁成都之后,沈祖棻、程千帆伉俪也历经艰辛,辗转重庆、乐山等地谋职,职业既不稳定,复又病患缠身,曾一度流徙乡下。1940 年,沈祖棻因诊断腹中生瘤,由雅安到成都动手术。6 月再入四圣祠医院手术,稍愈,"白匋、石斋雨夕邀饮"。这是南京一别三年之后的再次重逢。沈祖棻乍见旧朋,勾起无限凄愁,作《鹧鸪天》词:

> 乍拂尘鸾试晚妆,钿车路转趁垂杨。当筵酒盏斯新病,开箧罗衣歇旧香。花市散,角声长。锦城丝管久凄凉。一川烟草黄梅雨,不是江南更断肠。③

吴白匋和作一首宽解:

---

① 沈祖棻:《踏莎行·寄石斋、印唐成都,二君皆金陵旧侣也》,载《涉江诗词集》,程千帆笺注,凤凰出版社,2019,第 94 页。
② 沈祖棻:《岁暮怀人》,载《涉江诗词集》,程千帆笺注,凤凰出版社,2019,第 252 页。
③ 沈祖棻:《鹧鸪天·乍拂尘鸾试晚妆》,载《涉江诗词集》,程千帆笺注,凤凰出版社,2019,第 55 页。

闲梦江南细马驮,繁樱千树覆春波。锦城纵有花如雪,一夜高楼溅泪多。抛远恨,仗微酡。新烹玄鲫引红螺。莫教重听潇潇雨,还为今宵唤奈何。①

1942年高文升任金陵大学中文系主任之后,请沈祖棻和程千帆到金陵大学教书,两人均任副教授。孙望回忆:"1942年,我因对机关生活深感厌倦而想另谋出路。那时金陵大学迁在成都华西坝,高文先生任中文系主任,他得悉我有教书之意,便把我和在武汉大学任教的程千帆、沈祖棻都请回母校。"②有人曾对程千帆、沈祖棻至金陵大学就职的引荐人有不同看法,孙望的自传算是最有力的反驳证据。

在金陵大学,程千帆教目录学和骈文,用《六朝文絜》作教材,同时也兼授《文心雕龙》。"因为那个时候诗歌是高文先生在教,过去的习惯就是,如果一个朋友教的课和你重复,就应该让开。"③1943年还讲过"文学通论""国文"课,以他自己编写的《文学发凡》作教材,这本教材得高文帮助在金陵大学以毛边纸排印,线装刊行④。沈祖棻则讲授词选课。

程千帆、沈祖棻入华西坝金陵大学时,胡翔冬、佘磊霞先后辞世,南京同学复又走到一起,倍感欣悦,彼此都很珍惜得来不

---

① 吴白匋:《鹧鸪天·同石斋、子苾薄饮市楼,有怀金陵》,载《吴白匋诗词集》,南京大学出版社,1999,第67页。

② 孙望:《我的自传》,载郁贤皓、王锡九、孙原靖编《诗海扬帆——文学史家孙望》,南京大学出版社,2003,第9页。

③ 程千帆:《程千帆全集》(第15卷),张伯伟编,河北教育出版社,2001,第21页。

④ 徐有富:《程千帆沈祖棻年谱长编》,南京大学出版社,2013,第115页。

易的欢聚。

他们重拾在京时旧俗,组织藕波词社。据金陵大学华西坝时的毕业生,后来定居美国的刘彦邦回忆,1942年冬,入职金陵大学不久的孙望宴请庞石帚(庞俊)、萧中仑、沈祖棻、刘君惠、高石斋、陈孝章于成都枕江楼餐馆。客人中,庞石帚时为华西协合大学教授、中文系主任,萧中仑也是华大教授,两人均为学界耆宿,其他五位系孙望的同窗和同事。此时正当烽烟漫天,国难日深,"流亡天涯者(主人与沈、高均自南京避难入蜀),徒兴家国之悲;衡宇巴蜀者,亦怀被发左衽之虑。何况墨客骚人,本来情多易感,岁暮天寒,自易滋生惆怅。"①酒过三巡,高石斋狂谈不休,刘君惠拭泪号泣。沈祖棻唏嘘不已,散席前吟成《高阳台》一首:

> 酿泪成欢,埋愁入梦,尊前歌哭都难。恩怨寻常,赋情空费吟笺。断蓬长逐惊烽转,算而今、易遣年华。但伤心,无限斜阳,有限江山。
>
> 殊乡渐忘飘零苦,奈秋灯夜雨,春月啼鹃。纵数归期,旧游是处堪怜。酒杯争得狂重理,伴茶烟、付与闲眠。怕黄昏,风急高楼,更听哀弦。②

第二天与会者俱有和作,各叙情怀,其中高文的是:

---

① 刘彦邦:《记藕波词社的一次作诗会》,《世纪》1999年第4期。
② 题下有小序曰:"岁暮枕江楼酒集,座间石斋狂谈,君惠痛哭,日中聚饮,至昏始散。余近值流离,早伤哀乐,饱经忧患,转类冥顽,既感二君悲喜不能自己之情,因此成阕。"参阅沈祖棻:《高阳台》,《中国韵文学刊》2009年第2期;亦见《涉江诗词集》,程千帆笺注,凤凰出版社,2019,第99页。

> 湍急流愁,杯深照梦,旧游回首堪嗟。惯醉湖山,遥怜摧凳寒葩。园陵寂寞惊风雨,问兰亭、真帖谁家。更无端,雾失沧溟,路尽流沙。角声又送残阳去,叹青冥飞辙,容易回车。咫尺长安,如今水隔云遮。此声饮罢无归处,对苍茫、夜气交加。最伤心,一晌年光,人老天涯。①

此次共写成的七首《高阳台》,被称为《枕江楼悲歌》,在华西坝各大学中文系师生间竞相传抄,流布广泛。庞石帚词中的"高楼别有斯文感,奈登丘无语,临水闻鹃。灯畔吟声,男儿最是堪怜。家乡做客君知否,梦幽单、惯得孤眠";高石斋词中的"角声又送残阳去,叹青冥飞辙,容易回车。咫尺长安,如今水隔云遮";刘君惠词中的"夕阳红到销魂处,甚欺人、锦瑟华年。更相逢、如此楼台,如此江山"更是脍炙人口,传诵一时②。以枕江楼雅集为契机,1943年,他们成立了"藕波词社",切磋词艺,增进友谊。并且商量定期聚首,轮流命题,按期互相出示词作交流观摩。另一次著名的聚会程千帆也参加了,他在所作《霜花腴》中笺曰:

> 壬午九日词……限霜花腴调。庞石帚先生首唱,用阳韵,和者多依之。金陵大学于战时内迁成都,余夫妇亦应聘自乐山移居其地。旅寓三年,极平生唱和之乐。壬午九日之作,其一事也。

其词曰:

---

① 高文:《高阳台》,《中国韵文学刊》2009年第2期。
② 刘彦邦:《抗日战争中的正声诗词社》,见王留芳编《正声诗刊四种》(内部读物,未正式出版),海盐沈祖棻诗词研究会重印,2009,第7页。

夜来细雨,听乱蛩、还愁销尽秋光。佳约无凭,故园何处?羁怀可奈重阳。旧情暗伤,正断烽、摇落江湘。更休提、年少承平,锦鞯骄马冶游郎。长惜镜中青鬓,怕星星数点,换了吴霜。仙侣争携,蛮笺乍叠,犹余结习难忘。漫悲他乡,引深卮、自伴寒香。待明年,笑卷诗书,秣陵寻雀航。①

高文词曰:

共怜九日,送醉余、登临且胜闲眠。蘋末风来,曲池波乱,愁听碎玉潺湲。雨莎露兰,系旧情、故国霜前。想台城、净压明湖,柳衰荷尽白鸥闲。余自旅怀多感,况黄花对酒,酒照花钿。零雨关秋,清砧催晚,轻阴惯作轻寒。有人倚栏,鬓影疏,凄梦如烟。但红迷、泪眼千烽,暮茄山外山。②

沈祖棻词曰:

角声乍歇,压乱烽、高楼乍理吟笺。愁到囊萸,泪飘丛菊,登临万感殊乡。旧游断肠,更无谁、杯酒能狂?正消凝、满目山河,忍教风雨做重阳。凄断十年心事,总尘笺强拂,梦与秋凉。吴苑烟空,秦淮波老,江流不送归航。雁鸿渺茫,叹客程、空换流光。扬茶烟、鬓影萧疏,自羞簪晚香。③

这种活动带来了空前的欢愉。据学生们回忆,沈祖棻曾绘声绘色地复述过藕波词社的一次聚会活动:"前天,我们藕波辞('辞'应为'词')社在刘君惠先生家开会,社员到齐了,却无人交出上次集会时要求大家在这次须交的课卷。题为《水龙吟·

---

① 程千帆:《霜花腴》,《中国韵文学刊》2009年第2期。
② 高文:《霜花腴》,《中国韵文学刊》2009年第2期。
③ 沈祖棻:《霜花腴》,《中国韵文学刊》2009年第2期。

咏番茄》。社长庞老师(石帚)便同大家商议联句,并要求解放思想,既可文言白话不拘,又可中文西文并用,总要凑成一首来完成。这下大家来了劲,就用东坡《水龙吟·咏杨花》的韵,很快便凑成了:'似茄还是非茄,许多人吃休叫贵。最多营养,富维生素,ABCD。玉米成粑,红薯造酱,无此滋味。小孩儿见了,连声叫要,皮剥去,甜而脆。不恨此茄吃尽,恨洋人到来不对。更恨奸商,居奇囤集,把良心昧。加点红糖,酿成果酱,价钱加倍。是我们戏咏番茄,告盟友,无他意。'"庞石帚在跋中写道:"……于是各发奇想,顷刻而成。彼东坡者,虽能为此词,未尝吃此茄;彼洋人者,虽常食此茄,未能为此词。二者得兼,其我辈乎?!或曰,此非词,拆开横写,亦犹今日之新诗乎!"刘邦彦说:"沈师难得大笑,当她念此词时,却边念边笑,有时笑得前俯后仰。从那以后到她离蓉东归时,我不曾再见到她如此大笑了。"①

在华西坝高文与沈祖棻、程千帆还共同支持正声诗词社的活动,担任指导老师,邀请名家耆宿为《正声》诗刊赐稿,壮大诗词社声威。

正声诗词社最初由金陵大学中文系学生邹枫枰、卢兆显,国文专修科学生杨国权、池锡胤,以及专门选读沈祖棻词选课的农艺系学生崔致学等五人组成。"正声"是根据李白"正声何微茫,哀怨起骚人"的诗意命名。这些学生赞同金陵大学的老师胡翔冬、高文、佘磊霞等人的诗学主张,结合自己的思考,反对"五

---

① 徐有富:《程千帆沈祖棻年谱长编》,南京大学出版社,2013,第112页;也可参阅刘彦邦:《记藕波词社的一次作诗会》,《世纪》1999年第4期。

四"以来一些人主张的"旧诗词为已死之文学"的偏见,主张"文言白话,原无严界,期于描写真切,表达真胈,即为尽其能事。若其内容空乏,技术拙劣,则虽废弃旧腔,春用新体,亦不得谓文学作品"。同时对于当时传统诗词研究中表现出来的怪异理论和怪异作法提出批评,认为他们"贻误后生"和"歧途是竞"①。如果以上所言表现的是正声诗词社的诗学主张,那么当时的共同心情则是迁徙流寓于华西坝上,以诗词寄托"怀旧之畜念,思古之幽情"。恰如杨国权于《八声甘州》小序中所谓的:"成都西郊有小阜,曰琴台,故老流传,谓是司马长卿遗迹,杜老宝靥罗裙之诗所由作也。国战既起,就其地钻隧以避寇机,乃知其为前蜀主王建陵寝。中央研究院遂派人发掘经年,墓制遗物稍稍可睹。癸未秋初,与同窗诸子往游,庆符胡君、华阳邹君、三水卢君,既先后为诗文以纪其事,余更步梦窗韵成此阙,亦班孟坚所谓撼怀旧之畜念,发思古之幽情也。"②

正声社成立之后,聘请高文、刘君惠、沈祖棻、程千帆为指导老师,这些老师经常批阅作品,讲授诗词作法。

后来,金陵大学中文系的刘彦邦与陈荣纬、国文专修科的萧定梁、四川大学中文系宋元谊(女)四人入社。1944年初,正声诸子相继出版了两期《正声》杂志。在高文鼎力支持下,大批名家惠赐稿件,一时谓之华西坝上学生第一刊。比如《正声》第1

---

① 杨国权:《论近人研治诗词之弊(代发刊辞)》,见王留芳编《正声诗刊四种》(内部读物,未正式出版),海盐沈祖棻诗词研究会重印,2009,第52-55页。

② 杨国权:《八声甘州·序》,见王留芳编《正声诗刊四种》(内部读物,未正式出版),海盐沈祖棻诗词研究会重印,2009,第86页。

期,除了会员诗词作品,还有汪辟疆的《方湖诗钞》,汪东的《寄庵词》,沈尹默的《念远词》,沈祖棻的《涉江词》等名家诗词。第2期上则刊发了高文的《草堂诗钞》,刘道龢的《佩蘅诗钞》,程会昌(千帆)的《玄觉斋诗钞》及庞石帚、高文、沈祖棻等枕江楼集会所作"高阳台七首"。

1944年7月,"正声"丛书第一种《风雨同声集》出版,封面和扉页分别由庞石帚和高文题署。集中收有杨国权《苾馨词》30首、池锡胤《镂香词》26首、崔致学《寻梦词》30首、卢兆显《风雨楼词》36首。此后正声诗词社社员从金陵大学拓展至华西大学、四川大学、武汉大学等四所学校学生。成员们每两个月选择一个节假日,在少城公园(今人民公园)的茶馆或新南门外枕江茶馆聚会,请指导老师评点功课。1946年春至1947年春,正声诗词社还利用《西南新闻》报以双周诗词专栏形式刊出会员作品,使其影响力从校园辐射到社会。1947年10月,《正声》诗词刊出新的一期,封面则由高文从南京寄去。

程千帆与沈祖棻在金陵大学一直待到1944年。当时发生了一件大事,就是学校教会负责人不经教师同意,擅自处理政府发给教师的部分平价米,千帆夫妻认为是贪污,便去上告,但结局是,不仅未能告到贪污者,反而自己遭到学校解聘。[①] 沈祖棻曾作《鹧鸪天·华西坝春感》(四首)详记其事,并作揭露[②]。

[①] 程千帆:《程千帆全集》(第15卷),张伯伟编,河北教育出版社,2001,第23页。
[②] 以上所引词作及笺注参阅《涉江诗词集》,载沈祖棻《涉江诗词集》,程千帆笺注,凤凰出版社,2019,第109-111页。

此事发生之后,金陵大学当局及各地校友极为震惊,华西坝上其他高校也有耳闻,一时流言纷起。金陵大学为平息此事,采取了一系列措施,做了不少的工作,比如,召开全体教职员大会说明问题,以学校校务委员会名义致函国民政府粮食部主管康心之处长,否认贪污行为;以金陵大学成都同学分会名义致函各地校友,发布金大在蓉教职员签名启事。兹抄录《金陵大学在蓉教职员启事》及《本校校务会全体委员致康处长函》,以窥一斑。

《金陵大学在蓉教职员启事》:

  关于本校食米一事,最近闻有人在假借本校全体在蓉教职员名义,散发传单,任意攻击学校当局,破坏团体名誉,无任愤慨。查本校同仁自经组织食米管理委员会后,对于历年食米,已加清理,收支总数完全符合,单据全存,可资案覆,特此声明,以免传闻失实。[①]

《本校校务会全体委员致康处长函》:

  心之处长先生道鉴:敬启者:顷据敝校陈校长报告,谓最近有人向粮食部控告敝校冒领食米,且自称全体教职员会推出代表,正式向贵处长检举云:闻之不胜骇异,查敝校会系代表教职员,从未推派任何代表,特此郑重申明。……[②]

可以看出校方工作的核心内容是否认存在"食米问题",并且以程千帆伉俪谎称代表全体教职员名义为口实,否定他

---

① 《金陵大学在蓉教职员启事》,《金陵大学校刊》1944年第337期。
② 《本校校务会全体委员致康处长函》,《金陵大学校刊》1944年第337期。

们举报的合法性。今天,事情已经过去七十多年,当事双方的对错,已无实际意义,但作为程千帆、沈祖棻伉俪的朋友和引荐人,高文当时处境极为尴尬。无论如程千帆所言是受威胁利诱还是自觉自愿,当时金大教员大约268人(1945年统计),在全体教职员声明上签名的有200人。这说明,至少从事实上看,"食米事件"中,近75%教职员是站在学校一边的,但高文没有签名。在金陵大学校务会呈送当时粮食部的公函中,高文作为校务会成员是倒数第三个签名的(发布的签名单是按签名前后顺序排列的),最后签名的是袁伯樵。① 袁先生1928年金陵大学文科毕业,算是系友和长辈。于此可见高文心情矛盾至极。

程千帆、沈祖棻伉俪离开金陵大学之后,高文诗中还隐晦地谈到此事:

> 程子吾所爱,咳唾珠玑随。
> 颇闻雠铁砚,尚欲甘冰斋。
> 三年喜不寐,一别心缠悲。
> 口岂祸之门,肚皮不时宜。
> 胡为强止酒,负子非鸱夷。②

"口岂祸之门,肚皮不时宜。"这也许是高文对此事的态度吧。

1945年8月15日日本宣布无条件投降,抗战胜利结束。华

---

① 参阅《金陵大学校刊》1944年第337期。
② 高文:《遣闷示友十首》,未刊稿,由高启明提供。

西坝金大师生寄人篱下八年的酸涩和战争带来的艰难困苦一夜之间被"青春作伴好还乡"的喜悦所笼罩。1941—1946年就读金陵大学农学院的吴汉珠老人回忆:"我们很激动,半夜就出来游行,和十几个同学就去敲外国老师的门,报告他们胜利的消息。但是他们冷淡得很,好像和他们没什么关系。"①金陵大学也开始筹划回迁南京复校事宜。1945年11月,金大组织了"迁校委员会",由朱庸章、谢湘、陈长松、高文、张守义、戴安邦、孙明经、魏景超、李景均等人组成,召集人为总务长朱庸章,后增加委员林蔚人。②"迁校委员会"具体负责迁校各种事务,高文的工作主要与文学院相关。回南京的路十分漫长,大体上是从成都向西北到宝鸡,然后再沿着陇海线到达徐州,复乘津浦线到南京。从西北回东南,普通旅客成千上万,加之大量军车,火车拥挤不堪,沿途设施又相当简陋,师生们不得不携带大量干粮果腹。但无论如何,回来的心情与当年仓皇迁往四川的心情迥异,沿途的风景在师生的心目中留下多是美好的回忆。1946年9月,新学期来临时,金陵大学准时开学了。③然而,作为"迁校委员会"一员的高文教授,没有再接到金陵大学的聘书!

---

① 《吴汉珠老人口述金大西迁历史》,https://alumni.nju.edu.cn/6a/7e/c312a158334/page.htm,访问日期:2016年8月10日。
② 《金陵大学主要人员表及校董会等各委员会名单》,中国第二历史档案馆档案,编号:六四九(58)。
③ 张文宏主编《金陵大学史》,南京大学出版社,2002,第107-108页。

彷徨歧路：从西北大学到静心女子中学

高文随金陵大学只身入川将近九年，与亲人几乎断了联系，其间只有1940年春天，一个逃难到成都的族叔带给他家里零星消息。他在诗中记道：

> 锦官城外即天涯，驿路寒梅依旧花。
> 此别不须更流泪，近行远去已无家。
> 桃李花时蝴蝶飞，河豚已上荻芽肥。
> 谁能回首江南岸，二月春风燕子矶。①

族叔告知日军占领南京之后，烧杀掳掠，燕子矶镇上的商号被敌机轰炸得只剩下断壁残垣，七里洲上的老宅也年久失修，勉强能够容身。当时南京城里，饿殍遍野，高文的妻子和长子也因食不果腹，疾病缠身，生命垂危。他有诗咏及：

> 乾坤扶绣户，羽卫绕彤宫。
> 警跸威仪在，秋山机杼空。
> 暮云平绝塞，衰柳细含风。
> 再拜丹心苦，淹留吾欲东。②

"丹心苦""吾欲东"分明是盼望着早日回家，扶携妻儿，但

---

① 高文：《石斋诗钞·送族叔之浦江》，《斯文》1940年第2期。
② 高文：《汤峡口杂诗十首》，《斯文》1942年第10期。此诗中手稿有一条注释"时长子病危"，《斯文》刊载时删除。

路途迢遥,遍地狼烟,回家谈何容易!待到六年之后日寇投降,自四川返南京,本来以为可以阖家团圆,重享天伦,不想等待他的却是妻子和长子已然亡故的现实,两个年幼的孩子,孤苦伶仃,跟着祖父母勉强维持生活。屋漏偏遭连夜雨,金陵大学在1946年秋季学期开始之后并未给他聘书。那时高校一年一聘,或在春季,或在秋季,期末结清工资,如若没有给你聘书,也就说明不再聘用,无须说明理由,教授心领神会,也不质询或申述,另谋出路。但解聘总会有些原因,外人不知,学校与教授个人却是心知肚明。高文被金陵大学解聘,其中原因已无文献可查,这是他一生中的谜,遍访关联人,都无法得到确切的信息。我们只能根据前后情况略作猜测,大约与这几个方面有关:一是派系争斗。派系之争在旧中国的大学其实很常见。比如1946年中央大学复校之后,唐圭章、王仲荦、蒋礼鸿等教授遭到解聘,原因是中文系和师范学院中的国文系合并,伍叔傥任系主任,就把原来中文系中非他一派的教授们统统解聘。1947年夏,伍叔傥去职,胡小石接任,又反戈一击解聘了伍叔傥派的教师,其中包括朱东润和吴组缃等颇有名气的人物。朱东润对此有过较为详尽的叙述和分析:

> 虽然对于伍叔傥的下台,并不感到意外,但是相处五年究竟不能没有一点惜别的感情,因此,大家置酒话别,在旧社会这原是人之常情。伍叔傥的那几位得意门生,在树倒猢狲散的时候,看到这是最后一次机会,连忙走到胡教授那里告密,不但参加话别的人有了记录,而且每个人说话的神态都被作了缜密的汇报。

对于没有担任过大学教师这项工作的人,可能对大学教师有各式各样的幻想。我是在这一群人当中经历过一番的,他们虽然形形色色,其实不是一个特殊的阶级,他们正反映着他们所处的社会。他们不可能特别坏,也不可能特别好。总之这个社会各式各样的人物,从最好的以至最坏的,形形色色,应有尽有。……

胡教授得到这个报告之后,立即对于话别的教师,除了告密者以外,全部解聘。这一年中大解聘的教师一共一十二名,在南京和上海的报纸上都有惊人的记载。①

金陵大学的派系之争与朱东润所描述的中央大学的情形有相同之处,也有不同之处。1943年秋天,沈祖棻已敏感到金陵大学文学院内部的派系争斗,作《鹧鸪天·华西坝秋感》(四首)以暗讽,词曰:

落木萧萧动客愁,西风更到最高楼。昏鸦早雁纷成阵,莲叶蘋花各自秋。

蛩乱语,燕难留。新凉团扇自然收。月光欲照如年夜,争奈珠帘不上钩。

时样妆成故故妍,广眉长袖总堪怜。浮云作态频离合,明月无心任缺圆。

秋露重,碧苔斑。飘灯未惜夜归寒。不知多少伤心语,换得尊前一晌欢。

---

① 朱东润:《朱东润自传》,华中科技大学出版社,2019,第326页。

断梦应羞卜锦鞋,窥帘鹦鹉莫相猜。蛾眉不画何须妒,棋局频翻亦费才。

银烛短,秀帷开。繁弦急管未堪哀。秋声却起梧桐树,叹息当年手自栽。

回首红楼隔画墙,珠帘卷处怕相望。凤笺偷叠藏深约,鸾镜重开理旧妆。

灯影暗,簟纹凉。西风换世也寻常。最怜乍结新莲子,付与银塘一夜霜。

程千帆对此解释道:

……此四首,咏金陵大学文学院人事纠纷也。先是,陈裕光景唐与刘国钧衡如两先生同学相友善,陈先生任校长,颇倚重刘先生,任之为秘书长、图书馆长,后复兼文学院长。抗战中学校迁蜀,渐不协。刘先生乃于一九四三年秋离职,赴甘肃主持兰州图书馆,由某君继掌文学院。以中文系教师多出衡如先生门下,深忌之,遂于系事多方留难,兼造蜚语以中同人。如斯文半月刊已出版数年,颇著令闻,亦被勒停。……①

程千帆所披露的事实应该是可信的:第一,金陵大学曾非常重视国学,1927年陈裕光校长掌校之后,国文系聚集了黄侃、胡小石、吴梅、胡翔冬、刘国钧等学术大家,这些人曾是名动东南,乃至全国的学者,是金陵大学的金字招牌。但黄侃已于迁川前

---

① 沈祖棻:《涉江诗词集》,程千帆笺注,凤凰出版社,2019,第105-106页。

离世,吴梅(1939年在云南离世)、胡小石迁川之后在白沙女子师范学院或中央大学,因相隔太远不再兼课,胡翔冬不幸于1940年驾鹤西归,刘继宣也离职去了中央大学。后起之秀佘磊霞1941年英年早夭,其他如1942年受聘的程千帆和沈祖棻尚是副教授,华西坝上的金陵大学国文系虽曾有吕叔湘等饱学之士兼职,甚至燕京大学的陈寅恪也有过短期讲学,但多是来去匆匆,铁打的营盘终究只剩刘国钧、高文两位教授勉强支撑,力量薄弱不受待见是情理之中的事情。第二,前已提及,抗战期间,敌强我弱,举国上下崇尚实用之学,导致国文系招生极为困难,这对战时经费紧张的金陵大学十分不利。第三,金陵大学是教会大学,虽然陈裕光校长竭力平衡中西,但他个人力量有限,校董以及校务委员会对于西方学术和教会立场仍然保持相当的敬畏和偏向。商承祚曾谈到自己1942年脱离金陵大学的两个原因:

> 一是在金大的待遇不公正,由于金陵大学是教会学校,凡是参加教会,成为基督教徒,无论是工资,还是住房都可优待,我曾向校方质问,校方回答说只要你是教徒,我们就能从各方面给予优惠,引起我的反感;二是《长沙古物闻见记》出版后,有一读者在成都报刊连续登出几篇文章,金大当局看后紧张异常,研究所去信长沙令我答复。我认为是类谩骂攻击文章,并非善意提出意见,已超出学术讨论范围,可以置之不理,否则就会永无休止。可是研究所仍多次来信,刺刺不休,谓学校非令我答覆不可。于是我愤而提出

辞职……①

第一个原因即体现了金大当局一贯的西方立场。刘国钧之后继任文学院院长的倪青原(即程千帆所谓的"某君")是留美博士、基督徒,治西方现代哲学,学术研究也紧贴时代。所以,程千帆所认为的派系争斗与其说是纯粹人事上的,毋宁是学术上的;与其说是陈裕光校长个人态度转变,毋宁是金大当局立场使然;与其说是个人争权夺利,毋宁是专业不合时宜使然。商承祚辞职的第二个原因隐含着金大对自身名誉维护的惯常做法,这与对程千帆、沈祖棻伉俪"食米事件"处理过程中的态度如出一辙,而且也成为高文被金大解聘第二个原因。"食米事件"可以说是金陵大学在华西坝上遭遇到的最大名誉危机事件,高文是程千帆、沈祖棻伉俪入职金大的引介人,前已述及,在此事处理过程中,高文的处境极其尴尬,不仅失去了校方的信任,连程千帆心中也曾对他有过些许误解。鉴于高文在华西坝对学校的贡献,虽当时未遭解聘,一俟时局缓和,解聘则成事实。三是,复校之后,原来散落各地的人才迅速聚集起来,金陵大学校方有了更好的选择,比如原来国文系主任刘继宣回到金陵大学复职等,相对而言,没有博士文凭,没有留学背景的高文便失去了竞争优势。当然,高文绝非毫无感觉,事实上,在"食米事件"发生之后,他就隐约感受到了自己在金陵大学文学院无法待下去的危机。所以,回到南京之后他也做了一些求职准备,但由于本人对这一段经历讳莫如深,他的家人,包括晚年陪伴他的幼子高启明

---

① 商承祚:《我与金陵大学》,《东南文化》2002年第9期。

对他在1946—1947年大半年的工作情况也不甚了解,我们只好从口述以及边缘关系入手。

我曾搜集到金陵大学校友杨汝伦的回忆录,他提及说:"高文口才好,最后当官了。回南京后当时国民党的教育部长陈继成,需要一个秘书,就请他做了,所以后来大家对他的印象就不太好了。陈继成的儿子和我同班。"①虽有名有姓,仿佛确凿,但这一信息显然值得质疑。首先,整个四十年代的教育部长分别为陈立夫、杭立武,根本没有陈继成。其次,四十年代也查寻不到有什么政要叫作陈继成,或者是陈继承(国名党陆军中将)。但这也有问题,因为陈继承虽然老家为南京靖江,南京人也极重乡情,喜欢互相帮衬,但陈继承那时正在北平前线,跟傅作义搭伙。因此,很有可能杨汝伦记忆有误,把另外一个写诗的高文张冠李戴到此高文身上。网上有好事者曾写道:"众所周知高文是当年金陵大学国文系主任,后来被发配到河南大学,是因为他曾经官至国军少将。"②也是犯了同样的错误。那时确实存在与高文年龄相仿的另外一个高文,虽然具体情况无法查实,但从1949年之前《南尖季刊》《上海周报》《中央周刊》《江淮文化》《教导周刊》等刊物以高文为作者发表的诗词、散文、政治论文以及新闻报道来看,此高文与胡适、杨联升好友张子琳有交往,而且一直在军队服务,从事文化宣传、秘书之类工作,成为陈继

---

① 《杨汝伦校友口述金陵大学抗战西迁历史》,https://alumni.nju.edu.cn/6a/7c/c312a158332/page.htm,访问日期:2016年8月10日。

② https://book.douban.com/review/2467264/,访问日期:2009年10月8日。

承的秘书,或者升任少将都是可能的事。第三,也有可能是做了别的什么高官的秘书,但已无从查实,或者杨汝伦所谓"大家对他印象不好了"是指高文竞选南京市参议员。在这短暂的时间内高文作了南京市参议员倒是真的。按照当年的人口比例,南京市参议员总人数不会超过60人,作为首都,各类力量和势力都不可小觑,所以以一个普通教授的身份能当选为参议员,如果没有背后的政治力量或实权人物推举,几乎不可能实现[①]。当然,还有一个可能,那就是高文不是以高等学校教师的身份当选参议员,而是以户口所在地的燕子矶区选民身份当选。那时,高文老家虽在南京沦陷时遭受重创,但父亲高梓推艰难筹划,养育一家人,在战后还坐着燕子矶区区长的位置,而按照当时的选举身份要求,高文又是少有的几个符合条件的人选之一,因此,当选参议员便是情理之中的事了,这与当年杭立武以安徽代表身份竞选国会议员是一样的道理。[②] 还有一个事实需要提到,当时南京市关于各区区长是否有资格参与参议员竞选进行过激烈的讨论,最后达成的共识是:"官吏不得兼充民意代表……故区长如欲竞选议员,应先行辞职,而且应选举前一定的期间辞职,方可参加,庶免因利乘便而利用权力影响选举……决不应官民两便。"[③] 显然高梓推并未辞去区长职务,那么不能排除高文参与竞选参议员的行动有其父亲小小的政治考量因素在内。

[①] 参阅李清悚:《南京市参议会的派系斗争》,《钟山风雨》2003年第6期。
[②] 刘思祥:《杭立武传略》,《江淮文史》2001年第1期。
[③] 南京市参议员选举事务所编《南京市第一届参议员选举实录》,1946,第168页。

1946年国名党举行的参议员选举,按照宣传,旨在"负荷地方自治之重任,而促进宪政之实施"①。当时民主政治的热情确乎空前高涨,但事后证明,这不过是蒋介石集团为维持专制统治,迫不得已释放的一颗烟幕弹,当选的参议员毫无政治价值可言。很快国统区社会各界从震惊中外的"下关惨案""五二〇惨案"等各种暴行中清醒过来,放弃幻想,积极斗争,高文也不得不再次谋划出路。1947年2月19日,高文与卢桂珍结婚,安顿家庭之后,月底即去国立西北大学任教。

国立西北大学成立于1939年10月,其构架来自1938年成立的西北联合大学以及1937年成立的西安临时大学,历史渊源则可溯及平津三院校:国立北洋工学院(1897年成立)、国立北平师范大学(1897年)、国立北平大学(1928年成立)。② 1947年初,西北大学刚刚从城固搬回西安,原来因地处偏僻无法聘人局面得到改善,当时正面向全国各地罗致人才,一时响应者不少。③高文应是高明介绍去的,四川大学的赵幼文此时也到西北大学任教。赵幼文是四川大学教授赵少咸的公子,四川大学教授赵正铎(赵幼文公子)回忆说:"1946年,经程千帆、殷孟伦等人介绍,我父亲到了西北大学中文系教书。当时川大给他的是副教授待遇,而西北大学给他教授待遇。和他一起去的有台湾学者高明(仲华),还有高文(高石斋)。我父亲在西北大学中文系讲

---

① 南京市参议员选举事务所编《南京市第一届参议员选举实录》,1946,第13页。
② 国立西北大学编《国立西北大学概况》,1947,第1页。
③ 同①,第5页。

《三国志》、诸子概论,讲《韩非子》《荀子》。据西北大学的学生讲,我父亲讲课受欢迎,学生很感兴趣,不仅教室里坐满了人,连窗台外面都站满了人。在西北大学,高明、高文和我父亲三个人往来密切,与系主任张西堂闹矛盾,不到两年,三个人就离开了西北大学,各奔前程。"①这里所谓高文与高明、赵幼文一起去西北大学中文系的说法不符合实际。高明于1944年即入职西北大学,赵幼文1946年、高文1947年2月才北上,根本不存在一起去的可能。

高明出生于1908年②,字仲华,江苏高邮人。1930年毕业于中央大学。曾投笔从戎,任江苏省保安干部训练所及江苏中心民校校长、训练班教官,后历任江苏省政府秘书、西康国民日报社社长、国家总动员会议化学组秘书等,抗战期间,先后在中央政治学校、西北大学、政治大学任教。1944年9月起任西北大学教授兼中国文学系主任等。③ 高明在中央大学就读时即与高文熟识,并且保持着联系,1942年高明的《连山归藏考(续)》发表在高文主编的《斯文》半月刊上④,而且,1946年西北大学复校西安之后文学院院长马师儒(1947年即接替刘季洪任西北大学校长,随着人民解放战争的节节胜利,国民党对国统区的独裁、专制统治更加严厉,马师儒要继续应付这一局面,已感力不从

---

① 赵振铎:《音韵文字世家二三事》,http://blog.sina.com.cn/s/blog_4ac1bfc3010005ow.html,访问日期:2006年9月27日。
② 一说1901年,参见王宁:《海峡两岸师友情——沉痛悼念台湾著名国学家高明先生》,《语文建设》1993年第1期。
③ 黄庆萱:《国文系高明教授学述》,《师大校友》2008年第330期。
④ 见《斯文》1942年第16期。

心,遂于1948年9月辞去了校长职务)正着力引进师资,提升文学院的学术力量,所以高明介绍高文去中文系任教,于公于私都是合理的。赵幼文在华西坝时与高文曾经共同支持过正声诗社,他的父亲赵少咸与黄侃也多有交往,因此关系较为密切。高文在西北大学主要讲诗词写作和文学批评。

高文与赵幼文在西北大学,人生地不熟,唯一能够走动的就是共同的朋友、时任中文系主任的高明。[①]但随后,中文系主任由张西堂接任。高明与张西堂在学术观念、教学管理上有较大的分歧和矛盾。作为朋友,高文和赵幼文自然站在高明一边。1947年西北大学中文系教授戴君仁受邀去台湾主持国立台湾师范大学中文系,第二年,邀请高明过去筹建国文研究所,培养博士。随着高明的离去,高文和赵幼文也不得不先后辞职。赵幼文回成都,高文则在高明的引荐下回到南京的国立边疆学校任教。

高文的档案材料以及一般介绍(包括2000年11月高文逝世时齐文榜所撰写的悼词)均把边疆学校写成边疆学院,如此称呼并不规范。边疆学校起源于国民党中央政治学校1930年设立的附设蒙藏班,按照中央政治学校军事化办学方式,全免费包分配培养蒙藏边地人才,学生由边疆各省各地方推荐,经中央

---

① 国立西北大学编《国立西北大学概况》,1947,第1页。

政治学校复核批准录取①,其目的在于改变蒙藏等边疆地区文化未兴、生产落后的局面,培养农业及教育方面等急需人才,从而实现孙中山提出的五族共和理想。②蒙藏班后改为边疆学校。1935年先后在包头、康定、西宁、肃州设立分校③。抗战期间,各地大学多迁往边陲办学,边疆建设备受重视,"成都中央大学,金陵大学,金陵女子大学,华西大学,齐鲁大学及中华基督教边疆服务部合组暑期边疆服务团……"④尤其金陵大学在边疆研究和边疆服务中表现突出。民国政府教育部顺应潮流设立国立西南师范学校、贵州师范学校、西宁师范学校、康定师范学校,培养师范专科人才。这些学校作为中央政治学校边疆学校的分校,其财权和人事权归属中央政治学校。国立边疆学校总部也在战时迁往四川巴县界石,1946年6月复校,先迁无锡临时办学,再迁回南京。⑤边疆学校校方曾在1948年前后申请升格为大学,但未获批准:"国立边疆学校系专为培养边疆干部人才而设立,该校上半年呈请改制,惟就目前边疆学生程度及该校设备而言,均无改为大学或学院之可能。"不过国民政府教育部对学校相

---

① 朱程,王尊怡:《中央政治学校概况(一)》,《浙江省立杭州高级中学校刊》1933年第128期,以及《函中央政治学校(中华民国十九年十二月二十七日):为保送蒙生王振华等三名请收录由)》《蒙藏委员会保送中央政治学校蒙藏班学生履历表》,《蒙藏委员会公报》1931年第15期。
② 蒋介石:《蒋校长对蒙藏毕业学生训词》,《中央政治学校校刊》1934年第77-78期合刊。
③ 《本校设置边疆分校概况》,《中央政治学校校刊》1935年第102、103期。
④ 《边疆学校分布现状》,《边政公论》1941年第2期。
⑤ 《边疆学校迁无锡并易长》,《教育通讯》1946年第9期。

关专业、科系进行了调整,并增加投入。① 所谓国立边疆学院的称呼大约从这时候开始,但仅属于校方一厢情愿的内部称呼。高文也是学校为了配合升格引进的教授。高文在边疆学校待了不足一年就辞职离开,原因也许包括升格失败导致的前途不明朗,同时也因为边疆学校学生文化底子薄,教学毫无趣味,而且学校不仅对学生,对教师也实行军事化管理,这些都是高文无法忍受的。

1948年底,高文在南京稍作休息之后,即前往上海静心女子中学(即现在的上海市第八中学)任教,然而,据高文幼子高启明证实,这一时期,高文实际上赋闲在家,大约去了女中并没有多长时间便离开了,因为高文开封的户口本上确乎记载着1951年9月15日从上海市迁入。

---

① 《充实国立边疆学校》,《教育通讯》1948年第3期。

夷门老作抛家客：在河南大学的五十年

高文于1951年9月进入河南大学。此前他对河南大学并不陌生。他的老师卢冀野1931—1933年曾在河南大学执教过。卢冀野1926年毕业于东南大学（即后来的中央大学），系吴梅第一高足，1927—1928年在金陵大学任助教，大二时的高文选修过他的中国戏曲史课程。在国学研究班吴梅常常谈及卢冀野，谈及他执教的河南大学。那时高文就知道河南大学肇始于1912年的河南留学欧美预备学校，逐渐改制，成为国内颇具名气的大学。1947年高文在西北大学任教，时任校长刘季洪于1935—1938年出任过河南大学校长。与朋友高明、赵幼文散步聊天中，也会谈到刘校长就职过的这所学校，了解到抗战中的河南大学如何从开封一路迁徙，艰难办学的经过。就在高文抵达西北大学之前不久，河南大学也刚刚经西安从宝鸡复校开封，这些情况他也是熟悉的。当然他们最感兴趣的，还是河南大学如何于1942年在时任教育部司长刘季洪帮助下成为国立大学的。虽然，刘校长因为压制学生运动遭到很多师生的反感，不得不于1947年11月辞去西北大学校长职务，但出于乡谊（刘季洪是江苏丰县人）和对其能力的认同，高文仍钦佩有加。在高文的印象中，河南大学是一所名家荟萃，实力颇为雄厚的国立大学。

1949年前高校教师之间流动比较自由，如刘盼遂曾两度至河南大学任教,一次是1929年,一次是1935年,均只待了一个学期。① 流动本身全靠朋友或同学引介,1952年全国院系调整之前,这一传统在有的地方还保持着。据高启明介绍,高文是由当时已在河南大学地理系任教的许逸超(桂馨)先生引介的,至于两人之间的渊源,高启明无从说起,我们也难以求证,但有一点可以肯定,此后,直到"文革"结束前,原来的师友们知道高文去向的微乎其微。如果大胆一点假设的话,经一个与原来的圈子没有任何瓜葛的人引介,进入与原来的圈子毫无瓜葛的地方,也许是高文有意为之吧。许逸超是我国著名地理学家洪绂的高徒,治世界地理,曾任中山大学师范学院地理学教授,中国地理学会(后更名为中华地理教育研究会)理事长,著有《东北地理》等。高文后来关于汴河方位以及汉碑研究有关地理方面的问题,得益于许先生的或许不少。然而我们也无理由完全排除两人的相熟是到河南大学之后的事,因为1950年之后,全国绝大部分地区已经解放,各地高校正按照中央要求,在人事调配上实行统一管理,有的地方甚至由政府安排,个人失去自由选择的机会。比如后来成为高文友人的李白凤,是现代著名诗人,在解放初期应东北征召文化人之聘前往哈尔滨,想入"鲁艺"工作,不料却被分配到哈工大预科教语文课,干了一年,专长难以发挥,心情郁闷,与时任校长发生激烈冲突,被斥为无组织无纪律,并令其停职检查,李白凤一怒之下不辞而别,但因为没有办理调动

---

① 之远、章增安:《刘盼遂先生学术年谱简编》,《华北水利水电学院学报(社会科学版)》2011年第6期。

手续,此后吃尽苦头,无处落脚,在各方友人斡旋下,向当时的高教部写了检查,方在山西师范学院(现山西大学)谋得一职,两年以后(1953年9月)回到开封教自己并不熟悉的苏俄文学。①

高文初到开封,河南大学与他此前形成的印象已有天壤之别。

先是抗战时期开封沦陷,河南大学曾被侵华日寇某一司令部占据,昔日的高等学府变成了敌寇的大本营,校园遭受严重损毁。大礼堂内2880个钢架座席被日寇拆去用于生产军火,河大师生引以为傲的雄伟的大礼堂被辟为马厩。医学院的教室及学生宿舍楼、平房、地下室等被日寇拆除,农学院更是疮痍满目,破烂不堪。繁塔寺院内除留有少门无窗的讲楼和两排马厩外,其余房舍不是拆除一空,就是只剩断壁残垣。图书、实验设备更是损失惨重。② 经过河大师生的共同努力,1946年秋季学期之后,河大校园清理建设、教学科研逐渐走向正轨,而且与战前相比学校规模还略有扩大。"纵观此时的河大共有六个学院,十五个学系,正副教授达126人之多,讲师、助教110人,职员171人,技工46人,学生达2150余人,尚不包括护理、助产、高级工程职校等附属学校的学生在内,成为华北地区院系最多、校园最大的学校之一,为新中国建立之前河大历史上的最盛时期。"③

---

① 李惟微:《昆山玉碎凤凰叫——追忆先君李白凤先生》,《中州大学学报》1998年第4期。

② 河南大学校史编辑室编《河南大学校史(1912-1984)》,河南大学出版社,1985,第54页。

③ 河南大学校史编辑室编《河南大学校史(1912-1984)》,河南大学出版社,1985,第56页。

然而好景不长,1948年6月21日古城开封解放前夕,国民党当局命令河南大学迁往江南,遭到部分进步师生的反对。结果学校被分成两部分,一部分东迁。由于国民党败局已定,没有更多精力顾及河大迁徙事务,因此当1000多名师生抵达南京时,竟然露宿街头,后来因为与车站发生冲突,酿成重大事件,舆论哗然,国民党教育部才出面组织搬至苏州办学。在各方支持下,师生得以勉力维持正常教学秩序。1949年4月26日,苏州解放,河南大学被中国人民解放军苏州军管会接管。时任军管会负责人韦国清同志对河南大学关怀备至,给河大发放维持费,安定情绪,并组织学生参军参战,投入解放战争,在苏州的1000多名学生中,参军南下的有400余人,还有一部分留在当地参加革命建设工作。1949年6月,时任河南省人民政府主席吴芝圃派开封市教育局副局长郭海长赴苏州联系迎接河大师生,在刘伯承、陈毅、韦国清等同志的关怀协调下,河大师生顺利返回开封。

另外一部分师生在文史系主任嵇文甫、经济系教授王毅斋、化学系主任李俊甫、教育系副教授罗绳武、文史系副教授赵俪生、体育系教师苏金伞等带领下,一行70余人到豫西解放区参加革命工作,后来在中国共产党中原局的关怀下,与先前已经投奔解放区其他大学的学生组建中原大学,1948年8月1日,中原大学正式成立,范文澜、潘梓年任正、副校长。1948年12月中原大学从宝丰迁到开封,借河南大学校园办学,主要开展短期干部培训工作。1949年5月,武汉即将解放,中原大学部分干部随军南下,8月全校迁往武汉。1949年5月中共河南省委、省政府正式决定把原来的中原大学部分师生与苏州迁回的师生合并,组建新的河南大学,省政府主席吴芝圃兼任校长,正如时任副校长嵇文甫所说:"这所恢复和重建的河南大学,一方面具有老解放区政治教育的传统;另一方面又具有普通正规大学的学术教育的传统,是一所新型的高等学府。"①

在这里需要补充一点的是,其实还存在第三部分师生,即既未南迁,也未进入解放区的,虽然人数不多,但也可看出时代大变迁面前,个人选择之困难。比如李嘉言就是如此。据李嘉言西北师范大学任教时的学生牛维鼎回忆,1947 年他从国民党特务的监狱中被营救出来,曾经去拜访李嘉言,李先生已经认识到"蒋介石反动派倒行逆施,已经是穷途日暮了",对他的革命活动不仅同情而且鼓励。1948 年 6 月,开封第一次解放,随解放军进城的牛维鼎再次找到李嘉言,把嵇文甫、王毅斋、赵俪生、苏金伞、罗绳武、李定中、阎希同等河大老师到达豫西解放区以及准备组建中原大学的信息转告给他,"李先生问我当时战争的形势,我作了详细的回答。这中间他比较注意的是河南境内(豫西和豫皖苏)的情况。当我告诉他这两个地区虽是比较幅员广阔、人口众多的根据地,但对国统区有影响的知名学者还很少,希望他考虑。他听了又再一次从战争形势上问我,我就明确说,战争进展迅速,我们一定胜利。对于这一点,他也十分相信。只是我谈到一个时期内,战争还是处于拉锯状态,我们还要经常行军。

---

① 河南大学校史编辑室编《河南大学校史(1912—1984)》,河南大学出版社,1985,第 75 页。

学校也是一样。这一点使他很费踌躇,他很诚恳地向我说,自己家里人口多,孩子多,行动转移十分不方便,如果进入解放区,将给组织增加麻烦和负担。在这问题上,我们反复商讨,觉得也是个实际问题。但有一点是肯定的,即李先生表示决不随流向江南的河南大学,再向国统区的所谓后方跑。后来他自己提出是否回他的故乡武陟县暂停一下,将家口安排再作进一步的打算。我们就此反复研究很久,我同意他的想法。我提到当时的武陟县城已经是解放区的边缘,会很快解放,他家就在武陟县城郊附近,回家安排好家属是个稳妥的办法。谈到这里,他再三对我说,自己早就想到解放区去了,只是家累太重,希望我能够理解。我表示尊重他的意见,并说明解放区虽十分欢迎他去,但战争年代,我们年轻人可以打仗,可以跑路,而对于李先生带着家属,特别是几个孩子,确也困难。这事是勉强不得,打不得保险票的。并且他回武陟,也是为了到解放区的方便。所以我也实实在在地表明,依照他的想法,回老家暂停为最好。"① 这一场师生谈话,实际上蕴含着三层意思:一是学生对老师的保护;二是宣传动员李嘉言到解放区去;三是即便不到解放区,只要不跟着国民党走,第三条道路是可以选择的。河南大学在 1949 年复校之后,李嘉言再次回到校园,积极投入教学科研建设。

然而,经历这样一番巨大的变故,办学遭遇的困难也是接踵而至。当时河南大学在保持中原大学短期办学、临时办学特点

---

① 牛维鼎:《回忆李嘉言先生》,《西北师大学报》(社会科学版)1989 年第 6 期。

的同时,力图建设所谓新型的"正规大学"。办"正规大学",校园房舍、教学设施依靠自力更生,艰苦奋斗,在短时期解决并不是特别为难的事情,无法完全靠自身力量解决的是人才匮乏,师资薄弱的问题。为此,1950年初,河南大学派著名医学专家张静吾教授赴上海聘请师资。据统计,此次聘请和借聘的教授有10人。[①] 其后更多师资在持续引介和招聘之中。时在上海的高文就是在这种背景之下来到了河南大学。

1951年9月高文只身一人奔赴开封,他与卢桂珍所生的孩子高启明尚在襁褓之中,1952年稍稍安顿之后,才从南京老家把母子俩接到开封。此后的50余年高文再也没有回过南京,回过他晚年还念叨着的燕子矶和七里洲,正所谓"夷门老作抛家客"。

初到河南大学,南北气候、生活方式差别甚大。高文有西安的两年短暂经历,尚能稍稍适应,太太卢桂珍却是第一次离开南京,进入"北方",不惟惯食的菜蔬街头难以觅到,就是江南人日日需要的主食大米,买起来也相当不易,孩子又小,各种不方便随想随到。好在当时负责中文系工作的李嘉言为人正直厚道,加上另外一层不为人知的关系,想必他们接洽之后便是知道的了,那就是高文中学老师李儒勉也是李嘉言的本师闻一多的朋友,他们在20世纪20年代就有了交往。高文在金陵大学就读的时候,闻一多正陷入失业的困顿中,本来想入职第四中山大学

---

① 河南大学校史编辑室编《河南大学校史(1912—1984)》,河南大学出版社,1985,第77页。

(即后来中央大学),但多方托请未得结果,否则大约也会像汪东、黄侃等人一样,成为高文的老师。1928年10月闻一多至饶孟侃的信中提及说:"友人李儒勉介绍周慧专女士著述数种拟由新月出版,已属其将原稿寄尊处。周系李之夫人,东南大学国文系毕业。"[①]李嘉言对高文关怀备至,有什么困难,及时安排人手帮助解决。还有一点令高文特别感到宽心的是,1957年反右之前,学校工作重心放在恢复教学科研上,虽有各类政治学习,但都是紧紧围绕教学科研工作、适应新时代、转变新观念的需要进行。比如1951年河南大学在全校范围内开展学习毛泽东同志《实践论》的活动,6月接着召开科学研究工作会议,明确科学研究为教师的主要任务之一,把科研作为经常性工作,并要求科研结合教学、政治需要,防止经院式研究。1951年下半年以及1952年学校的各项教学科研工作有条不紊地进行。即便到了1953年学校开展向苏联学习,进行教学改革,初衷也是为了真正地改进教学,提高教学质量。所以这一时期,高文的心情很是愉快,把全部精力投入教学科研工作中。据1955年考入河南大学(那时称为河南第一师范学院)中文系、1959年留校的王宗堂回忆,高文主讲唐宋文学,很受学生欢迎。在王宗堂的记忆中,高文具有旧时代知识分子的儒雅特征,讲究仪表,衣着整齐笔挺,皮鞋锃亮(这种一丝不苟的讲究其实主要来自金陵大学当年培养的习惯,这也许是王宗堂所不知道的)。上课的时候常常夹着一个黑皮包,里面装着讲义之类的东西,一走上讲台就进入

---

① 闻一多:《闻一多书信集》,群言出版社,2014,296页。

角色。高文对讲课的内容虽然驾轻就熟,但备课都很认真。第二天有课,头天晚上一定要保证休息好,养精蓄锐,讲课时能精神抖擞。耄耋之年的王宗堂还能清晰记得当年自己的老师讲课的情形,讲课绘声绘色,神采飞扬,表情丰富,还辅以手势。他那一口似清似浊的南京话乍听令人发蒙,但听顺了反而能揣摩出其中的韵味而回味无穷。高文那时正值壮年,年富力强,又刚刚进入一个新的环境和新的时代,意气风发,课堂极富感染力,许多细节当年的学生记忆犹新。王宗堂回忆高文讲柳永的《雨霖铃》"今宵酒醒何处?杨柳岸,晓风残月"的情景,他说:"先生拉长声调,做醉眼望天状,生动形象,把学生带入柳词的意境中去。"高文的另外一个学生,本科毕业于河南大学中文系,后为历史文化学院教授的郑慧生回忆道:"他讲唐诗《蜀道难》,一声'噫吁嚱危乎高哉',裂帛穿云,激越、高亢、寥廓、悠长……如巫山突起,凛然崔巍;暴雨骤降,痛快淋漓。我们同学都学会了,几十年后还能吼出这一句南京腔来。"郑慧生教授说:"高先生讲课十分投入,声情并茂,手舞足蹈。他一上讲堂,就像演员进入了角色,先是调动学生情绪,烘托学术气氛,然后指斥时政,臧否人物,滔滔不绝,旁若无人。一堂《将进酒》上来,我们仿佛进出了唐人的街肆,人人都成了李白,而五花马、千金裘……统统换了酒喝。"

这一时期的高文宛如从彷徨歧路的日子里清醒过来了,仿佛又回到了抗战之前在金陵大学的那些充满诗意的美好日子中。然而这样的时光并未维持太久,众所周知的各种政治运动接二连三地到来,本来以为可以安安静静地做一个普普通通教授的高文,重又被抛入不宁静的生活之中。"一九五七年全国开展整风运动,极少数资产阶级右派分子乘机向党和新生的社会主义制度进攻,我校和全国一样,开展了反击右派的斗争,这是完全正确和必要的。但是反右派斗争被严重地扩大化了,把许多不属于右派分子的同志划成右派……造成了不幸的后果。"①

郑慧生教授回忆,中文系教授李白凤被打成右派,开除回街道闲居,一家划了三个右派,只剩下妻子一人保留着一月25元工资。李白凤在家无以为生,高先生就找他刻章子,刻一个章子奉送几十元,以解李白凤柴米之急。人们常见的高先生一枚闲章"家在燕子矶边",就是李白凤的铁笔。

1958年以后,又开展"拔白旗"运动,大出教授自由教学的洋相。他们演活报剧,表演高先生讲课,"关关雎鸠。雎鸠就是野鸭子,野鸭子和家鸭子不同,家鸭子比野鸭子好吃……"接着讲到北京的烤鸭……一只烤鸭还没有讲完,丁零零铃响,一堂下课。表演高先生的演员话题一转:"北京的烤鸭只吃到这里,下一堂课我们接着吃南京的板鸭!"听众哄堂大笑,台下的高先生也被逗得前仰后合。

但是,高文什么时候讲过这样的课,却没有一个学生能说出来。想象力,大批判年代的想象力,漫无边际地发挥了出来!

接着,是一个演员光着膀子上场,他臂上还贴着一张膏药,在进场口被人拦住了。

---

① 河南大学校史编辑室编《河南大学校史(1912—1984)》,河南大学出版社,1985,第100页。

"你不是大相国寺那个卖狗皮膏药的吗？你来我们开封师院干什么？"

"我听说你们这里的高文狗皮膏药卖得好，把我们的市场都够'撑'了，今天来找他，叫他教我们怎么卖狗皮膏药！"

高文的狗皮膏药从此出了名。

其后，又开展了教授、讲师、助教、学生之间的讲课擂台赛。

反右派斗争开始以后，大学里流传着一种最为革命、最为新奇的理念。他们认为教授最保守，思想陈旧，条条框框又多；他们的教学都是填鸭式的，群众不能接受；要不就是自由主义，低级趣味。讲师思想没有负担，最易接受新生事物……。助教无畏无惧，本身就是新生力量。学生更是一张白纸，好画最新最美的图画。有比较才会有鉴别，于是教授、讲师、助教、学生各派一名代表，指定一篇统一的教材，在同一个教室里向相同的人讲授。然后由各方代表评定出各自讲授的优劣。参加打分的观众都是受命评委，所以每次评判的结果都基本一致：教授讲的都是错误的、陈腐的观点，教学方法呆板生硬，不受群众欢迎；讲师的观点基本正确，但方法欠灵活，学生不易接受；助教的观点明确新颖，教学方法灵活，群众乐于接受；学生讲的都是最革命的观点，深入浅出，生动活泼，最受学生欢迎。这就像今天足球场上的黑哨，你没关球他就定罢了输赢，而且比分悬殊。今天的观众见了黑哨可以喝倒彩，那时的观众都只能鼓掌通过不敢有其他。教授当然要低头服输，表示重新学习的决心。这一次，教授的代表选中了高文，讲师的代表选的是青年教师王宽行。统一用的教材是薛道衡的《昔昔盐》。

明知道被批判的命运躲不过去，高文干脆就来个不躲。认真备课，充分占有材料，挟着一摞厚厚的讲稿走上课堂，条分缕析，侃侃而谈，旁征博引，眉飞色舞。那时候上级提倡厚今薄古，严禁炫耀古人，高文偏偏大谈古典文学的深奥，今人绝对难以企及。他讲《昔昔盐》，一句"空梁落燕泥"反复咀嚼，啧啧称羡，从意境说到神韵，从铺张到蕴含。这等于是顶风而上，肆无忌惮，引火烧身地宣讲古人之美。高文明知山有虎，偏向虎山行。

一堂课终于讲完了，高文累得满头大汗。他坐下来静听评委打分，接受那没完没了的批判，无怨无悔，不避不躲。当最后宣布这堂课为59分时，群众热烈欢呼，高先生如愿以偿。

那天高文为什么挺身而出，像诸葛亮草船借箭的草靶子一样，把射来的箭都拦到自己身上？他是为了保护青年教师，替他们挡箭，还是在保卫中国文化的最后一块阵地，不使它在青年学生心中丢失？谁也不知道。那天的讲评集中火力批判他，王宽行则显得极不重要。然而，当年的学生却从心底记住了《昔昔盐》，记住了那一句"空梁落燕泥"。

高文对革命的大批判从不放在心上，然而1959年的"抛纲"却使他痛不欲生。

所谓"抛纲"，就是当时的开封师范学院党委根据上面的指示精神，制定出《开封师范学院发展纲要》，这一天把它公布（抛）出来。这是学院开天辟地的一件大喜事，党委号召全院师生都要投入庆祝，鞭炮锣鼓，化装游行。从领导、教师到学生，上上下下，无一例外。

对青年学生来说，涂脂抹粉，穿红挂绿，都不是什么丢人事。

到了那天,学生们一个个把脸涂成"花狗屁股",走到校园内就算游行了。还有人独出心裁,把花裤衩顶在头上;有人把枕头塞到裤腰里,装成大屁股扭起来。军号齐鸣,唢呐喧天,工友们把庄严、肃穆的大鼓也搬了出来。外人不知道师院校园里发生了什么事,好像是在娶媳妇、嫁闺女,而人人又都成了新娘子。

这天上午八点钟开会,人们纷纷向大礼堂赶来。走在前面的是党委书记韩倩之。他衣者朴素,落落大方,胸前挂一朵红绸,随时准备着扭秧歌用。所谓化装,书记是点到为止。

但广大群众就不同了。中文系教师在李嘉言主任率领下,来到大礼堂西边门上等开会。李嘉言头上扎着红头绳小辫,两颊涂着两块血色红斑,不男不女,不僧不道地坐在那里,等着开会。他是党员,必须带头响应党委的号召,对于自己被打扮成的丑态怪样,他不羞不臊,无愠无怒,表情自然,若无其事。

高文和主任李嘉言一样被打扮得不伦不类,斯文丧尽,他满脸愧怍,坐在大礼堂西边门外的栏杆上,不敢抬头看人,恨不得找个地缝钻进去。

郑慧生说,这是开封师范学院丑化知识分子的一天,教授粉墨登场,学者成了倡优。师院位于开封市的明伦街,这一天,明伦堂成了梨园行,师范学院变成了戏曲学校。

大会上,院党委宣布这一天为开封师范学院的校庆日。到了第二年的此时此刻,校庆三周年,学校放假三天。晚上放电影《穆桂英挂帅》。事后却受到省委批评:"全国都在政治挂帅。你们可好,让穆桂英挂帅……"从此以后,再没有纪念过这个校庆。

高文的这些遭遇都是郑慧生亲眼看见的。比较而言高文仍然算幸运，至少他的金陵大学基督教背景、国统区大学中文系主任以及国民党南京市参议员的头衔并未被人提起，这些想一想都令人心惊胆寒的"秘密"，被他愈来愈浓重的沉默严严实实地包裹着。1966年"文化大革命"爆发之后，举国上下，学校关门搞阶级斗争，风声鹤唳，人人自危，高文坚持一项基本原则：能不说的话不说，能不做的事不做，能不参加的活动绝不参加，勿视勿听，一如混沌。高启明回忆，"文革"时期，经常可以看到造反派在教室或办公室讨论批斗会的事情，热闹喧天，有一次高文的太太好奇地想过去看一看，被他严厉制止，并说，"别人怎么斗，那是别人的事，我们不参与。"

1968年12月至1969年7月，为了响应党中央毛主席"备战备荒为人民"的口号，进一步搞好"文化大革命"，河南大学（时为开封师范学院）决定师生整体疏散搬迁，到豫西山区开展轰轰烈烈的"清理阶级队伍"运动。陈步高回忆，消息传出，"全校顿时沸腾起来了。我看到的第一反应就是卖书，许多老师都在忙着卖书。从学校南、北、西几个校门到大礼堂的路上，摆的全是图书，人山人海，拥堵不堪。老师们都不知道什么时候再回到学校，心里根本没底，所以都拼命卖书。有的老教授把珍藏了几十年的线装书、善本书、旧版书，甚至一些珍贵的字画都拿出来卖了。……老教授一边掉眼泪一边卖书，显得非常无奈。匆匆忙忙卖书的场面持续有四五天……"①。大约就是这一次,高文把家里最后几本能卖的书卖得一干二净。

据当时中文系教师张永江回忆,在灵宝时,中文系统一住在朱阳公社营里大队,师生同在一个大伙上吃饭,住的是群众家的窑洞,大的窑洞里住十几个人,小的窑洞里住七八个或四五个人,毫无个人自由,生活既不习惯也不方便。教师禁止看业务书籍,只准看《人民日报》《解放军报》和《红旗》杂志,听广播听新闻,开会讨论搞批判。中文系的老教授、老学者们几乎都被打成批斗和清理对象。工宣队、军宣队和年轻师生三结合组成专案组,由工宣队或军宣队负责,逐个进行审查。中文系成立了许多专案组,重点人物一人一个专案组,如老教授任访秋专案组、温绎之专案组等。专案组一边对他们进行批判,一边派人进行外调,查找有关材料和证人,核实情况②。高文虽然没有成为专案组审查对象,但这种繁重的体力劳动,嘈杂的集体生活,以及日夜进行的批判活动,使得年过六旬的他彻底累垮了,此时的高文也患上了严重的心脏病。学校考虑到他的身体状况,而且已到退休年龄,就专门找了一辆车提前送回开封③。实际上还有一个原因,当时学校已经接到上面的指示,要"复课闹革命",高文回

---

① 陈步高等(口述)、石耘整理《开封师范学院在灵宝情况的回忆(上)》,《河南文史资料》2016年第1期。
② 同①。
③ 高文曾经的同事、助手孙方回忆说,高文是从尉氏农场回到开封,应属误记。

到开封,准备给参加师资培训的工农兵学员授课。①

自1957年反右开始,高文除了读书写字,几乎不再吟诗填词,学术文章也是寥寥无几。论文只有两篇,一篇是《试论高适》,另一篇是《万古云霄杜甫诗——论杜甫的纪行组诗:〈发秦州〉—〈成都府〉及杜甫后期思想的形成:为纪念杜甫诞生1250周年而作》。诗词创作几乎停止。高启明最近几年对高文残存的诗词手稿进行了一番粗略的整理和统计,1958年之后的二十余年高文只有三首诗作。

第一首是《一九六四年春节口占》(未刊稿):

  郊原宿麦喜青葱,万里晴岚暖翠空。

  好是东风勤着力,今年花胜去年红。

1964年前后,虽然"左"倾思潮在全国上下有愈演愈烈的趋势,但学校内部贯彻知识分子的政策和以教学为主的方针仍在坚持。② 高文诗中反映的正是这种状况下心中残留的淡淡的喜悦,但这也是近20年时间里,硕果仅存的一首"为诗而诗"的小诗了。

第二首《一九六四年寄题绿珠庙》(未刊稿):

  炎炎鬼亦瞰高明,豺虎声中丧此生。

  石苞有儿原是盗,绿珠无婿讵殉情。

  宁于白屋为翁媪,何用朱门识姓名。

---

① 河南大学校史编辑室编《河南大学校史(1912—1984)》,河南大学出版社,1985,第124-125页。

② 同①,第121页。

> 千载绿萝村畔水,几人摇笔使心倾?

虽是吟史,但也不无对现实的针砭。

第三首是《赞焦裕禄同志》(1966年2月16日,未刊稿):

> 身降洪流手障沙,踢开盐碱种桑麻。
> 战天斗地焦书记,心在贫农十万家。

诗中对焦裕禄同志表达了由衷的敬意。

当然偶尔也会写一点悼亡之类的诗,王宗堂说,这是因为高文重感情,重友谊。王宗堂回忆,从灵宝回来之后,高文给工农兵学员上课,同教研室的梁聚泰病故,中文系为梁先生开追悼会。梁聚泰是高文的学生,留校任教,高文睹物伤情,挥笔成诗,今天虽全诗不存,但王宗堂还记得其中两句:"案上遗编在,窗前夕照明。"[①]可谓深情依依。

高文深居简出,闭门谢客,几不与外人交接,这种心境,老友沈祖棻晚年有诗曰:"高生投老绝交游,抛尽诗筒与酒筹。蜀山吴水懒回首,吹台独上古中州。"程千帆笺注曰:"石斋久客夷门,频年闭关,罕接人事,盖其慎也。"[②]可谓知音。但我觉得也不能排除以下原因,即或许由于长期的旧传统影响,一时难以全面接受新的观念、方法、立场,又或者出于高文一贯的为人矜持,为学也不旁逸斜出,他很正统地坚守着传统文化人的言说方式。不过无论出于什么原因,总之,不作一字与闭门谢客确确实实让他免遭更为严重的迫害。

---

① 资料来自笔者对王宗堂先生的书面访谈。
② 沈祖棻:《锦城怀旧,寄诸故人》,载沈祖棻《涉江诗词集》,程千帆笺注,凤凰出版社,2019,第288页。

1976年"文革"结束之后,高文感觉获得了空前的解放。1977年,高文曾为中文系年轻教师卢永茂和李博书写两轴堂幅。为卢永茂所写的是:

> 百里征途似等闲,飞辀电掣稳如山。
> 郊原处处堪观赏,谁说人间行路难?(未刊稿)

为李博所写的是:

> 风雨宜人古汴梁,鲤鱼肥美麦馍香。
> 邻家翁媪时来往,信是他乡胜故乡。(未刊稿)①

两首诗中所蕴蓄的舒朗喜悦几乎要活生生地飞出纸面。我们比较以下这段回忆文字,这份来之不易的心情就更容易体味了:

> 1978级新生刚刚入校,他(指高文)回原中文系给我们搞讲座,当时教授授课的具体内容,至今早已模糊不清,只记得先生有一次讲到被"四人帮"残酷迫害时,游离了主题,且喉头哽噎老泪纵横,多次泣不成声而无法继续讲课,弄得学生们也心绪难平,唏嘘连声……②

是啊,一代知识分子长期的压抑和苦闷,一朝获得解放,难道不是人生难得的至乐吗?从此以后,高文稍稍敞开了自己的心扉,恢复了与一些老同学、老朋友的联系,也与身边的一些年轻人建立了忘年交,但总体而言,在河南大学的50余年,高文交谊极为有限,而且几乎不见存于文字。笔者把通过各种访谈得

---

① 以上未刊稿由高启明提供。
② 宋宏建:《刻骨铭心的记忆——河南大学中文系教授印象》,http://wxy.henu.edu.cn/info/1163/6897.htm,访问日期:2020年5月18日。

来的情况综列如下:

一是与同事的交谊。高文刚到河南大学,李嘉言做中文系主任,对他关照有加,此后又成为很好的朋友。李嘉言字泽民,又字慎予,常用笔名有"家雁""高芒""景卯""李常山"等。1911年11月16日出生于河南武陟县。1930年毕业于河南大学预科(时名河南中山大学),入清华大学中国文学系学习。毕业之后曾在清华大学任助教,抗战随迁昆明,执教西南联大中文系。1942年入兰州西北师范学院任职,历任副教授、教授。1947年回开封任教于河南大学。如前面已经提到的,第二年由于时局紧张,李嘉言扶老携幼回武陟故里闲居。1949年河南大学新构之后,复入中文系任教并兼系主任。李嘉言师承闻一多,在《诗经》、《楚辞》和唐诗诸方面用力勤勉,学界颇有令誉,惜乎于1967年10月患心脏病逝世。李嘉言与高文因工作关系结缘相识,前者任中文系主任,后者任副主任,工作往来,相互敬重,配合默契。1960年李嘉言接受中华书局委托,同高文共同组织"全唐诗校订组",承担全面整理《全唐诗》的任务。"文革"期间,此事搁置,迨至动乱结束才得以继续展开,此后工作由高文全面主持和领导,也算是对英年早逝的同事和朋友的一个告慰。①

在后来的学生与同事的言谈中,高文常常以两个"经典化"的符号出现,一是"老教授高文",一是中文系或文学院"四老"。所谓老教授,指人们对包括任访秋、华钟彦、高文、于安澜、王梦

---

① 孙方:《有诸多新发现的李嘉言教授》,《河南大学学报》(哲学社会科学版)1985年第2期。

隐、牛庸懋、张振犁、宋景昌等诸位年事已高的先生的称呼;"四老"则专指任访秋、华钟彦、高文、于安澜等四位学识渊博、德高望重、几乎与世纪同龄的老先生。这样称呼的时候,除了对先生们的敬重,还有别的潜台词。第一,"闻其名难见其人"。恰如毕业于河大中文系的鲁枢元先生所言,"……在以往的岁月中,还有像张长弓、于安澜、于赓虞、万曼、李嘉言、李白凤、华钟彦、高文诸位各立门户的大和尚,我全都未能寄名门下,这已是说不尽的遗憾。"①这种遗憾并非独此一家"……八一级的我们最遗憾的是没有在课堂上聆听到一代学富五车大师们的妙音善境。不过,作为现代文学学习小组一员的我,有幸在任先生府上听了先生两次谈话式讲授;作为书法社一员的我,也有拿着书法作业让安澜先生批评点拨之幸。华钟彦先生、高文先生,偶尔能够在校园碰到,学子们大多能够认出先生们,皆驻足行注目礼。难忘的是,两位先生或被人搀着缓缓慢步,或坐在轮椅中徐徐而行,其满面蔼然之神采,愈随年长,愈见先生山高水长之风骨。"②"……中文系比他们名气大的老师很多,而且'来头'都不小,像任访秋先生、高文先生、华钟彦先生等,还有教古典文学的王宽行先生,教古汉语的藤先生,以及刘增杰、陈信春先生,在文坛上已经声名鹊起的女评论家刘思谦先生等等,也给我留下了较深印象。可惜,当时我是一个极普通的学生,无缘结识上述大家、

---

① 鲁枢元:《传灯》,《光明日报》2012 年 4 月 20 日第 13 版。
② 范恪劼:《铃铎虚悬谁解语,天风浩荡自来去》,https://www.sohu.com/a/411471053_120066405,访问日期:2020 年 8 月 4 日。

名家,只能与任课老师有所接触……"①"任访秋先生、华钟彦先生、高文先生和于安澜先生被称为'四老',我们都闻其大名,很少亲聆教诲。"②

第二,指这些老先生有着共同的苦难与友谊。确实,高文与中文系的老学者、老同事保持了一份谦谦君子的往来,不常串门而心息相通。据张廷可回忆,他于1980年至1984年在河南大学中文系进修,因为爱好书法,多次请教高文。"一次在高文先生家中,请教书法用笔问题时,先生兴趣盎然,提笔示范。我向他说,我非常喜欢元曲作家马致远创作的小令《天净沙·秋思》,先生欣然命笔疾书:枯藤老树昏鸦,小桥流水人家。古道西风瘦马,夕阳西下,断肠人在天涯。并落款庭可(早年我的名字用家庭的庭、现在用廷)同志嘱,盖过章,我说这上面的印章很像于安澜的篆刻风格,他说'这正是于安澜为我刻的'。"③这是高文与于安澜之间交谊的珍贵见证。于安澜在中国音韵学史和传统美术史论上成果丰硕,见识卓著;早在20世纪30年代在燕京大学国学研究所读研时,就撰写出版了《汉魏六朝韵谱》,填补了古音韵研究方面的空白,在学术界引起很大反响。王力先生还专门为此书写了书评予以推介。于先生还编纂出版了《画论丛刊》《画史丛书》《画品丛书》,是我国画坛上的重要著作,至今

---

① 程光炜:《记忆深处的校园与诗歌》,http://xyh.henu.edu.cn/sjhd/xyfw/show-2866.html,访问日期:2015年4月2日。

② 于淑敏:《河大好,最忆是师恩》,http://wxy.henu.edu.cn/info/1163/6732.htm,访问日期:;2020年3月30日。

③ 资料来自笔者对张廷可的访谈。

仍为国内美术院校师生的必读参考书。他的画作或古朴高雅,或工整秀丽;其书法功夫深厚,别具一格,楷书、行书、篆书皆能独步中国当代书坛;其篆刻布局平稳、结构严谨、刀法精湛、圆润秀美。你到河南这个文化大省到处走一走,看一看,冷不丁就能瞥见于安澜的笔墨宝典。高文与于安澜均抱与世无争之人生态度,在校园见面,相视一笑,胜似觥筹交错。高文也善书,与于安澜常有切磋,久之,心有灵犀。圈子里的人说,高文书法前半生追踪乃师胡小石,后半生独出机杼,转机或许就在于安澜的一笔一画或一颦一笑之中吧。

高文与任访秋的交谊更多同声相应、同气相求的道义色彩。任访秋是享誉海内外的著名中国文学史家,在中国古典文学、中国现代文学和中国近代文学三个研究领域,都取得了令人瞩目的成就,做出了富有开创意义的重要贡献。高文与任访秋交谊的道义色彩从一件小事可以看得出来。据郑慧生教授回忆,那时候一旦被划成右派,则人人都会与之绝交,以保障自己的安全。1958年,任访秋被划了右派之后,中文系从领导、同事到学生就没有人敢再理他,好像和他说上一句话,麻风病毒就会随着声波传来。但是,高文却不怕传染,他不仅和任访秋照常往来,而且还故意做出更加亲密的样子。中文系学生列队出城参观,教师也随之前往,高文跟定任访秋,肩并肩一路走着。他俩都是1.78米的高个儿(高文实际身高只有1.70米,但身形瘦削,显高),并肩走在大队学生面前就格外刺眼。高文旁若无人,侃侃而谈,左顾右盼,笑声不绝于耳,给群众留下了深刻的印象。①

高文与华钟彦之间交往的基础有目共睹,一是两人在传统诗词创造上均有不俗的表现;二是对于开封和河南大学中文系而言都是纯粹的"外来者"。华钟彦长高文2岁,1906年出生,辽宁省沈阳市人。1930年考入东北大学,九一八事变后转学考入北京大学国文系,1933年毕业。曾师从高亨、钱玄同、俞平伯、曾广源诸人,为高步瀛(阆仙)入室弟子,1955年在高文入职河南大学4年之后来到古都开封,从此落地生根。华钟彦既是学者,还是诗人,更是诗歌歌咏活动的拓荒者与学术研究的早期领军人物。他提出格律诗吟咏"平长仄短、二四分明、声情并茂"的原则已为学界广泛接受。1982年,华钟彦受唐代文学学会的委托,负责筹建"唐诗吟咏研究小组"。自此,诗歌吟咏研究开始成为有组织的学术活动,并逐渐形成一定规模。2011年,中国吟诵学会成立,标志着古典诗歌的吟咏活动的发展得到各方面的肯定与支持。② 高文是"唐诗吟咏研究小组"的积极支持者,只要有活动,他无不参加,或助兴,或主持,其乐融融。华钟彦的诗词佳作常请高文"斧正"。有一次,华钟彦写完《绿珠》一诗,请高文欣赏,高文一读之下,觉得清新可喜,当即提笔奉和:"炎炎鬼亦瞰高明,豺虎声中丧此生。石苞有儿原是盗,绿珠无婿讵殉情。宁于白屋为翁媪,不用朱门识姓名。千载苎萝村

---

① 资料来自笔者对张廷可的访谈。
② 姚小鸥:《华钟彦教授与古典诗词吟咏活动》,《人民政协报》2012年9月3日第12版。

畔水,几人摇尾使心倾?"[1]后来华钟彦组织编辑出版《五四以来诗词选》,收入该诗。《五四以来诗词选》选取"五四"以来既能反映时代精神,又具有较高艺术技巧的作品1100多首,涉及诗词名家、大家400多人。一般每人入选2—3首,最多5首,高文是入选诗词最多的名家之一,除以上提到的和诗外,另外四首为:

秭归

石已半为土,山犹不肯平。清江开断壁,万壑寄孤城。遭世今尤烈,扬灵余上征。翻盆喧夜雨,吊梦短灯檠。

万县

斜阳作血色,故故上征衣。坐久泪痕满,年深弹片稀。记创残壁在,漏瓦破云飞。太白崖前树,怜君无是非。(《万县》)

念奴娇·哀重庆

青磷如炬,散仍聚,风定山城飞越。夜气苍茫浮大壑,一片乾声嘶铁。后土无情,皇天不吊,泪尽肝肠热。沉沉幽隧,万人谁料同穴?不数秦政儒坑,武安杀谷,未足昆池劫。依旧酒旗歌板地,冷照中天明月。故鬼烦冤,新魂哀怨,啼鸟长啼血,千龄万代,江流还呜共咽。

---

[1] 高文:《钟彦希鼎示余绿珠诗清新可喜依韵奉和》,载华钟彦主编《五四以来诗词选》,河南大学出版社,1987,第50页。

金缕曲·送吴白匋

奔走空皮骨。记年时,归军星散,惊艘风掣。信美江山非吾土,虎踞龙盘虚设。望中隐,蓬莱宫阙。小驻汉皋逢旧侣,指蚕丛、同上西征辙。四载事,堪重说。客中送客魂先咽。酒边人,相看非故,惊呼肠热。珍重今宵须尽醉,共此天涯明月。最可恨,金瓯仍缺。万国兵戈神州泪,洒沧江,更作无家别。江上竹,一时裂。[1]

从此可以看出华钟彦对高文的推重。本书编撰过程中,高文给予华钟彦诸多帮助,同时也请自己一生挚友程千帆题写书名。[2]

除了以上这些老先生,高文与稍稍年轻一点的同事也保持着友好往来,比如宋景昌。宋景昌1916年出生,河南汝阳人。1944年毕业于河南大学文史系后,曾入昆明西南联大听课。1946年入河大中文系任助教。1948河大兵分两路的时候,宋景昌作为第三类人员留守开封,在开封女子中学教语文。[3] 20世纪80年代以后,高文与宋景昌在河大中文系唐诗研究室共事,共同培养研究生。那时候高文已是79岁高龄,其间许多培养工作都是宋景昌在做。宋景昌也善诗,曾把自己多年心血编校成集,送高文指正,高文曾赋诗三首:

其一:

明伦街里吾庐静,苹果园中君宅幽。

---

[1] 华钟彦主编《五四以来诗词选》,河南大学出版社,1987,第50-51页。
[2] 华钟彦主编《五四以来诗词选》,河南大学出版社,1987,《序言》第4页。
[3] 郑学勤:《怀念恩师宋景昌》,《北京晚报》2019年9月7日第16版。

千古文章许得失,往来二老亦风流。

其二:

一水旁流昔贤遗,嵇树刘池□酒器。

三山环抱此地是,伊阳蔡店杜康村。

其三:

青天一鹤信遨游,梦得豪情特爱愁。

只要鲁阳戈在手,夕阳长挂屋山头。①

诗中对宋景昌的诗歌给予了高度赞美,同时满怀深情地回忆了他们之间的交谊。

二是与学生和工作助手的交谊。根据我对高文亲属和相关学生的访谈得知,与高文走得比较近的学生大致有两类,一类是毕业之后留在河南大学工作的学生或学校分配给他的助手,这一类主要有:

何法周。他是河大毕业留校工作的,1977 年之后做高文的助手,后任河大中文系党支部副书记,负责学生的管理工作。何法周为人端肃,不苟言笑,却是热心肠。② 所著《韩愈新论》在学界颇有口碑。高文对年轻的何法周很关心,在研究上也是不吝提携。高文曾与何法周合作主编《唐诗选》,由人民文学出版社出版。高文还具体指导何法周撰写论文,共同署名发表《〈吴子〉真伪考》《试论陶渊明的政治倾向》《〈吴子〉考补正》等文章。这对于刚刚参加工作的年轻教师来说真是莫大的帮助。笔

---

① 高文:《题宋景昌兄诗集》,未刊稿,资料来自高启明提供的手稿。
② 马向阳:《渐远的风雅之六:何法周先生》,news.henu.edu.cn/info/1012/89613.htm,访问日日期:2016 年 6 月 22 日。

者在走访高文生前朋友、学生时,相熟的人都一致认为何法周是最了解高文的,可惜何先生已于10年前魂归道山,吾生也迟,无缘得到他的教诲了。

孙方。又名孙先方,1959年从山东师范学院调动到河南大学,一直在唐诗研究室工作,1976年李嘉言去世之后,在高文指导下从事唐诗研究和整理工作。孙先生告诉笔者,"文革"期间,高文实际上并未从事教学工作,受到的冲击也不大,由于是新中国成立前的老教授,待遇一直还不错。高文在河大的主要贡献是"文革"之后组织和领导全唐诗的重编工作。在孙先生看来,高文只是一个一般教授。一定程度上,孙先生的话不无道理,就像鲁枢元所意识到的,"在河大中文系的传灯录中,从目前来看成就最为辉煌的自然是任访秋一脉"[1]。不过,或许是孙先生对高文辉煌的过去不太了解吧? 不过,这不就是高文渴求的效果吗?

邹同庆。1960年毕业于河南大学中文系。毕业后留校工作,历任河南大学中文系副主任、党总支副书记、河南大学古籍整理研究所所长。著有《苏轼词编年校注》(合著),编著有《玄奘集编年校注》(合著)。曾与高文共同编选《全唐诗简编》,由上海古籍出版社1993年出版。

佟培基。1944年出生于河南开封,1968年从部队退役之后做了一名汽车司机,不久,在朋友的帮助下,调入河南大学汽车队。佟培基利用闲暇时间如饥似渴地学习,并且逐渐积淀了较为厚实的学术基础,后被破格调入河南大学中文系唐诗研究室,

---

[1] 鲁枢元:《传灯》,《光明日报》2012年4月20日第13版。

经过多年努力,在唐诗研究方面取得了不菲的成绩,被誉为"从汽车司机成长起来的大学博导"①。在唐诗研究室,他不仅是高文的助手,也是高文的学生。1985年,鉴于高文年事已高,唐诗研究室主任由佟培基接任,新编全唐诗的工作也由其全面负责。

王刘纯。1977年考入河大中文系学习,1982年1月毕业留校,做高文的科研助理,主要是协助整理出版《汉碑集释》。王刘纯后来任河南大学出版社社长,大象出版社社长,与高文合作选注的《高适岑参选集》1988年由上海古籍出版社出版。据高启明介绍,王刘纯曾计划收集整理高文诗词出版,因各种原因,迄今未见成绩,算是憾事。

吴河清。河南大学中文系1977级学生,毕业之后留校,佟培基退休后,接任唐诗研究室主任,在编辑《唐五代诗全编》中出力甚多。特别值得一提的是,吴河清一家与高文一家算得上世交,日常交往,她不称高文老师,而是亲昵地称呼"高伯伯"。20世纪90年代,吴河清随复旦大学王运熙读研究生,成为高文与上海王运熙、王水照等著名学者联络感情的使者。她曾深情地回忆王水照给高文赠书的往事:

> 记得20世纪90年代中期,我带给高文先生您赠送的《王荆文公诗李壁注》。年逾八旬的高文先生根据书中的材料,写了一篇文章,考证出王安石《上神宗皇帝万言书》的写作时间,比《宋史》的记载早了一年。这篇文章当年就发表在《文学遗产》上。高先生为了表达对您的感谢,特作

---

① 英茂、东方:《佟培基:从汽车司机到大学博导》,《传承》2010年第1期。

诗一首书赠:"坡公赤壁玉堂句,选注精明孰与双?欲致良知窥孟子,心香一炷奉姚江。"①

吴河清心中装着不少诸如此类的故事。高文逝世之后,吴河清写有纪念文章,字里行间充满敬佩和不舍。

曾广开。河南大学中文系学生,1981年毕业留校之后在唐诗研究室工作,后来在本系做了研究生之后,高文推荐他到南京大学程千帆那里读博士。曾广开是程千帆的关门弟子,也是学界流传的程门弟子八大金刚之一。曾广开在河南大学时,曾与高文合作主编《禅诗鉴赏辞典》。2010年,在高文逝世10周年之际,已到北京语言大学人文学院工作的曾广开深情地写下《深山有乔木 幽兰生暗香——怀念高文先生》一文。文章梳理了高文的师承关系、主要学术成果及学术特点。曾广开还从程千帆和沈祖棻的相关文字中,搜罗高文久被人们淡忘的诗词,使今天的读者能有幸一睹高文当年的诗词风流。

齐文榜。1982年于河南大学中文系毕业留校,先是在中国古代文学教研室,后来调入唐诗研究室协助高文编辑《全唐诗》。曾出版过《贾岛集校注》《贾岛研究》等著作。齐文榜对高文特别佩服,只要有时间就到他家里请教,高启明回忆说,齐文榜是去他家最勤的人。齐文榜有一篇论文《现存最早的一首题画诗》是与高文共同署名的。这篇文章所发掘的史料和阐述的观点在学界颇有影响。据齐文榜介绍,这篇文章的核心观点其

---

① 吴河清:《谁道人生无再少,休将白发唱黄鸡——王水照先生访谈录》,《中国文化研究》2011年第1期。

实是高文在课堂上和日常谈话中提出来的,他自己受到启发后,再考掘材料,提炼观点。文章投稿之前,齐文榜并未告知高文,《文学遗产》刊出之后,他把样刊送给高文,高先生才知道此事,但高文也未责备齐的贸然行事,反而给了他许多鼓励。笔者在访谈齐文榜的时候,他反复强调自己得益于高文的教导很多,他说高先生是一个了不起的人。

在这些学生中,对高文记忆至为深刻的是王宗堂。王宗堂生于1935年,河南洛阳人。1959年毕业于河南大学(时称开封师院)中文系并留校任教,长期从事中国古代文学教学与研究,先后在河南大学中文系任副教授、河南财经学院(现河南财政政法大学)任教授。笔者曾就高文在河南大学的情况向他做过书面访谈,王先生不顾年迈体衰,回复了一封长信。

在王宗堂眼里,老师高文极重感情,对学生关怀备至。他回忆起20世纪80年代中文系汉语教研室主任赵天吏病逝,王宗堂闻讯从郑州赶回开封参加追悼会,在会场上见到高文所撰悼诗,其中有一句"一蹶竟不起"。会后高文惋惜地告诉他,赵天吏先生是因为蚊帐里钻进蚊子,起身赶蚊子时因年事已高手脚不便而摔倒,引起其他并发症不治身亡。高文谆谆告诫王宗堂小事也不能大意,应以此为戒。王宗堂在高文身边二十多年,对老师的和蔼可亲、宽厚待人深有体会。他还记得,1983年他的发妻因癌症病故,高文十分关心地加以安慰,并和全体教研室老师一起送来挽幛,王宗堂说,他感到十分暖心。几年之后,王宗堂与河南社科院的王竹溪女士结婚时,高文和于安澜、赵天吏、邢治平、宋景昌、牛庸懋、王宽行、李春祥等先生热情地参加了婚礼,高先生还担任主婚人。

王宗堂回忆,他在1959年留校之后,分到中国古代文学教研室,当时李嘉言任中文系主任兼古代文学教研室主任。李主任安排他给高文、华钟彦两位先生当助教,因为高文和华钟彦都是教授,又是教研室副主任,而当年分配的青年教师只有他一人,这样安排以示对两位先生同样尊重,不厚此薄彼。(由此可见李嘉言做事的细腻和良苦用心。)高文与华钟彦对王宗堂要求严格。王宗堂说,他20世纪60年代初初登讲台试讲的讲稿"论鲍照和他的《拟行路难》"就是送呈高文审阅和修改的。高文先生为人谦和,乐于助人,虽为名教授、大学者,却从不摆架子,对后学培养提携,诲人不倦,学生晚辈都愿意向他请教问学。20世纪70年代,王宗堂与张中义、王宽行参加《李斯集辑注》的辑佚注释工作。这本书最初是在批儒评法运动中开始,有工农兵学员、工宣队师傅参与部分辑注。1976年他们先带着该书的征求意见稿到上海华东师范大学等高校和研究机构请专家教授座谈提意见,然后王宽行等到天津、北京等地,王宗堂则和张中义到西安、咸阳等地继续请专家提意见。该书辑有李斯的《仓颉篇》佚文,在西北大学历史系他们拜访了陈直教授,陈老先生出示了珍藏的《居延汉简综论》手稿,根据陈先生的研究,"仓颉篇"首四句,从居延、敦煌两简缀合,应为"仓颉作书,以教后嗣。幼子承诏,谨慎敬戒"。王宗堂他们据以辑入书中。他们还从王国维、罗振玉、劳干等人的汉简考释中共辑《仓颉篇》佚文十五句。《仓颉篇》是李斯用小篆编写的识字读本,其中很多字句少见难识,注释起来难度不少。他们知道高文和赵天吏两位老师精通古文字学,所以回来后带着样稿去请教,两位老师称赞他们做了非常有意义的工作,并且给出具体意见,比如对书名提出建议,认为李斯与韩非俱师荀子,荀、韩的书都属于子书,李斯从政没有著作流传,所以李斯的文字也应是子书,不应归于集部。所以该书1981年由中州画社(即后来的中州古籍出版社)出版时,就以《李斯子》为书名。后中州古籍社成立,筹划出"中州名家丛书",拟把李斯著述作为该丛书第一部,易名为《李斯集辑注》(此书1991年即排好了版,因故到2002年才面世)。

1978年王宗堂又参加了高文主编的《全唐文》的选注工作。他回忆说,高先生与那种靠学术地位和名气的挂名主编不同,从制定编例到指导选篇,到抽看样稿,事事亲为,而且他自己还承担少数篇目的注释。编选过程中,遇到什么疑难问题,大家都会登门请教,高先生总是不厌其烦一一给予解答。另一主编何法周感叹地说:"高先生就是一部活字典,在先生身边工作真是我们的幸运。"《全唐文》一千卷,作者三千余人,文章一万八千余篇,《唐文选》只选六十一家,一百二十余篇,还要照顾到不同风格、流派、品类以及文章的长短、字数多少,光选目就不是件容易的事,注释起来难度更大。唐文中韩愈是大家,入选篇目也相对较多,其中韩文由何法周注释,柳文由白本松和王宗堂分担。王宗堂所分篇目中有《寄许京兆孟容书》,是柳宗元贬官永州时写给京兆尹许孟容的信,是篇长文,用典很多,可参阅资料很少,一篇注文用去两个多月时间。有个典故他们苦苦查找都未获原文,就去请教高文,几天之后教研室开会时,高先生递给王宗堂一张纸片,原来高文把找到的原文抄在纸烟盒拆开之后背面的白纸上。《唐文选》前后历时八年,最后定稿时,该书责任编辑戴鸣森发现字数超出原定规模限制,亲自跑到河南大学商量,决定删除韩、柳文中的《答李翊书》《封建论》《寄许京兆孟容书》,高文深感惋惜,因为这些篇目费时最多,用力最勤。后来经过何法周斡旋,留下了《答李翊书》。

1980年王宗堂与邹同庆合作编年校注《苏轼词集》,1982年该书被列入中华书局刘尚荣主编"苏学系列"丛书,成为国家"八五规划"项目。王宗堂1987年调离河南大学,但注书任务并未中断,该书费时十年,多次审改,于1991年出版。在整个注书过程中,始终没有离开过高文的指导,工作快结束时,邹同庆提出请高文写序言,但又担心老师年事已高,费心劳神,身体受不了,没想到高文满口答应了他们的请求。高文的序言并非一般应酬书序,而是一篇长达七八千字的精辟的苏学论文。在序中,高文还赞扬王宗堂他们:"邹同庆、王宗堂二同志致力苏词研究,从事编年笺注,引证史实,比检史籍,力求言之有据。注释中凡辞藻之熔铸经史,暗化古句者,皆为寻根究底;其难字难句,亦加诠释疏解。唯以析理阐意为本,不以繁征博稽为能。清晰明了,繁简适中。它反映了我国研究者近年来所取得的成就,诚苏轼之功臣,学者之良友。"奖掖后进,鼓励门生,殷殷关爱之情溢于言表。

在王宗堂记忆里,老师高文性情恬淡,看轻名利,为人低调,很少参加社会活动,生活规律,注意养生,加之高太太细心照料,饮食有节,所以晚年身板硬朗,较少生病,活到了93岁的高龄。王宗堂说,高先生除了参加院系活动、政治学习,其他活动、会议很少去。程千帆1978年自武汉大学调入南京大学,培养了我国第一个古典文学博士,他请高文参加博士答辩会,高先生也婉言谢绝。作为学生,王宗堂对高文的生活习惯很熟悉,他记得高先生有午休的习惯,可谓雷打不动。高先生午休很"正规",脱下外衣,盖好被子,安然入睡。知道高文生活习惯的人都不会此时去打扰,偶有生客到访,或被高太太挡驾,或被请到客厅等候,不到时间不轻易叫醒。高文对自己要求严格,从不愿为个人私事麻烦他人和组织。王宗堂说,高先生年龄高了以后,身边需要儿女照顾,但高先生的公子高启明一直在开封郊区工作,很晚才调入河南大学。王宗堂还清晰地记得,2000年高文生病住院,他闻讯从郑州返开封,相约王芸、孙先方、邹同庆等一起去探望,他们原以为,高文是有名望的老教授、离休干部,而且已93岁高龄,理应住在高干病房里,但眼前的老师,却置身在十几个人合住的大病房里,原来高文要求家人不得向学校管理部门和医院讲条件,提要求。

王宗堂说,高文留下遗嘱,身后不留骨灰,撒向黄河。他还记得高文是2000年11月去世的,那时候,开封已是寒风冷冽,他随着先生家属在黑岗口乘船将骨灰撒入黄河中。送高先生最后一程的学生、同事还有:佟培基、孙方(先方)、邹同庆和张怀珍等人。90岁时,高文曾以《黄河》为题,写下了"春天势压大江雄,流贯中州疾似风。养育儿孙逾万亿,不辞辛苦不言功"的诗句,在王宗堂等学生的心中,这大约也是老师高文所追求的人生境界罢。①

另一类是1978年开始培养的研究生,如陈柏松、屈光、李贤臣、龚德才、杨国安、薛亚康、张孟强、丁艳敏等。其中屈光还与高文合作选注过《柳宗元选集》,该书1992年由上海古籍出版社出版。

在访谈中,杨国安深情地回忆了1985年至1988年他们四位同学抠衣问学的情景。在他看来,高文身上较为集中地体现了20世纪前期江南地区的一些文史学者闳深博大的治学格局。在研究和教学中,他善于以贯通文史的深厚学养为基础,从具体的文本入手,纵横开阖,细致、真实地揭示出文学创作丰富多彩的样态,和文学史发展的路径与趋势。如讲杜甫的《洗兵马》《诸将》,高文就结合大量的文史文献厘清安史之乱前后复杂、纷纭的政治、军事形势;同时,结合作品的艺术表现,以小见大,揭示唐代七言歌行、七言律诗的发展历程,指出杜甫同类诗作在不同诗体上的艺术拓展和诗歌发展史上的地位。讲杜甫的《丹青引》时,则又将自己对唐代书法发展的见解融入其中,指出唐代文学艺术发展中的融通和交流。高文对研究生的要求比较严格,希望学生能够从具体的文本和事实出发,自己去体会和把握唐代文学发展中的问题。他给研究生布置的作业之一,是对李白诗歌中最长的那首《经乱离后天恩流夜郎忆旧游书怀赠江夏韦太守良宰》进行注释和评析,很能够体现出他的培养思路。高文对学生的指导很细心,学生交上来的作业都会细致地加以批

---

① 以上资料来自笔者对王宗堂先生的书面访谈。

阅指点。一次,研究生在写作论文时引用刘禹锡《董氏武陵集纪》里的一段话,证明大历前后文人政治地位的下降,这条文献不少著名学者都曾同样使用过,高文却指出,这篇文章写作于元和年间,用于解释大历时代的社会风气是不够准确有力的。他治学之严谨,由此可见。

1985年杨国安河南大学中文系本科毕业后被保送研究生,1988年毕业后留校任教,1999年至2002年在复旦大学师从陈尚君教授攻读博士学位。曾任河南大学文学院副院长、河南大学人文社科处处长,现为河南大学出版社总编辑,兼任中国唐代文学学会理事、中国宋代文学学会理事、中国唐代文学学会韩愈研究会会长等。他的博士论文《宋代韩学研究》,深得王水照、莫砺锋等古代文学研究领域著名学者的首肯,其文献功夫和见微知著、宏阔通达的学术理路,虽沐沪上之风,仍传夷门之学。

三是与一部分老朋友恢复交往。

高文1951年之后蛰住夷门,与早年老友不通音问,但相互之间却不时挂念。1973年2月17日,"文革"尚如火如荼,程千帆在致沈祖棻早年学生王淡芳的信中提到,"记三十年前,有一弹筝老叟常在望江楼奏技,偶与友人高石斋月夜听之,石斋赋诗曰:'钿蝉金雁不胜秋,四座无声泪欲流。今夜月明江水阔,断肠人在望江楼。'今石斋久不通问,而彼叟坟上白杨,当已合抱,真可伤也。"[①]正所谓"少年乐新知,衰暮思故友"。1973年8月,沈祖棻回南京故地,原中央大学、金陵大学同学吴白匋、徐复、章荑

---

① 徐有富:《程千帆沈祖棻年谱长编》,南京大学出版社,2013,第224页。

荪、段熙仲、孙望、金启华等相聚欢宴,重游玄武湖等地,"遥知兄弟登高处,遍插茱萸少一人",大家谈论最多的莫过于久无消息的高文高石斋。① 第二年秋冬,年老多病的沈祖棻写下四十二首怀人诗作。在小序中,她写道:"癸丑玄冬,闲居属疾。慨交亲之零落,感时序之迁流。偶傍孤檠,聊成小律。续有赋咏,随而录之。嗟乎! 九原不作,论心已绝于今生。千里非遥,执手方期于来日。远书宜达,天末常吟。逝者何堪,秋坟咽唱。忘其鄙倍,抒我离衷云尔。甲寅九月。"② 其中怀高文的诗是:

> 早筑诗城号受降,常怀深柳读书堂。
> 夷门老作抛家客,七里洲头草树荒。③

诗中一方面怀想年轻时郊游赋诗的欢乐,一方面慨叹岁暮不能相见的荒凉心境。如果考虑高文远祸之自觉选择,"夷门老作抛家客"似乎过于悲伤了。此诗辗转送达高文手中已是1977年,他展读诗作,悲喜交集,当即赋诗八首寄赠沈祖棻,并邀请沈祖棻、程千帆伉俪游梁。八首诗依次如下:

其一

新交未结旧交疏,二十余年感索居。
多谢故人相问讯,几番重读寄来书。

其二

风貌依稀似昔年,肌肤冰雪藐姑仙。

---

① 徐有富:《程千帆沈祖棻年谱长编》,南京大学出版社,2013,第225-226页。
② 沈祖棻:《岁暮怀人并序》,载程千帆笺注《涉江诗词集》,凤凰出版社,2019,第248页。
③ 同②,第252页。

闲愁万斛防肠断,为诵南华第一篇。

其三
可能才与命相妨,漫写新诗引恨长。
今夜幽人应不寐,武昌城外月如霜。

其四
韵比寒梅尤绝俗,词怜漱玉最超群。
衰年何以慰幽独,欲折榴花寄似君。

其五
我所思兮隔远岑,丹崖翠壁入云深。
梦中纵识东湖路,烟树冥迷何处寻?

其六
山无艮岳犹余石,池凿龙亭尚有潭。
千顷稻花万株柳,中原风物似江南。

其七
铁塔南边是我家,一楼高矗静无哗。
睡余不畏人间暑,饱吃梁园五色瓜。

其八
虎斗龙争未肯降,短兵相接阵堂堂。
故人欲问今何似,老去诗城荒更荒。①

第一首诗点明自己二十余年离群索居,得沈祖棻寄来的诗,一遍又一遍地展读。第二首回忆当年交游,沈祖棻正自风华绝

---

① 资料由高启明提供,未刊稿,其后自注:"丁巳年夏得紫曼书及诗,喜而赋此以寄并约游梁。不久,紫曼以车祸不幸逝世。已阅十六年寒暑。今应千帆之属,书此为念。泫然不知涕之无从也。"

代。第三、四、五首想象时在武汉的沈祖棻,也当望月遥想故友。第六、七首告知自己在夷门生活状况尚好,宽慰老友不必过于担心。最后一首,回应沈祖棻诗中所谓斗诗赌胜之意,慨叹自己多年诗业荒废。程千帆谓高文的诗"风调高妙",并把诗作录存于沈祖棻和诗的笺注中。①

沈祖棻回信,依韵奉和八首,诗如下:

其一

旧侣金陵迹未疏,梁园楚泽独离居。

忍传风疾惊朋辈,喜展云笺认手书。

其二

裙屐翩翩忆往年,输君酒圣与诗仙。

比来旧好多新咏,更待佳章有续篇。

其三

胜游常与病相妨,极目中州道路长。

莫怪豪情非昔日,镜前青鬓已成霜。

其四

天末冥鸿成远举,霞边孤鹜怅离群。

廿年休道无音信,旧卷重开每忆君。

其五

望中远水接遥岑,别恨应同岁月深。

却喜东湖曾识路,情亲犹见梦相寻。

---

① 沈祖棻:《涉江诗词集》,程千帆笺注,凤凰出版社,2019,第270页。

其六

攀条泫涕十园柳,沿岸踏歌千尺潭。

何日相期同命驾,回乡访旧到江南。

其七

破屋三椽便是家,得邻山水远纷哗。

多时愿做青门隐,只愧无能学种瓜。

其八

不恨神方病未降,最伤日月去堂堂。

当年师友空相许,到老无成旧业荒。①

沈祖棻的诗,一方面慨叹自己命途多舛,疾病缠身;一方面赞美高文诗酒俱胜,期待高文异日"回乡访旧到江南"。"文革"中,老友之间能通音信者本就无多,比如高文好友萧印唐与程千帆、沈祖棻伉俪也是1975年才"重与……通问"②。沈祖棻的诗是高文"文革"之后收到的昔日老友的最早问候,自此以后,高文与程千帆、沈祖棻伉俪常有书信往来。后来沈祖棻曾把自己的《涉江词》寄送高文,高文阅读之后,赋诗道:

谁人点将太疏粗,应念罗敷自有夫。

借比扈家三妹子,晚归只是一侏儒。③

晚年高文与程千帆也有诗词往来,如《和千帆奉酬潘石禅新作六首》(1991年元月,未刊稿):

---

① 沈祖棻:《石斋寄诗见怀,兼约游梁,依韵奉和(八首)》,载程千帆笺注《涉江诗词集》,凤凰出版社,2019,第269页。
② 萧印唐:《印唐存稿》,巴蜀书社,2003,第25页。
③ 高文:《阅沈祖棻诗词集附点将录后题》,未刊稿,由高启明提供。

其一

科头跣足玩春阳,种竹浇花无事忙。

不是佯狂憎俗客,只缘地僻懒衣裳。

其二

青天一鹤信遨游,梦得豪情却爱秋。

只要鲁阳戈在手,夕阳常挂屋山头。

其三

乌衣巷口夕阳多,燕子归来认旧窠。

好在异乡高仲子,如今东海不扬波。

其四

卑躬屈膝亦堪悲,甘做附庸能几时。

痛见一螺沉海底,烂柯山上看残棋。

其五

德清犹在出余杭,各自修行各做场。

若使后生阵可畏。灵光未倒又灵光。

其六

只信人为不信天,岁寒松柏故依然。

同窗吾爱宁乡老,独步江东二十年。①

程千帆也有诗曰:

读雨尝漂麦,歌樵略近狂。

寇深同窜蜀,齿暮独游梁。

会和嗟何日,交期故不忘。

---

① 未刊稿,由高启明提供。

喜闻效熊鸟,却老得仙方。①

诗中不仅深情回忆高文的诗词艺术和他们共同历经苦难的交谊,也对高文晚年自创体操,颐养天年表达羡慕和祝福之情。

1989年4月,周勋初赴开封参加全唐诗新编学术工作会议,程千帆托他将自己新出的四本书送给高文。② 曾广开从河南大学研究生毕业之后,也在高文推荐下考入程千帆门下,做了他的关门弟子。或许因了高文的关系,程千帆对曾广开关怀备至,开示有加。③ 此后,其他好友也经程千帆、沈祖棻伉俪逐渐联系上高文,并互有往来。程千帆高足莫砺锋在《挽联中的故人身影》中写道:

> 有一年我到开封出差,程先生让我代他去看望高先生……高先生见到从家乡远道而来的后辈十分高兴,当场提笔为我写了一首自作七绝,并钤上一方闲章"家在燕子矶边",表示对家乡南京的怀念。这幅墨宝多年来一直挂在我的书房里。高先生赠给我的《全唐诗简编》和《汉碑集释》两部著作,也一直保存在我的书架上。2000年11月高先生在开封去世,我寄去一副挽联:"素壁犹张墨迹新,更忍看唐集简编汉碑精释;衡门曾识清容瘦,空怅望梁城月冷汴

---

① 程千帆:《寄石斋夷门》,载张伯伟编《程千帆全集》(第14卷),河北教育出版社,2000,第43页。
② 徐有富:《程千帆沈祖棻年谱长编》,南京大学出版社,2013,第513页。
③ 参阅徐有富:《程千帆沈祖棻年谱长编》,南京大学出版社,2013,第582-792页。

水波寒。"①

师辈的交谊在学生的感怀中余音绕梁。

晚年高文与萧印唐之间也多有诗作唱酬。1985年高文作《印唐兄集唐诗幅有"今日龙钟人共老"之句感而有作》：

纷纷落叶下庭柯，日月跳丸惊逝波。

伫望南天搔短发，故人今日已无多。

并将此诗连同新著《汉碑集释》寄赠萧印唐。萧赋诗二首：

其一

奕局观樵惊烂柯，沧江鸥鹭泛烟波。

鲁阳返日挥戈战，造谤群魔积怨多。

其二

寒噤秋蝉犹抱柯，残肢历劫险风波。

白门交故今虽老，名重高程著述多。②

萧印唐1996年去世，高文作挽词以寄哀思：

同学少年凋欲尽，萧兄又逝古渝城。文章信美知何用，粗粝青衫困一生。丘坟惨淡巴山绿，门巷萧条江水清。握手言笑如昨日，白头南望一伤情。

2000年春天，高文得知重庆诗词学会准备刊行萧印唐诗文存稿时，欣然为之题写书名。惜乎，此书延宕至2003年方才出版，此时高文先生亦已作古多时了。

---

① 莫砺锋：《挽联中的故人身影》，《中华读书报》，2019年9月11日，第3版。
② 萧印唐：《印唐存稿》，成都：巴蜀书社，2003，第61页。

诗苑留胜事,碑学重石斋: 高文的学术成就

前已叙及,高文在金陵大学本科及国学特别研究班学习期间受胡翔冬、胡小石、黄侃三人影响甚深。三位先生治学各有侧重,胡翔冬精诗学,胡小石精文字和金石,黄侃于声韵、训诂、考据上尤蹈高标,这三个方面构成了高文一生的学术范围,而先生们各自的治学方法、基本的学术态度也被高文融会贯通于一身。高文一生的治学内容主要包括以下几个方面。

一、汉碑研究

1940年1月,高文在《斯文》半月刊上发表其第一篇研究汉碑的文章《石门颂集释》,考证文字训诂,分划章句,疏通说明《石门颂》内容及其在历史上的价值。其后又连续在《斯文》上刊发《乙瑛碑集释》《礼器碑集释》《郑固碑集释》《华山碑集释》《史晨前碑集释》《史晨后碑集释》《孔彪碑集释》《西狭颂集释》。同时完成了《衡方碑集释》《夏承碑集释》《郙阁颂集释》《武荣碑集释》《鲁峻碑集释》《曹全碑集释》撰写工作。对汉碑的研究高文前后持续了三十余年,终于搜集成集,以《汉碑集释》为书名于1985年由河南大学出版社出版,1997年再版,全书42万多字,称得上皇皇巨著。《汉碑集释》共收集、整理、考释

包括《三老讳字忌日记》等在内的两汉著名碑石共59通,按照碑石概貌(形状、大小、特点、立碑时间和地点、流传情况或出土时间)、碑文(断句)、注释(每句皆注,注释中既介绍了一些前人的研究成果,更主要是高文先生进行的详细考证和研究,也有对前人研究的纠正和补缺)、印本、附录等五个方面的内容,一一进行收录考辨。高文对于汉碑的研究,基本集中在小学方面,涉及校勘、考释,也兼及某些书法史,例如,在《嵩山泰室神道石阙铭》碑释中,全引胡小石对八分书史的考辨,便是一段很好的书法史论。[①] 在该书前言中,高文阐发了汉碑的学术价值和艺术价值。

首先是它的历史价值。高文认为汉碑全面记载了汉代土地制度、阶级状况、边疆战争等情况,提供了其他文献记载中缺失的新材料。他举汉代一种特殊的土地所有制形式"僤"为例加以说明:

> 僤音惮,字亦作"弹"、作"单"。它是汉代乡里一种组织的名称。近年河南偃师出土的《侍廷里父老僤买田约束石券》,记述了这种组织的性质和任务。在侍廷里中有父老(即三老)资格的二十五人共同建立"父老僤",集体购买田八十二亩,以供僤内成员担任父老的费用。对于成员的土地使用权、继承权,以及退还、转借、假贷等都做了相应的规定。这是纯属私人性质的自愿组织,即当时所谓的私社,与《刘熊碑》中所载官办或官助民办以平均更役及敛钱雇役

---

① 高文:《汉碑集释》,河南大学出版社,1997,第37页。

为任务的"正弹"不同。史册失载,弥足珍贵。①

确实,如果按照一般的史料来理解汉代土地制度,显然是不全面的。关于边疆史料,高文举《裴岑碑》为例:

> 《裴岑碑》记载了敦煌太守裴岑抗击匈奴入侵并取得胜利的大事件。史言顺帝阳嘉以后,国势浸衰,匈奴呼衍王之势日盛,常为边境大患。这次裴岑以郡兵三千人抗击入侵之敌,诛呼衍王等,消除了河西四郡的兵祸,保境安民,可以说是立下了不世的功勋。但史书不著其事,赖有此碑,以补史阙。此碑是研究我国新疆地区古代历史的重要资料。②

汉碑不仅可以提供新史料,也能订正、补充史籍人名、地名、官职等材料记载的简单和错漏之处。《曹全碑》《赵宽碑》《孔宙碑》《西狭颂》《乙瑛碑》等碑石在这些方面就起了不可替代的重大作用。比如《后汉书·孔融传》把孔融父亲的名字写错了,我们就可以根据《孔宙碑》加以纠正。

> 《孔宙碑》言君讳宙,字季将,孔子十九世之孙也。碑的第一行有"有汉泰山都尉孔君之铭",足证宙是孔融父的名字。但《孔融传》却说:"父伷太山都尉。"按孔伷见《董卓传》。孔伷是陈留人,为豫州刺史。献帝初平元年,与袁绍等十余人兴义兵讨董卓。其籍贯、官职、年代皆与宙不同,而范史竟误以为孔融之父,……像这一类可以纠正史误的

---

① 高文:《汉碑集释》,河南大学出版社,1997,《前言》第1页。
② 同①,《前言》第1—2页。

地方,不胜枚举。①

其次是汉碑提供研究小学方面的重要资料。两汉是我国文字发展至关重要的节点,篆书、隶书、楷书几乎同时通行于世。汉碑保留了汉人文字真迹,其中的文字异同、古音古义、假借通转,都为小学考证提供宝贵的资料。历史上金石学家们也早就注意到了汉碑的这一价值。清代小学兴盛,段玉裁的《说文解字注》、朱骏声的《说文通训定声》善用汉碑说字,王念孙的《汉隶拾遗》在利用汉碑进行汉隶考订上,尤多创获。高文用典型的例子说明汉碑对小学研究的贡献。比如作为地名的杨州,后人妄改为扬州。王念孙根据《曹全碑》"兖豫荆杨"中的"杨"字,同时还考察了《张寿碑》《刘熊碑》以及宋代洪适《隶释》中所载《王纯碑》《度尚碑》《冯绲碑》《陈球碑》等多种汉代碑石,其中的"杨"字皆从木,无从手者的事实,证明后人妄改书传中的扬州字从手。汉碑人不能改,保留了原貌。正可据以纠正书传中相沿已久的错误。再如:

>……汉碑中还保存许多文字的本义。如《耿勋碑》"开仓振澹"。《说文》:"振,举救也。""赈,富也。"则"振"为振济的本字,"赈"乃假借字。又如《鲁峻碑》:"析薪负何。"《画像孔子等题字》:"何馈。"何,《说文》:"儋也。""荷,芙蕖叶。""何"为负担本字,"荷"是假借字,后来这些假借字借行而本义废。汉碑近古,还保存着古义。②

---

① 高文:《汉碑集释》,河南大学出版社,1997,《前言》第3页。
② 高文:《汉碑集释》,河南大学出版社,1997,《前言》第6页。

诸如此类的例子高文还举了不少,此不一一抄录。

再次是汉碑中保存了今文家的经学。东汉五经十四博士均是今文经学家。汉碑所载碑主人都属于今文经学派,碑文所用的经义也是今文家学说。保留的这些今文经学就是金石学中通常所谓的以碑证经。比如《诗·凯风》原本的意思是赞美孝子,但唐宋以后由于齐诗、鲁诗、韩诗淹没,独毛诗流传,"毛诗序"解释这一首诗说"卫之淫风流行,虽有七子之母,犹不能安其室"。结果原本充满褒义的一首诗变成了贬义,此后人们也不敢再用这一典故。幸赖诸多汉碑保留了其他三家今文经学释义,人们才得以重新认识《凯风》一诗的意义。不仅如此,在现代文学兴起的时候,朱自清、闻一多等以生命意识来重新打量《诗经》时,汉碑中所保留的这些今文经学的经典诠释起了很大作用。

最后从书法的意义上说,学习隶书必须以汉碑为楷模。中国历史上,唐宋以后书法以楷书为正宗,学习书法也从唐楷入手,而且由于宋学的流行,书法追求清逸、漂亮的美学趣味,楷书的正统地位愈益坚固。但清末发生了规模空前的汉学、宋学之争,最终汉学获得较多的认同,形成我们今天所谓的乾嘉朴学,在这一背景下,人们原来认为隶书不登大雅之堂的观念得以改变,隶书的古拙、厚重、自然的美学风格被许多人接受,因而也形成了学习书法从隶书入手的共识。承载着正宗隶书的汉碑及碑帖便被树立为书法临摹学习的不二法门,比如近代著名书法家何绍基学《张迁碑》写了近百本,清代金石学家、书法家黄易摹拓《武梁祠画像题字》之专注尤为绝伦。高文认为,不仅隶书、

八分书须从汉碑学习,真书、行书也应当上溯取法汉碑,他引康有为的话并评论道:

>"二王之不可及,非徒其笔法之雄奇也。盖所取资,皆汉魏间瑰奇伟丽之书,故体质古朴,意态奇变。后人取法二王,仅成院体,虽欲稍变,其与几何,岂能复追踪古人哉!"又说:"右军惟善学古人,而变其面目,后世师右军面目而失其神理。"如何才能变右军的面目,做到神理自得?就是"师右军之所师"。一语破的,真可谓度书的金针。①

高文自己的书法实践也充分说明了师法汉碑是书法艺术增进的根本途径。

高文所总结的汉碑的学术价值和艺术价值,也正是《汉碑集释》这本书的价值所在。20世纪40年代,汉碑集释的相关研究以及所发表的论文使高文赢得了较高的学术声誉,1942年,在他年仅34岁的时候,著名的金陵大学也因此聘他做教授。1985年《汉碑集释》初版,以及1997年的再版,高文获得了学界的高度肯定。著名历史学家高敏教授在《简评高文先生〈汉碑集释〉》一文中,认为《汉碑集释》在收集整理汉碑,为研究历史的学者提供依据方面见地高超,功不可没。高敏对《汉碑集释》的体例特别赞赏,认为有极大的创新之处。金石学从宋代发端于宋代欧阳修的《集古录》和赵明诚的《金石录》,形成了基本的体例,即采用碑文摘要方式而作跋尾,这一体例被称为碑刻考订中的"跋尾体例"。后来南宋洪适的《隶释》《隶续》采用先录碑

---

① 高文:《汉碑集释》,河南大学出版社,1997,《前言》第8页。

文全文,注明脱漏字数,接着考释碑文的体例,与欧阳修、赵明诚的相比,信息更为全面,对读者而言也更便利。后来金石学者也多从此例。高文的汉碑集释则在继承前人体例基础上,有了更妥当的安排。他所录的汉碑,每一碑文,先叙形制、大小、书写规格、行数和字数;再叙立碑年代、发现经过及历代研究、保存情况;然后释录全碑文正文并佐以现代句读;接着按顺序注解(包括字义、字意及历代金石学家与有关史籍的记述,补正脱落的碑文);最后,说明碑文收藏地点、收藏人或印本。这种体例不仅信息详尽,有利查找,也为后来的研究者提供了可资借鉴的体例范式。高敏认为高文注碑很有特点:

> 一曰补碑文之脱漏;二曰正历代金石学者之讹误;三曰释碑文之疑难字义。三者皆能旁征博引,或据前人之金石研究著作,或据历代史籍,或据历代释义材料,比较推敲,时有新意。①

这一评价是非常恰切的。正是因为有如此深厚的功夫和极大的学术价值,该书也被其他学者当作从事进一步研究的基础。比如程章灿的《读〈张迁碑〉志疑》一文就是以《汉碑集释》为底本,搜罗诸家考校题跋,加以辨别推理,得出这样的结论:"现存《张迁碑》或者是后人据汉碑旧本重刻,或者是后人伪刻,但应该不是东汉人的原刻。"②这说明高文的文章材料充实全面,研究路线清晰可靠,没有高文文章所提供的研究线索和路径,程章

---

① 高敏:《简评高文先生〈汉碑集释〉》,《史学月刊》1993年第3期。
② 程章灿:《读〈张迁碑〉志疑》,《文献》2008年第2期。

灿的研究也许要付出更多的时间和精力。

二、中国古代文学研究

高文古代文学研究成绩体现在三个方面。

一是发表的论文。

《论柳宗元文》,这是高文在金陵大学国学研究班学习时撰写的论文,后发表在《金陵大学文学院季刊》1931年第1期上。该文从美学高度概括柳宗元文特点,突破了此前因袭唐宋八大家的各种旧说。

《词品五则》(刊《金声》1931年第1期),虽是短制,但仿《诗品》格式总结归纳了词的"凄紧""高旷""微妙""神韵""哀怨"等五种风格,是对词的风格学的有益探索。1957年的时候,高文还以此思考为基础在河南大学文学院所办的内部刊物《青春》上发表《论词的形式》[①]一文,结合词的基本形式,再谈词的风格。

《试论高适》,该文着重考证高适生平、阐释高适诗歌的思想和艺术特点。高文总结指出:

> (高适)是一个落拓不羁,尚节义,负济时之略的人物。他的为人和他的诗歌都表现了鲜明的爱国主义精神和人道主义思想。他在诗歌里揭露社会矛盾,反映人民疾苦,谴责无能将帅。他的诗歌形式是多样化,艺术特色是魄力雄毅,气骨琅然,直抒胸臆,多慷慨悲壮之音。在创作方法上基本

---

① 高文:《论词的形式》,《青春》1957年6月号。

是现实主义的。特别值得注意的是：高适在开元、天宝年间就写了许多直接反映战士和农民痛苦的诗歌，使我们清楚地看到所谓封建盛世的"盛唐"统治阶级就是这样对待人民的。他在诗歌里深刻揭露了统治阶级视战士若刍狗的罪恶行为，和农民在残酷剥削下的贫困生活。在这里，高适提出了当时的严重问题：尖锐的阶级矛盾和开边战争。这是高适诗歌的现实意义和人民性的重要方面。此外，象这些以劳动人民（唐代是征兵制，战士即是穿上军衣的农民）疾苦为内容的诗歌，在王、孟集中固然看不到，就在李白诗中也不算多，高适在这方面作了进一步地发展，到了杜甫遂大量出现，从这里我们可以看出高适在我国诗歌发展史上的重要地位。①

以上结论虽无法完全抹去为20世纪60年代主流思想背书的痕迹，但与那时一般的文章相比，有两点特别值得注意：一是，高文从人民性角度指出了高适在诗歌发展史上的地位；二是，高文肯定高适对统治阶级的批判，肯定其思想中的人道主义色彩，绝非仅仅是时代政治的传声筒，而是融合了自己在抗战时期和解放战争时期所亲身经历的苦难意识。这样的观点在今天仍然弥足珍贵。

关于高适的研究，高文在"文革"之后还有两篇论文，一篇是《气质慷慨 魄力雄毅——唐代边塞诗人高适》②。与《试论高

---

① 高文：《试论高适》，《开封师范学院学报》1960年第3期。
② 高文：《气质慷慨 魄力雄毅——唐代边塞诗人高适》，《文史知识》1983年第2期。

适》不同,这一篇论文重点考索高适生平和交游,以及高适对边塞诗的贡献,梳理前人对高适诗歌风格评价,从而进一步肯定高适诗歌成就。另外一篇是《论高适、岑参诗——〈高适岑参选集〉前言》。本文从高适与岑参对边塞诗的贡献入手,从比较的角度介绍各自诗歌特点及其形成过程,指出:

> 高、岑二人的创作,各有其不同的特点,其成就都是杰出的。……他们的诗歌,代表了边塞诗的高峰,各以自己的创作丰富了唐代的诗坛,而俱臻精诣,不容轩轾。[①]

高文的论述既是《高适岑参选集》的导读,也是对高适和岑参诗歌创作的独到论述。

《万古云霄杜甫诗——论杜甫的纪行组诗:〈发秦州〉——〈成都府〉及杜甫后期思想的形成:为纪念杜甫诞生1250周年而作》。该文详细阐述杜甫《发秦州》《成都府》组诗的写作过程、心态变化、艺术特质,认为杜甫自秦入蜀,生活、思想和诗艺存在同构性。

> 杜甫自秦入蜀,在生活上是飘泊西南的开始,在思想上也是晚期思想的开始和形成。在这个时期,杜甫经受了继长安十年之后的又一次沉重的打击和严峻的考验。在这个考验中,杜甫的思想也是长安十年的继续而又发展到了一个新阶段。他不仅由于自己的"贫病转零落"的极端痛苦遭遇推广到了对人民苦难的同情,并由推己及人的思想进

[①] 高文、王刘纯:《论高适、岑参诗——〈高适岑参选集〉前言》,《河南教育学院学报》1988年第1期。

一步发展到舍己为人的思想,这是一个深刻的、也是一个划阶段的发展变化。环绕这个思想中心,再由于诗人自发同谷县以后的离乡去国日益遥远,因而哀时伤乱,忧国忧民,去国怀乡的感情愈加深沉和笃厚,政治热情更加强烈,和一切消极避世的思想彻底决裂。……因此,我们可以说,自诗人以来,身际困穷,心忧天下,哀鸣战斗,志决身殁,万古云霄,惟有杜甫。

在形式方面,《发秦州》组诗,是一个完整的结构,有起有结,有精密的布局和巧妙的安排,有内在的联系和前后呼应。其中境界的变化,风格的变化,写作方法的变化,各极其致,而这一切又是那样完美和谐地统一于一个整体之中。它不但有计划地反映了蜀道山川奇险壮丽的真实,而且这一切也都是为了真实地、深刻地反映诗人的精神世界而发挥它们应有的作用。在这里,体现出诗人的高度艺术修养和极其谨严的写作态度。"语不惊人死不休","毫发无遗憾,波澜独老成",也只有伟大的杜甫始足以当之。①

该文的研究角度既新颖又独特,肯定了"诗圣"杜甫所具有的伟大人格、伟大思想和伟大艺术成就。

《李贺的诗很值得一读》,这是一篇短小的发言稿。1978年1月28日,开封师范学院(即河南大学)举行学习《毛主席给陈毅同志谈诗的一封信》座谈活动,参加的有院党委领导和中文

---

① 高文:《万古云霄杜甫诗——论杜甫的纪行组诗:〈发秦州〉——〈成都府〉及杜甫后期思想的形成:为纪念杜甫诞生1250周年而作》,《开封师范学院学报》1962年第1期。

系部分从事诗歌创作的教师代表。大家畅所欲言,各抒己见,交换学习的心得体会。会后在《开封师院学报》刊发了《学习〈毛主席给陈毅同志谈诗的一封信〉座谈纪要》,纪要记录了龚依群、彭忠厚、朱应离、张予林(应为"张豫林")、华钟彦、毕桂发、张振犁、高文、刘溶等老师的发言稿。从发言稿可以看出,其他老师基本上都是围绕毛泽东信中所提出的形象思维稍加阐发而已,并没有多少学术价值,但高文的发言却别出心裁,扣住信中"李贺的诗很值得一读"这一句话展开,指出"过去,无论在文学史中,还是在课堂上,一般对李贺的诗都评价偏低,有的甚至认为李贺是消极浪漫主义的作家,对于他的作品的思想内容和艺术成就都估计不足。毛主席力排众议,指出'李贺诗很值得一读',这是完全符合实际的科学论断。"[1]接着具体分析李贺诗所具有的浪漫主义色彩和形象思维这样两个特点。看似不过是毛泽东"形象思维"论断的一个例证,但高文发言的真正重心却落在了为李贺诗翻案,在"文革"刚刚结束的时候,能够借助毛泽东的论述,大胆地肯定李贺诗歌,这是极具胆识和前瞻性的学术观点。20世纪80年代中期之后,高文关于李贺诗的这一看法得到学界的广泛认同。

此外高文还与何法周共同发表《试论陶渊明的政治倾向》一文。文章对东晋末期刘裕政权兴起前后的政治状况和陶渊明在晋宋之际的经历和政治态度做了对比,并且对《赠羊长史》和

---

[1] 高文:《李贺的诗很值得一读》,《开封师院学报》(哲学社会科学版)1978年第1期。

《述酒》展开分析,得出结论:

> 从这些对比和分析中,可以完全看出陶渊明对晋朝和对刘裕当政两种截然相反的政治态度。正是由于这种相反的政治态度,使他在东晋政局已无可挽回的形势下,在长期官与隐的矛盾反复中最后采取了坚决归隐的政治行动。[①]

文章同时反复强调要具体问题具体分析,这对陶渊明的归隐与政治态度之关系这一由来已久、在"文革"之后又备受重视的学术问题提供了新的观察视角。1991年程千帆曾谈道:"思想政治倾向与文学创作的关系,往往很难把握。要从对作品的反复阅读、体会中去察出其思想倾向。从作品中找材料是浅层次的研究,从阅读作品中察出它的好处,才是深层次的东西。这一方法掌握了,可以终身受益。"[②]从《试论陶渊明的政治倾向》看,高文是深晓这种方法的。该文引起了同仁的极大关注,为此《开封师范学院学报》在1978年第4期专门刊发了一组回应和商榷文章,包括王宽行、张如法的《也谈陶渊明的政治倾向》、吴云的《从陶渊明的归隐看他的政治态度》、李桦的《陶诗小议》等。这些文章有合理的批评,有进一步探究,也存在不少误解。但无论如何,这些回应说明高文的文章所提出的问题是重要而有价值的,乃至到了最近还有学者在继续讨论这一问题。

《试论王安石〈解使事泊棠阴〉二首的有关问题》。该文认

[①] 高文、何法周:《试论陶渊明的政治倾向》,《开封师院学报》(哲学社会科学版)1977年第6期。

[②] 程千帆:《书绅杂录》,载张伯伟编《程千帆全集》(第15卷),河北教育出版社,2000,第126页。

为,在王安石的诗歌中,《解使事泊棠阴时三弟皆在京师》很少被人关注,但从知人论世的角度看,这两首诗却是研究王安石其人的重要作品。文章从解除江东提刑及去官的年月,棠阴的所在地,两首诗中流露出的诗人思想动态等三个方面展开深入论述、考证,从而认为"嘉祐三年是王安石任地方官告一段落的一年,也是他的政治思想成熟的一年,也是研究王安石生平思想动态带有关键性的一年。[1]"这是极具学术张力的一个结论,不惟对研究王安石个人,也对研究整个宋代政治史具有重要意义。

此前已经提到高文与齐文榜曾共同发表《现存最早的一首题画诗》,也充分体现出高文先生精到的学术眼光。文章的核心观点是"现存最早的题画诗是东晋支遁的《咏禅思道人诗》"[2]。据齐文榜介绍,这一观点来自高文的课堂和日常交流。该文虽然篇幅不长,但考索精细,结论重大,因为它解决了长期以来困扰学界的,关于诗画界限与结合的问题,今天文艺理论界关于诗与画的边界、语图关系、图像时代的文学叙事问题仍然绕不过高文、齐文榜文章所提出的观点和结论,难怪当年的《文史知识》特地摘要刊发该文(《文史知识》1992年第9期),而中国人民大学复印报刊资料《中国古代、近代文学研究》1993年第1期也全文加以转载。

1991年高文为邹同庆、王宗堂主编的《苏轼词编年校注》所作序言,也是立意极高、分析翔尽严密、独立成篇的文学论文。

---

[1] 高文:《试论王安石〈解使事泊棠阴〉二首的有关问题》,《文学遗产》1996年第1期。
[2] 高文、齐文榜:《现存最早的一首题画诗》,《文学遗产》1992年第2期。

在该文中,高文以自己一贯坚持的"知人论世"方法,考察苏轼词风形成过程,肯定了苏轼在词史上的崇高地位。

> 总之,词至苏轼,其体始尊。其思想性和艺术性不仅超越前人,亦有后人所未及者。雄篇奇制,照耀寰宇,若李杜之于诗歌,韩柳之于文章,蔚为大宗,影响深远。元好问云:"自东坡一出,情性之外,不知有文字,真有'一洗万古凡马空'气象。"诚非过言。①

此书发行甚广,至2020年已重印9次。高文的序言,随着该书的不断发行,已经深入一代又一代读者的内心。由于各种原因,该书脱稿10年之后才得以出版,然高文并未把自己的序言单独提前发表,此一细节,也足见其学术之严谨,人格之高尚。

二是整理出版古代文学作品。

整理出版古代文学作品既是古代文学研究的基本任务,也是"文革"之后至20世纪末流行的学术方式,高文晚年有很大一部分精力投入其中,但由于年事已高,他一般采取与学生或助手合作的方式进行,这类成果主要包括以下几种:

《高适岑参选集》。这是高文与其学生兼助手王刘纯合著的,高适诗由高文先生选注,岑参诗由王刘纯选注,全稿由高文审定把关。该书从高适今存240余首诗中选取129首,从岑参今存400余首诗中选取132首进行注释。以思想性和艺术性的完美统一,兼顾不同的内容、体裁和风格作为选诗标准,其中边

---

① 高文:《苏轼词编年校注·序》,载邹同庆、王宗堂《苏轼词编年校注》(上册),中华书局,2002,《序言》第10页。

塞诗为重点选择对象,力图反映两位诗人的整体创作面貌。按照写作时间为顺序编排,无法确定时间的诗,则附列于后。该书的注释讲究简明扼要,力避烦琐考证,对难解的字词、名物、典故、地名、本事等均作简要注释,并适当注明出处。对于尚有争议的诗作,则做出自己的有理有据的论断。该书1988年纳入上海古籍出版社的"中国古典文学名家选集"丛书出版,2008年由河南大学出版社再版。另一本纳入"中国古典文学名家选集"丛书的是《柳宗元选集》,1992年出版,2016年再版。这是高文与其硕士研究生屈光共同编辑的一部书。这部选集从1984年着手编注,历时两年多才脱稿,共选柳宗元各体诗55首,文43篇,以世彩堂本为底本。注释中用典征事,注明出处,参考引用前人有关笺评。以上两部著作,在20世纪八九十年代的同类作品中,以注释准确简练著称,读者反响极佳。

《唐文选》。此前已略略介绍过该书,由高文和其助手何法周共同主编,1987年由人民文学出版社出版。该书在姚铉《唐文粹》编排体例的基础上加以创新,依据唐文发展的历史事实,对其中所出现的题材品类尽量入选,计所选品类有:论辨类、序跋类、奏议类、书说类、赠序类、诏令类、传状类、碑志类、箴铭类、颂赞类、辞赋类、哀祭类、杂文类、讽刺小品类,凡十五类。选篇均有作者介绍、作品分析、词句注释等[1]。此书编选所确立的体例、格式以及注释,由于是集体工作,存在某些不妥当、不恰切

---

[1] 高文、何法周主编《唐文选》,人民文学出版社,1987,《前言》第15-16页。

处,但总体上学界给予了积极评价。比如著名学者管锡华教授认为《唐文选》是一本好书,选注者在选文和注释上都下了很大功夫。有两大特点值得肯定,一是抓住了唐文的主线,选文精粹;二是兼顾雅俗,注释简洁明了。总之,为古籍选注提供了可贵的借鉴。①

《禅诗鉴赏辞典》。这是由高文和其学生曾广开共同主编的一本中国历代禅诗鉴赏工具书,1995年由河南人民出版社出版。1992年春天,曾广开和吴维平请求老师高文主持编撰一部禅诗鉴赏辞典,但高文考虑到自己年老体衰,担心不能按时完成任务,后经协商,才应允参加该书的整体规划并撰写前言,具体编撰任务由曾广开、吴河清、杨国安、齐文榜、常萍、李保民等人完成。该书共58万字,收历代禅诗作品600余首,分为禅理、禅境、禅趣三部分,以禅宗兴盛时的唐宋为主,兼顾其他朝代,既照顾源流,又汇集佳作,有文人的禅诗创作,也有僧人谈公案、斗机锋的偈颂作品等。每首入选作品分原诗和鉴赏两部分,鉴赏部分从禅学、美学、文学等角度进行分析鉴赏,以求准确地揭示诗作的佛学意境,引导读者探究佛学内蕴,使读者在获得审美愉悦的同时,领悟禅僧们持六度、修定慧的思想境界。20世纪90年代,中国古代文化,尤其是饶富机趣的禅宗备受人们喜欢,所以这本书的出版恰逢其时。同时期这类书和文章并不少,比如在高文开始编撰此书的同时,1992年6月中国人民大学出版社出版了王洪、方广锠主编的《中国禅诗鉴赏辞典》。比较而言,高

---

① 管锡华:《〈唐文选〉注商》,《古籍整理研究学刊》1992年第6期。

文主编的《禅诗鉴赏辞典》仍然具有不可替代的地位。第一在于高文撰写的前言，全文不过10 000余字，却极为精练地叙述了中国禅宗发生史，线索清晰，立论准确，例子随手拈来，观点鲜明而又不失趣味。没有对禅宗文化精深广博的阅读与思考，无法达到这样的境界。第二，该书虽是集体编撰，但编撰者均是学术与艺术修养较高的学者，所撰写的文章在内容和形式上保持了较好的水准。

《唐诗简编》和《全唐诗重编索引》。这是高文主持重编全唐诗工作所取得的成果。唐代是中国诗歌的黄金时代，唐诗是中国文学宝库中最为灿烂的遗产之一。编选唐诗自唐代开始即成文学界和学术界一种自觉行为，但历代选本由于时代和编选者的文化观点、政治立场和审美趣味差异，选诗各有侧重；更由于编者水平、视野不同，误收、漏收等情况比比皆是。以清康熙年间季振宜等在朝廷支持下编纂而成的《全唐诗》为例。该书收罗唐五代350余年的诗歌，成书900卷，载入有传记作家1983人，无考作家353人，合计2246人，规模宏大，称为自唐迄清篇幅最大、影响最广的唐诗全集。但由于该书参编人数有限，编辑时间短暂，因此，虽是巨制，问题不少。所以，民国以来，学界有志之士一方面为康熙《御定全唐诗》校订补遗，另一方面提出重编全唐诗的新设想。如刘师培的《读全唐诗书后》、闻一多的《全唐诗校读法举例》、岑仲勉的《读全唐诗札记》等，都从微观和宏观上提出重编全唐诗的想法，其中闻一多心念尤其迫切。据孙望回忆，1938年2月11日他与程千帆在长沙专程拜访闻一多,战火纷飞之中,闻一多还跟他们畅谈唐诗整理的事情。① 李嘉言深受其师闻一多影响,1945年曾就重编唐诗写出草案,1956年12月9日以"改编全唐诗草案"为题刊发于《光明日报》"文学遗产"专栏。李嘉言针对清编《全唐诗》,提出从校订、整理、删汰、补正等四个方面改编全唐诗。而且认为,"宜由专门学术机关,聘请专家多人,共同研究之、整理之,则其事虽繁,而其完成之日亦必可预期也"②。李嘉言的建议引起了学界共鸣和重视。1957年4月7日汪绍楹于《光明日报》上发表《对"改编全唐诗草案"的补充意见》,就改编全唐诗的来源、小传、校勘、重出和增补作品问题提出补充意见。③ 全国唐诗研究专家学者也积极行动起来,著名学者王仲闻、傅璇琮、周勋初、陈尚君等都参与其中。④ 1960年10月接受中华书局的委托,李嘉言和高文共同负责成立"全唐诗校订组",承担全面整理校订《全唐诗》的任务。但1967年李嘉言因病去世,"文革"期间此项工作也不得不停止。"文革"之后,河南大学重启工作,由高文负总责,其间完成了《全唐诗简编》《全唐诗重编索引》《全唐诗诗句索引》等重大工作,为全唐诗重编工作的进一步展开奠定了坚实的基础。其中《全唐诗重编索引》于1985年由河南大学出版社出版,《全唐诗简编》于1993年由上海古籍出版社出版。

---

① 徐有富:《程千帆沈祖棻年谱长编》,南京大学出版社,2013,第62页。
② 李嘉言:《改编全唐诗草案》,《光明日报》1956年12月9日第3版。
③ 汪绍楹:《对"改编全唐诗草案"的补充意见》,《光明日报》1957年4月7日第3版。
④ 具体情况请参阅傅璇琮:《关于〈全唐诗〉的改编》,《文学遗产》1989年第4期。

全唐诗重编工作是一项浩大的工程,据参与《全唐诗诗句索引》工作的关淑惠回忆:

> 首先我们组织了五十位同学,抄写《全唐诗》并提出要求及注意事项,确定自查、复查及交换检查的标准。……共收卡片474 000多张。第二步是分编卡片……二十九位同学,将474 000多张卡片多次进行分编:第一次按《辞源》的205个偏旁部首挑在一起。第二次是把每个偏旁部首中首字相同的卡片挑在一起,第三次是将首字相同的诗句卡片第二字相同的挑在一起,第四次是把第三个字相同的诗句卡片挑在一起,……又组织同学,经过严格训练,开始抄写。全部卡片抄录成稿,共计33 000页,共装订成110册。作为工具书的索引要求必须精确、全面,使用起来方便。为此,我们组织了教师进行了三次校对,并编制了这部索引字头的笔划和四角号码对照表。[①]

编撰工作从1979年年底开始,至1986年方告完成,前后历时6年多,工作之细致和繁杂可见一斑。当时担任唐诗研究室主任的高文已是70多岁高龄,但仍然"亲自指导,亲自检查质量,督促进度,严格把关"[②]。

傅璇琮曾说由于工作需要,他时常翻检高文组织编著的《全唐诗重编索引》,认为做得很细,编排很合理。[③] 这是对高文

[①] 关淑慧:《编撰〈全唐诗句索引〉的点滴体会》,《河南图书馆学刊》1991年第2期。
[②] 同①。
[③] 傅璇琮:《关于〈全唐诗〉的改编》,《文学遗产》1989年第4期。

他们的极大肯定。

对于《全唐诗简编》，高文认为它是完成《全唐诗》整理工作中不可缺少的环节，同时简编不同于一般选本，它除了精选大家、名家的代表作以外，也注意选录有一定影响的次要作家以及无名氏、仙鬼及梦谣之类的作品，兼收各种体裁，比如一般选本没有的联句之类。该书共收录有名作者550人，连同无名氏、梦谣诗5372首，其中盛唐及元和时期诗歌约占一半。① 由此看来，虽是简编，规模不小，所费时间和精力也是空前的。该书出版之后，受到国内外唐诗研究者和爱好者的广泛欢迎，被誉为自《全唐诗》成书以来的近三百年间，最具规模和见识的大型唐诗选本，南京大学莫砺锋教授当时就认为"此书定将取代《唐诗品汇》而风行百世"②。著名唐诗研究专家陈尚君教授归纳该书几个突出的贡献：（一）作者小传全部重写；（二）录诗据善本校订；（三）甄辨重出互见诗。肯定该书的考证令人信服。③

由于高文年事已高，河南大学参与的全唐诗重编的后续工作由佟培基等人主持。2014年，在高文逝世14周年之际，周勋初、傅璇琮、郁贤皓、吴企明、佟培基等主编的《全唐五代诗》由陕西人民出版社出版，这是对九泉之下的高文的最好告慰。

三是小学研究。

所谓小学，即研究古代文字训诂、音韵，是考镜源流，辨章学

---

① 高文主编《全唐诗简编》，上海古籍出版社，1993，前言页第13-14页。
② 陈尚君：《〈全唐诗简编〉述评》，《河南大学学报》（社会科学版）1994年第6期。
③ 同②。

术的一门传统的学问,在高文的师承中,也是受到高度重视的基本功,如黄侃所言:"语言文字之学,为各种学问之预备,舍此则一无可通。"①高文这方面的成果主要有:

《文字证原举例》,刊发于《金陵学报》1935年第2期。文章认为,欲言小学,形声义三者缺一不可,古人造字,先有义,然后有声,有声然后有字,文字不过是音义的符号。形、声、义三者都有转变,所以要研究一字的根源,必须三方面结合。《说文解字》就是这一原理的体现,所以研究《说文解字》要从三方面入手,一是以说文证说文,二是以孳乳字互相参证,三是以古书训诂见其会通。文章接着以释尤、乁乙一字说,尤失一字说,释六,释冥等为示例,证明所题原理的合理性。②文章考释充分,令人信服。该文所形成的原理方法后来也被高文运用于其他研究中。

《中国文字教学法之商榷》,刊于《金陵学报》1938年第1—2期合刊。文章主张要融合新旧文字学原理和方法,依照循序渐进的方法实施教学,使得老师容易教,学生容易学。

《韵文声律举例》。这是一本专著,于1942年11月完成。该书以诗、词、曲为主,选取经典名作加以评议,从中发现文学演进的顺序,同时以声韵为例,阐述各体作品的写作方法,说明文学艺术的特点。③可惜该书未能正式出版,原稿也无缘见识。但

---

① 黄侃讲,黄焯记:《黄先生语录》,载张晖编《量守庐学记续编:黄侃的生平和学术》,生活·读书·新知三联书店,2006,第5页。
② 高文:《文字证原举例》,《金陵学报》1935年第2期。
③ 金陵大学编《金陵文摘(1941—1942)》,1943,第5页。

从《金陵文摘》的摘要看,其中的观点已经体现在高文后来关于唐诗和苏轼词的研究中。

四是历史、地理考证。

如前所述,历史、地理考证是金陵大学文科强项,高文在这一方面受到过严格的训练,而且作为基本方法已经渗透进他所从事的所有研究中。

《汉王入汉中及出定三秦路线考》,1938年写作,刊发于《金陵学报》1940年第1期。文章爬剔已有文献记载中的错误,根据汉碑及《水经注》加以订正。

《通济渠—汴河方位考略》,刊发于《史学月刊》1980年第2期。由于文献记载失实,历史上对通济渠—汴河的方位有各种误解,高文经过严密的考证,认为"古汴水经开封东流,历陈留、杞县、商丘、砀山、萧县至徐州入泗水。泗水东南流历宿迁、泗阳,至淮阴(清江市)东南的角城县入淮。按泗水自徐州以南,元以来,为黄河所占,即今废黄河故道。这是隋以前引汴水入泗水以达淮水的古汴河,与自商丘南改东南流,历鄢县、永城,安徽之宿县、灵璧、虹县、临淮直接入淮的汴河(通济渠)是两条水道,方位不同,不宜混淆"①。此文考证之精详,充分体现了高文一以贯之的严谨学术风格。

《〈吴子〉真伪考》与《〈吴子〉考补正》,两篇文章均系高文与何法周合作完成,前者刊发于《开封师院学报》(哲学社会科学版)1977年第5期,后者刊发于《学术研究辑刊》1980年第2

---

① 高文:《通济渠—汴河方位考略》,《史学月刊》1980年第2期。

期。前者根据有关历史记载和新出的考古材料,对由来已久的《吴子》真伪问题进行探讨,肯定《吴子》一书的真实性及其价值;后者则运用大量的史料修正了郭沫若关于《吴子》一书的偏颇观点,在《吴子》研究上提供了珍贵的资料和合理的视点。

《新编王安石年谱》,系高文与其幼子高启明的合作成果,刊发于《河南大学学报》(社会科学版)1992年第5期。在编撰《王安石选集》(未刊行)及其诗文编年过程中,高文发现过去众多王安石年谱存在不同程度的失误,于是钩稽有关史册和宋代文集,反复核定,方成此篇。《新编王安石年谱》对于宋代政治史和文学史的研究均大有助益。

《蔡上翔〈王荆公年谱考略〉及李壁〈王荆文公诗笺注〉勘误补正》,系高文与其幼子高启明的合作成果,刊发于《河南大学学报》(社会科学版)1996年第3期。该文认为蔡上翔的《王荆公年谱考略》和李壁的《王荆文公诗笺注》存在考据失误的地方,如《王荆公年谱考略》中关于王安石任江东提点刑狱及被召入朝的时间及某些材料的系年问题,《王荆文公诗笺注》中关于"契丹使北还"的时间及对《孟子》《商鞅》《再用前韵寄蔡天启》等诗的曲解或误解问题。文章通过稽考其诗文及有关资料,对以上问题加以订正。该文考辨的虽是某些细节问题,但从学术上讲,对于王安石研究和蔡上翔与李壁著作研究都具有不可忽视的意义。

《浅谈嘉祐中王安石参与议榷茶问题》,系高文与其幼子高启明的合作成果,刊发于《河南大学学报》(社会科学版)1997年第6期。1975年著名宋史学家邓广铭出版《中国十一世纪时的改革家王安石》一书,引起学界关注。高文和高启明在阅读该书时发现,邓广铭在叙述王安石嘉祐年间的政绩方面与史实不符,尤其是指认王安石直接参与了议罢榷茶的判断是错误的。该文进行了严肃而翔实的考证,证明王安石并未直接参与议罢榷茶,但非常赞成罢除榷茶法。文章的观点得到邓广铭的认同,也帮助后来研究相关问题的学者避开误区。

综观高文的学术研究,既有严谨的治学态度,也有行之有效的治学方法,所得出的学术观点往往蕴有真知灼见,启迪后人无数。高文近70年的治学经历有两个鲜明的特点。

(一)工力与巧妙结合。高文平生第一篇学术论文《论柳宗元文》,1931年1月发表在《金陵大学文学院季刊》上,那正是他从国学研究班结业的时候。文章用文言写成,分小引、文变、总论、分论及诸家评柳议五个部分。小引申明作文目的:"复评文非艰,能文维艰,工力由于博学,巧妙存乎存心,可见而不可即,可赏而不可期,非人力之所为也;余之于文,所感如是。以下将评柳子之文,故著之于此,以自戒其轻易之习。"[①]其中有两个关键词"工力"和"巧妙"。"工力"是清末乾嘉以来倡导的朴学传统,也是他所师事的三位先生的学术传家宝,即黄侃常说的"扎硬寨,打死仗",反对"杀书头"行为。高文借作此文以自惕和自勉。他此后凡有所论从不高谈阔论,出来的却多是卓见。就以这篇初出茅庐之作而言,虽然五个部分都很短小,也不像规矩的考辨文章那样引经据典,但明显可以看出,每一个判断都是下足

[①] 高文:《论柳宗元文》,《金陵大学文学院季刊》1931年第1卷第1期。

了工夫的。比如,总论归纳柳宗元文特点:

> 子厚才气高奇,综合精栽,虽未克砥节砺行,直道正辞,光华帝典,熙缉民黎,然而能逍遥乎文章之囿,翱翔乎辞藻之场,金声玉振,寥亮区宇,珪璋内蕴,英华外发。展论则卓厉飙迁,与霜月而齐灿;属文则清隽露凝,共高秋而竞爽;思发如潮,辞润如玉,穆肃汪洋,萧机玄尚。或纤余溶漾,或清秀敷舒,或皏黑沸白,或骇绿纷红;或怪石突怒,鸟厉虎斗之谷;或翠鲜环周,浅碧澄泓之渚。而缘白萦青,山水与云天俱远;微触冥契,物我与万化同归。泠泠之声,响若操琴;怡怡之态,傲若游空。叩之似寂,玩之愈远,响绝韵留,久而弥永。其使予小子怊怅前哲之余徽,想象其所游观,追念徘徊,有不能已于怀者矣。①

对柳宗元的文章辞藻、论辩、想象能寥寥数语概括如此到位,没有精深的阅读和全面的把握是无法做出的。自从散文八大家这一概念提出之后,柳宗元文备受重视,也是民国时期教育、出版、研究领域的重点。比如胡怀琛就选注有《柳宗元文》。他在序言中总结柳文的长处有四点:一是他的思想很自由;二是他的考订文很好;三是他有很好的寓言;四是他的游记极好。②这样的总结看似全面,实际上非常散乱,并不能使读者真正理解柳文的好处。此外,高文在文章中对柳宗元和韩愈"蒙笑骂而不

---

① 高文:《论柳宗元文》,《金陵大学文学院季刊》1931年第1期。
② 胡怀琛选注,王云五、朱经农主编:《柳宗元文》,商务印书馆,1928,《绪言》第4-6页。

悔"①的特立独行的为文精神大加赞赏,其实也是他精研之后的判断。这一判断,如我们此前已经提及的,1941年高文用"蒙笑骂而不悔"称赞自己的挚友、早逝的佘贤勋,可见并非泛泛而论。这篇文章关于"文变"的观点,在五十多年之后高文与何法周主编的《唐文选》以及与屈光合作主编的《柳宗元选集》的前言中,成为核心观点,并再一次得到新时代读者和专家的认同。他用30年时间完成的《汉碑集释》更是工力的集中体现。

碑刻研究虽自清代以来即受学术界的重视,但仍然属于绝学、边缘学科,能进入其中并能毕其一生精力投入的绝无仅有。高文看似仅仅挖掘一个极小的口子,却做着不小的事业。

但尚工力的同时,他也主张巧妙。所谓巧妙,其实是学术慧心或才华,它是工力的升华。高妙的观点,惊人的发现,单有工力还是不够,像文学创作一样需要巧妙。高文在研究中善于抓住细小的问题,揭示出事物的本质,这就是学术研究中的巧妙。前述《李贺的诗很值得一读》,避开一般人形象思维这样大而化之的问题,从毛泽东"李贺的诗很值得一读"这句不引人注意的话切入,不仅符合整体讨论的政治要求,更是别出心裁地为李贺诗翻了案,极具学术价值,这就是巧妙。然而,这样的选择是建立在高文对唐代诗歌精深思考和研究的工力之上的,没有这样的工力,巧妙就会变成学术轻浮和油滑。再如高文秉持述而不作的学术态度,这其实也是巧妙,当行即行,当止即至,既是笔墨经营,也是学术巧妙。《汉碑集释》一般罗列故解,准确而不缠

---

① 同①。

言,如:

> 翁方纲《两汉金石记》曰:"元吾竹房《三十五举》云:'隶书须是方劲古拙,斩钉截铁,挑拔平硬,如折刀头,方是汉隶。'此语惟是碑足以当之。牛真谷云:'隶有篆体,洵知言哉。解此,则可以通其意于天玺三段碑矣。'"文按:此碑用方笔,取纵势,波直之末多尖,《天发神谶碑》亦用此法也。①

以翁方纲之述论,道出隶书及《景君碑》的书法特点,用按的方式表明自己的认同,并增添直观感知,使读者对《景君碑》的书法有了更全面的了解。再如著名的《乙瑛碑》,当代人基本把它视为书法临摹的必选碑帖,而且一般当作首选,认为它比《礼器碑》《史晨碑》《曹全碑》更能体现中国文化的中庸性质。也许高文并不同意这样的看法,所以他在碑释前的说明中特地引用了杨守敬《平碑记》中的判断,自己则不许一言,但态度朗然——或许高文更欣赏《礼器碑》的精劲吧。凡此种种,惜墨如金,却意思周全,黄侃言"学问最高者语言最简"②,正是此意。后来学者关于《景君碑》等汉碑不乏长篇大论,看起来好像下了功夫,于学术并无新意,其中缺少的便是学术巧妙,算是反例。

(二)师承与发展结合。高文的老师黄侃曾说:"学问之道有五:一曰不欺人;一曰不知者不道;一曰不背所本;一曰为后世负责;一曰不窃。"又云:"治学第一当恪守师承;第二当博学多

---

① 高文:《汉碑集释》,河南大学出版社,1997,第61页。
② 黄侃讲,黄焯记:《黄先生语录》,载张晖编《量守庐学记续编:黄侃的生平和学术》,生活·读书·新知三联书店,2006,第3页。

闻;第三当谨于言语。""学术二字应解为'术由师授,学自己成'。"①这些话里面的"不背所本""恪守师承""术由师授"等等无不在强调师承的重要性。师承首先标识学有所本,其次标识学有所传,再次标识学术风格。学术研究坚守师承,能够帮助学者极为便捷地进入学术殿堂,少走弯路,不走歪路。高文治学秉承了金陵大学老师们尤其是胡翔冬、胡小石、黄侃等人的学术传统、方法和风格。比如胡小石继承清代乾嘉学者研究方法,重视调查,讲究实证;在古文字音韵研究上,跳出等韵学范围,从戴东原、钱大昕等声转理论研究方法受到启发,提出"疑于义者,以声求之;疑于声者,以义正之"的辩证方法;在古文字研究上,敢于突破历来学者尊六书为圭臬的藩篱,其书学理论吸收李瑞清以治经方法论书的体系,吸收沈曾植的书学特长,融合南北书流,注意碑帖并重等等。② 这些方法在高文的著作中有切实的体现。书法界常说高文的字得胡小石真传,前半生未曾有丝毫背离,也是师承的一个证明。

但黄侃强调师承的同时,也指出"学问文章,以高明广大为贵。""读书人当以四海为量,以千载为心。"③也就是在师承基础上发展与创新,要有"青出于蓝而胜于蓝"的追求。高文曾长期在老师们所传授的传统学术范式和方法中浸淫,秉承他那时代学者的基本方法,在小学和考据等方面能下硬功夫,但方法仍显

---

① 黄侃讲,黄焯记:《黄先生语录》,载张晖编《量守庐学记续编:黄侃的生平和学术》,生活·读书·新知三联书店,2006,第1-8页。
② 胡小石:《胡小石论文集》,上海古籍出版社,1982,《序言》第2-3页。
③ 同①,第2页。

单一。他的《汉碑集释》虽云巨著,但"集释"总体上还是一个资料工作,其基本方法可以用小学、朴学、汉学概括之,总体上仍在古代学的范围,对于现代方法的吸纳稍嫌薄弱。黄侃曾反感现代科学方法,谓之"科学之法行,则无自然之文"[1]。但事实上,现代学者使用的科学方法对学术有更大的促进作用,得出的结论相对而言更为准确妥当。比如《袁安碑》的系年问题。高文说"此碑书与《袁敞碑》如出一手,结构宽博,笔划瘦硬,当为一人所书。安卒于和帝永元四年,而碑称孝和皇帝,故知此碑非葬时所立。或因其子敞之葬,同时并立此碑,未可知也"[2]。受方法限制,高文的结论模糊。但现代图像学方法则可以解决这一问题。所谓图像学,按照英国历史学家波得·伯克的说法,即"通过细节的分析对图像做出解释"[3]。作为一种艺术研究的方法,图像学的特点在于,将美术作品作为社会史和文化史中某些环节凝缩了的征兆,而进行表层形式之下更为本质的内容揭示和解释。杨频运用这种方法对《袁安碑》的系年问题进行研究:

> 笔者在复原袁敞残碑首字时,利用二袁碑书写风格的高度相似性(或互文性),充分运用原石与拓片图像中的界格因素,以"界格定位法"来分析书者的构字规律与空间处理习惯,并尝试在残画的基础上分别复原"敞"与"字"。由上文可知,复原之"敞"字与界格上下左右的空间关系最为

---

[1] 黄侃讲,黄焯记:《黄先生语录》,载张晖编《量守庐学记续编:黄侃的生平和学术》,生活·读书·新知三联书店,2006,第4页。

[2] 高文:《汉碑集释》,河南大学出版社,1997,第25页。

[3] 彼得·伯克:《图像证史》,杨豫译,北京大学出版社,2008,第36页。

合理。而若复原为"字"字则极不协调,其宝盖两垂脚太低,一曲一直,又距离较窄,导致"子"部无法得到舒展,尤其右边垂脚问题最大,与二袁碑书者水准(宽博匀停之书)风判若云泥。……可证,两碑最可能为官方同时同地、由同一批工匠所制。[1]

从这种确定性可以看出,作为现代方法的图像学可以作为传统金石学研究的补充。当然,高文在另外一些方面,于保持师承的基础上有了发展和创新。比如关于陶渊明诗歌的政治思想研究、杜甫诗歌与其人生经历的同构研究、苏轼词的风格发生史论述等,在传统历史方法与知人论世的文艺理论方法中,融合马克思主义的历史与逻辑结合、阶级分析等方法,使得论述获得了更为宽阔的知识界面和更为可信的论证力量,得出的结论也更经得起推敲。

师承与发展的特点在高文的书法上体现得更其鲜明。孙鹤从专业的角度指出,晚年的高文笔下已经消解了胡小石书法笔画中那些生硬强直的成分,用笔中实淳厚而又不寡于风采,臻至一种圆通融合、无碍于心的境界。但高文也非刻意摆脱乃师的面貌,独创新体,而是以学养、阅历、情怀以及对书法精神的深刻透彻的正确领悟,达到一种新的人书一体状态。这种意气庄严,气息通脱,慢正由德,方圆自我,无意于佳的自然状态,处处可循师法之所自,又具羚羊挂角之妙,迹无可寻之像。[2] 这是颇有心

---

[1] 杨频:《袁安碑系年问题及其他》,《中国书画》2013年第6期。
[2] 孙鹤:《诗家射雕手 翰墨有书香:浅论高文先生之为学为艺》,《中国书法》2010年第12期。

得的看法。

在金陵大学国文系毕业的同学和系友中,程千帆是特别善于平衡师承与创新关系的。他曾提出中国古代文学研究需要把文献学与文学理论结合起来的著名观点,这是对黄侃"治中国学问,当接收新材料,不接收新理论"[1]的发展,因为"无论历史学、文字学,凡新发见之物,必可助长旧学,但未能推翻旧学。新发见之物,只可增加新材料,断不能推倒旧学说"[2]。然而历史已经证明,黄侃的这些看法实有欠妥之处。所以,程千帆认为,在材料文献之上融入理论,才能真正成就黄侃理想状态的发明之学。与程千帆常常鲜明地标举师承与创新不同,高文很少单独去谈这样的问题,他对师承与发展关系的理解都具体地体现在自己的学术研究中。他的研究不以追新为旨趣,但又纳新于旧之中,在传统的形式中充盈着丰富、生动的学术创新。

---

[1] 黄侃讲,黄焯记:《黄先生语录》,载张晖编《量守庐学记续编:黄侃的生平和学术》,生活·读书·新知三联书店,2006,第4页。
[2] 同[1],第3页。

后　　记

写作高文传记完全是机缘巧合。

大约 2019 年 4 月,河南大学人文社科研究院设法筹集到一笔经费,用于编辑出版河南大学"夷门传薪学人传"丛书,选择若干长期在河南大学执教的文史名家,由本校在校教师撰写其生平事迹,以弘扬校史,启迪后学。第一批写作任务下发,文学院有任访秋、高文、华钟彦和于安澜等四位先生,也就是师生敬称的中文系或文学院"四老"。由于写作任务并没有像其他课题那样,需要写长篇大论的申请书,我就随喜领受了高文的传记写作任务。但过后一想,此事不免唐突。一是高文生前是河南大学文学院唐诗研究室的成员,从人情上说,其传记应由唐诗研究室的老师来写;二是文学院"四老"中的任访秋、华钟彦和于安澜等,现有资料宏富,独高文除了一二极亲近学生写就的短小回忆文字,几乎难以觅到其他相关资料,写作难度极大。于是我便与文学院负责此事的领导沟通,希望把这一任务转让给唐诗研究室的老师,出人意料的是,2019 年 6 月份项目由学校批复下来,主持人一栏赫然写着的仍然是我的名字。其中原委我不知道,也不便多问,但总之,只有硬着头皮完成任务了。

一天傍晚,我沿着开封北门外新修的涧水河散步,秋风乍起,晚霞朗丽,想起此事的前因后果,不免由此及彼,浮想联翩到我与高文之间似有似无的各种"机缘"。高文早年毕业的金陵大学，1952年并入新组建的南京大学，因此可以说，我与高先生是名正言顺的校友。高先生1985年以77岁高龄加入九三学社，曾任河南大学九三学社委员会主委，作为九三学社的社员，我们称得上是同志；实际上，我在后来的写作中也越来越感觉到，自己同时在为开封市九三学社做一项有意义的工作。1951年高文从江苏南京来到开封，来到没有任何学缘关系的河南大学，算是彻底的"外来人"；我于2007年从江苏常州来到古城开封，人生地不熟，也是彻底的"外来人"；吾生也迟，无缘受教于高先生，但"外来人"的同理心怕是其他老师并不具备的。人总会以某种方式为自己的生存和生活归因，如船山所言"人之有生，天命之也"，"机缘处处定相投"（释正觉：《虚禅人发心丐田》），我想，这大概也是冥冥之中促使我完成高文小传的缘由之一吧。

写作过程中，结缘的尚有不少师长和朋友，倘若缺少了这些缘分，完成此书恐怕是一场梦想，在此谨致谢忱。

此书写作，正处世界范围内新冠疫情蔓延，至今未除，资料查阅、人物访谈多有不便，由此带来的各种错舛，也难免增加，只有恳请读者批评指正了。

伍茂国

2020年8月27日